清雅茶馆

2012—2022胡剑华中短篇小说选

胡剑华 ○著

百花洲文艺出版社
BAIHUAZHOU LITERATURE AND ART PRESS

图书在版编目（CIP）数据

清雅茶馆：2012—2022 胡剑华中短篇小说选 / 胡剑华著.
-- 南昌：百花洲文艺出版社，2023.10
ISBN 978-7-5500-5242-0

Ⅰ.①清… Ⅱ.①胡… Ⅲ.①中篇小说-小说集-中
国-当代②短篇小说-小说集-中国-当代 Ⅳ.①I247.7

中国国家版本馆 CIP 数据核字（2023）第 138830 号

清雅茶馆：2012—2022 胡剑华中短篇小说选

QINGYA CHAGUAN：
2012—2022 HU JIANHUA ZHONG-DUANPIAN XIAOSHUOXUAN

胡剑华 / 著

出 版 人	陈　波
责任编辑	蔡央扬　郝玮刚
装帧设计	书香力扬
制　　作	书香力扬
出版发行	百花洲文艺出版社
社　　址	南昌市红谷滩区世贸路 898 号博能中心一期 A 座 20 楼
邮　　编	330038
经　　销	全国新华书店
印　　刷	四川科德彩色数码科技有限公司
开　　本	880mm×1230mm　1/32　　印张　8.125
版　　次	2023 年 10 月第 1 版
印　　次	2023 年 10 月第 1 次印刷
字　　数	183 千字
书　　号	ISBN 978-7-5500-5242-0
定　　价	50.00 元

赣版权登字　05-2023-202

网址 http：//www.bhzwy.com
图书若有印装错误，影响阅读，可向承印厂联系调换。

序一

十年磨剑　韶华可期

矫　健

我认识《清雅茶馆》这本小说集的作者十年了。

2013 年元旦刚过，就接到烟台市作协的会议通知：兹定于 2013 年 1 月 19 日上午，在烟台市新闻中心举办胡剑华长篇小说《魂无挂碍》作品研讨会。这本书的作者胡剑华是何方人氏？我忙于写作，孤陋寡闻不为怪，可连作协的朋友也都说与作者不熟悉，纳闷之余我收到了作协送来的《魂无挂碍》这本书。

也许是对作者的身世产生了好奇，或是《魂无挂碍》"后知青时代"的话题吸引了我，在"书当快意读易尽，客有可人期不来"的心境中，我颇为顺畅地看完了《魂无挂碍》。掩卷沉思，我似乎被这本书中的创造力和鉴赏力所包围，被某种难以言说的震撼多次感动着。源于这种感动，我极为看重《魂无挂碍》这本书的面世，也意识到胶东作家群里新增了一位气质卓然的人。

据说这次作品研讨会非常成功，烟台市文联和在烟高校的专业人士悉数参会，更多的人认识、了解了《魂无挂碍》以及作者胡剑华。后来资深评论家王永福在报纸上刊发了对《魂无挂碍》

的专题评论；一级作家于雷娃女士刊发了读后感《走着走着……》；烟台大学张守海教授以《文学梦与中国梦的交响》为题，对《魂无挂碍》这本书给予了好评。遗憾的是会议那天我因公出差未能出席，只记得会议那天恰好是那年的"腊八"。

不过，通过文学，我和作者有了更多次的接触。作者比我小四岁，高中肄业后务农又做过工人，却与我同年考上了大学（同为 1979 年入学）。现在，他身兼国企负责人的重任又能笔耕不辍，实属不易，看得出作者是位阅历丰富、积极进取的人。

十年间，作者潜心创作，笔墨心血做成了这本小说集，这是作者坚持"少则得，多则惑"创作理念的必然结果。我在认同这种"动之徐生"写作态度的同时，在他的文字意境上也想到了所谓的"郊寒岛瘦"。这两个词用在作者身上可以说是铢两悉称。

记得是在 2014 年夏天，我看到了中篇小说《清雅茶馆》（《百花洲》2014 年第 6 期）后颇为惊诧。《小说月报》慧眼识珠及时对该文予以了转载。要知道烟台籍作家的作品被《小说月报》转载的中篇小说从没超过个位数，更何况作者还是位身兼国企重任的业余作者。我认定《清雅茶馆》是作者继长篇小说《魂无挂碍》后的又一力作，也是作者在文学路上跨越腾飞的扛鼎之作。

《清雅茶馆》的故事会让人沉思良久。它是关于一个进城务工的菜贩子马六经历"于连式"的成长，最后咸鱼翻身鸠占鹊巢，而女主人公邵姐恣意妄为沦为了阶下囚的故事。小说中的邵姐擅长人情世故，妖娆多姿而坦然率性。在她过往的岁月里，多少人都被她的光芒弄得失魂落魄，也被她咄咄逼人的气势所吓倒。她把身边的马六当作"精神按摩师"，不仅是在茶馆里、生意场上呵护关照着他，还与他彻夜畅谈未来的人生大事，她甚至渴望与马六谈场轰轰烈烈的恋爱。她是那种天生自带光环的人，也是世态伦理框架下难以捉摸的人。

值得赞叹的是《清雅茶馆》的语言格调。"老卡也不恼，晃悠悠回到座位上，钓鱼背心上的几个口袋随着他坐下被挤在一处，皱巴巴地像一张生气的脸，他很认真地说：'你说咱就这德行，哪会整天哥啊妹的、情呀爱的，从前老婆孩子厮守，日子也不是没过过。我指不定什么时候脾气就驴出来，把人儿欺负得眼泪啪嚓。哑巴的好处是即使她呼天抢地也不出声，那日子要多清净有多清净。'""老卡挠头道：'你这话像是风雨彩虹铿锵玫瑰，见识大了，男人具备不具备你一掂量便知？那今天咱们把话撂这儿，我早晚叫你知道我具不具备。'小凡一时笑得没了声气儿。老卡说：'行了行了，你还真拿自己当美女了，也就我吧，对眼的蚯蚓一条龙，换个地儿就凭你能拉动我老卡这都市的眼球？等白了眼毛吧……'""马六听见'讨不讨'时暗自笑道：'真有意。'邵姐看看他，他脸一红，低头不语。老卡说：'看看吧，讨厌的厌字他发音困难，平时他也说讨不讨的。'邵姐'哦'了一声又问：'什么叫真有意？'老卡哈哈大笑：'真有意就是真有意思。不然我说成真有噫嘻，那不难听了？'"这些语言是朴素而具体的，它与作品所处的背景是不可分割的。它赋予每个人物特定的语言环境，使小说里的人物对话顺嘴说出来了，这样的语言和人物相融相生，刻画描述出的人物形象和性格也是鲜活生动的，而不是作者强加给人物的"画外音"，让他们游离在小说语境之外。我笃定地认为语言风格绝非仅仅是语言的问题，它蕴含着作者的人生价值观，也是作者思维习惯和审美情趣的重要体现。创作过程中这种把控是难以坚持恪守的，因为只有这样的语境陈述才会促成故事情节生动有趣，人物的对话也显得意蕴丰富多彩。

再看这本小说集所讲述的故事，无论是滨海小城里的《清雅茶馆》，还是山坳深处掩埋的《金豆子》，抑或是山乡巨变里的《活法》，还是异国他乡莘莘学子的《为谁辩护?》，没有一篇小说强调波澜壮阔的故事情节，它们也少有此起彼伏的悬念和扣人心弦的高潮。所有的故事情节都是在自然铺展的叙述中完成的，而且叙述得不疾不徐、流畅自如。这些小说只是在貌似平静的叙述中灌注着潜流暗涌的情感，融汇着与普通人心同感应的情感共鸣，而正是这种情感的共鸣蕴含着一种直指人心的穿透力。

正如郭玉洁"写普通人的故事，需要更高超的写作技巧"的说法一样，这本小说集从选题到结构思维、从采访挖掘到文本呈现，尽管描述的是现实中普通人的生存断面，却折射出了作者写作技巧的娴熟和创作视角的宽阔。所描述的人物并非地位显赫的达官贵人，而是亲切无比的左邻右舍，所以即使多年过后，"每每读起鲁迅，甚至《红楼梦》《水浒传》等等，看到闰土，想起阿Q、一百单八将，我都不知道为什么会想起《清雅茶馆》里的大青衣邵姐、幽默诙谐世故圆滑的老卡、'于连'式发达的农民工马六、以权谋私巧施贿赂的老鱼头……"（吴殿彬《"写小说的"胡剑华》）。小说语言风格迥异的叙述犹如显微镜似的能观察、放大各个人物，从而发现那些水到渠成的故事，让读者在特色的语言和逻辑里倾听他们的嬉笑怒骂。作者在整体文本结构和内容里唤醒激活他们，让他们人性的美好光辉映照如今，很显然，作者做到了或者说他正在践行着自己的诺言。

感谢作者的信任，以我对这本集子的粗浅之识为序，但我真心地向大家推荐《清雅茶馆》这本小说集，因为这里边饱含着作者对文学的敬畏和坚守，饱含着平凡人所具有的人性之美和感动，饱含着作者对文学梦想的使命和担当。

2022 年 12 月 19 日

（矫健：一级作家，中国作家协会会员，山东省作家协会主席团委员。曾任烟台市作家协会主席、《胶东文学》主编。从事文学创作 40 年，出版长篇小说 7 部、中短篇小说集 5 部、影视剧作品 3 部，共计 500 余万字。）

序二

是什么让他们失魂落魄？
——读中篇小说《清雅茶馆》

张守海

　　中篇小说《清雅茶馆》是胡剑华的一部近作，也是继其长篇小说《魂无挂碍》之后的又一重要作品。小说以滨海小城的一个茶馆为中心舞台，以细腻的笔触、犀利的观察，以及对于人情世态的深刻体认，通过六万字的篇幅为广大读者讲述了一段凡俗人生与阴谋欲望交错的吊诡故事。

　　小说开头，先以茶馆旁观者老卡的视角介绍了茶馆经营的情况。说是清雅茶馆，其实一点也不清雅。茶馆的客人主要不是喝茶，而是打牌，说白了就是赌博。茶馆的老板邵姐也不只是经营茶馆，茶馆的里面还开着一个贸易公司，做着类似洗钱的生意。于是，这个小茶馆也就聚集了社会上的各色人等，上演了一幕幕当下市井人生的悲喜剧。中年男人老卡在茶馆附近一个大酒店做帮手，因为与酒店老板的亲戚关系，负责采办酒店需要的蔬菜、调料等，闲暇时间多，常到茶馆来坐。老卡是单身，心中爱慕同样已经单身的茶馆老板邵姐而不得，帮助了进城务工的菜贩马六去邵姐的茶馆做帮手。马六很快成了邵姐看中的男人，不断遭到这个富婆的挑逗。最终马六成了邵姐的如意郎君，而老卡则与马六的老婆小凡成了一对。

如果仅仅是这样一出由欲望主导甚至称不上爱情的四角感情戏，那这部作品还太单薄。胡剑华当然不甘于此。事实上，小说是在一个雾霾弥漫、交通拥堵的城市空间中为我们塑造的一群失魂落魄的当代人，令人扼腕叹息、掩卷长思。

无论是早就在城市中打拼的老卡、邵姐，还是刚刚从农村进城务工的马六、小凡，我们看到他们的身上都缺乏一种作为现代人应有的独立人格，甚至失去了传统中国人的灵魂。老卡依附自己的妹妹、妹夫，在碧海大酒店做帮工，虽然有着酒店老板大舅哥的光环，也不过是在给人打工，甚至连自己的妹妹都经常贬损他，正所谓"人场上混得不济连亲戚都打脸"。他做人没本事，把老婆混跑了，在妹妹的店里帮工，没事就往邵姐的茶馆跑，爱慕风韵犹存的邵姐而不得，最后却与自己的房客也就是菜贩马六的老婆小凡混在了一起，成了信奉"朋友妻不客气"的禽兽一枚。邵姐是个颇有魄力的中年单身女性，能够经营一家茶馆并且背后还做着所谓的贸易公司，可见不是一个简单的人。邵姐是个女强人，但是她也是一个被欲望驱使的人，这一点从她对马六的爱就可以看出来了。正如小说中所说"女人有时就是心强命不强"，邵姐终究没有逃过被人利用、银铛入狱的悲剧命运——在她的故事中似乎有着现实生活中某些女企业家的影子。马六夫妇作为一对带着孩子从农村进城务工的夫妻，本来应该靠着勤劳和智慧创造属于自己和孩子的美好未来，最后他们迎来的却是小凡失身于老卡，马六则跟了女老板的结果。在城市的大染缸中，小说里的那几个人都丧失了自己的本真之心和对家庭应有的责任感。在欲望的驱使下，失魂落魄的人做出什么事似乎都是正常的了。

再说导致邵姐入狱的幕后真凶老鱼头。老鱼头是作品中着墨不多却真正掌控着几位主人公命运的人物。无论邵姐、郝姐、老卡，还是马六，在老鱼头这里都不过是可以利用的工具。老鱼头本名于万全，是个在小城中可以手眼通天的人物，他和一些官员究竟是什么关系我们尚不清楚，但背后的交易不言而喻。他利用邵姐的茶馆洗钱，成立投资公司集资诈骗，最后携款潜逃，留下可怜的邵姐等人承担责任、接受法律惩罚。老鱼头堪称是一个阴险狡诈、丧尽天良的坏人，但同样，他也是一个失魂落魄的人——为了金钱、为了自己的欲望，坑蒙拐骗，逃亡海外。他最终的结局也未必好到哪里去。

读这部小说时，我们不能不思考，是什么让这些人最终如此失魂落魄？无论是马六夫妇这样的"底层"人物，还是邵姐这样的"中层"人物，抑或是于万全这样的"上层"人物，似乎都卷入了一个金钱与欲望编织的陷阱。他们不是努力过好自己的青年、中年、晚年，而是在本能的驱使下，成了欲望的奴隶、金钱的奴隶，要么妻离子散，要么锒铛入狱，要么亡命天涯。《诗经·大雅·烝民》有言："既明且哲，以保其身。"意思是说，既能明晓善恶，又能辨知是非，保持这样的状态，进而达到而保全其自身的品德不受污染。在小说中我们似乎看不到这样"明于理，察于事"的人物，他们既不读书，也不修身，所以保全自身对于他们来说都成了一个难以实现的目标。胡剑华在他的长篇小说《魂无挂碍》中也曾探讨了一个当代人的灵魂家园问题，并从佛教典籍《心经》"心无挂碍，无挂碍故，无有恐怖，远离颠倒梦想，究竟涅槃"中得到启发。如果说在长篇《魂无挂碍》中作者为我们展现了正与邪的激烈冲突，那么中篇《清雅茶馆》则让正与邪形成了一种内在的张力。《清雅茶馆》告诉我们，并不是每个人都能够成为为社会"立德、立功、立言"的人物，但作为人，即使是一个普通的农民工，也应该超越单纯的物质欲望、本能欲望，否则就难以作为一个人在这世上安身立命。做人的一些朴素的道理对于任何人都是一样的。

如何让"清雅茶馆"真正清雅起来？如何让茶馆真正成为体现文化素养的茶馆？如何让茶馆中进出的人活得真正像个人，而不是吃喝嫖赌、坑蒙拐骗、失魂落魄的一群丑陋的人？小说留给我们的思考还很多，这座小城走向和谐与文明的路也还很长。

（张守海，1974 年生人，文学博士，烟台大学文学与传播学院副教授，主要从事文学理论与批评研究工作。）

目 录 Contents

清雅茶馆 ‖ 001

暧昧季节 ‖ 090

金豆子 ‖ 122

活 法 ‖ 165

我的子丑寅卯 ‖ 179

为谁辩护？ ‖ 207

后 记 ‖ 239

清 雅 茶 馆

一

老卡这些年没家室，单着。

老卡闲着就泡在邵姐的清雅茶馆里，喜欢用一双细小眼睛看着邵姐的身段品茶、抽烟、想事儿。

老卡可不是闲人。

茶馆里麻将机出问题卡了牌他捣鼓一阵子就好，人家夸奖恭维几句，他说那本来就不是啥高科技，简单；玩麻将客人三缺一时，他还能临时救急凑个数；哪天勤快了他也知道擦擦几案、沏沏茶；至于杀鱼洗菜颠炒勺，那要看心情——只是不管心情好与不好，老卡有空就待在茶馆里。

不知道的人以为老卡是泡妞泡茶两不误，细打量好像还真不是那回事。老卡和邵姐两人的气场不搭界，碰头了也没有多少贴己话儿，邵姐对他说不上喜欢也说不上讨厌。

外头是雾霾天儿，屋里来的客人比较少，邵姐懒洋洋地把弄着一张"九条",斜插入鬓的丹凤眼眼梢一侧,瞟了下老卡的黑脸膛说:"老卡啊,你到底想找哪路女人?我帮你介绍,男人老这么单着不是个事儿。"

老卡斜歪在椅背上,盯着窗玻璃上的一点灰迹,没开口,先是一声轻笑,细长眼里神色暧昧看不分明地说:"掏心窝子的话?"

邵姐心下有点恼,嫩白的肤色也多了两抹晕红,手里那张"九条"原本不轻不重磕着桌面,突然卡了壳:"你说呢?"

老卡脸色如常,嘻嘻一笑,终于站起身来走到窗前抬手抹掉了那点碍眼的灰尘:"我呀,我就喜欢个小哑巴。"

这一下,里外几个人都扑哧笑出了声。

邵姐和几个麻将客人对视了一下,紧了紧身上大红色的羊毛披肩,斜睨着老卡笑着:"原来如此,我算知道了,你呀,也就这品位。"老卡也不恼,晃悠悠回到座位上,钓鱼背心上的几个口袋随着他坐下被挤在一处,皱巴巴地像一张生气的脸,他很认真地说:"你说咱就这德行,哪会整天哥啊妹的、情呀爱的,从前老婆孩子厮守,日子也不是没过过。我指不定什么时候脾气就驴出来,把人儿欺负得眼泪啪嚓。哑巴的好处是即使她呼天抢地也不出声,那日子要多清净有多清净。"

"哑巴也有丑而黑胖的,这就是大哑巴了。大哑巴睡觉没有不打鼾的,雷死个人,你干脆别提。可也有极其漂亮的小哑巴,又白又胖又滑又亮,瓷娃娃似的。见过福原爱吗?就那个标准了,还有哦,胖也要讲究个分寸,身子骨儿没肉的我不稀罕,肉儿太多了我还是不稀罕。再说哑巴表达内心活动靠的是表情,眉目传情,女人滋味全浮出来了,人家啥都还没说咱心里就全明白了,要多滋润有多滋润。我研究过了,这世上只有哑巴最善使唤眼神也最会表情，一表示就有了情了，其余寻常女子那是万不及一的。"

常在茶馆打麻将的"破嘴缸子"说："你这就老外了吧？光眼神好、会表情顶个屁用啊？那哑巴的脸还能和你的夜光手表一样？灭灯以后你啥也看不见。再说哑巴有了快感只会呼哧呼哧大喘气，愣是不叫床看你怎么办。"

本来"破嘴缸子"是插进来说笑的，而老卡偏偏很认真。他是个凡事都讲认真的人。认真的人喜欢皱着眉头多想，老卡的特点是想着想着就跑题，刚才还是荷花转眼换成牡丹，跟原先不是一回事了。人家都在笑，他却想了许久之后挠挠头皮说："若是女人找个男哑巴就不碍事了吧？男哑巴一般打小就出苦力，身体条件好，没废话，肯吃苦，沉默是金，听女人话。你想女人最怕是把那事办了后男的出去酒后胡说，得便宜又卖乖的玩意儿。人家男哑巴是光练不说，典型的闷骚男。这好，这好，这太好了。"老卡言毕边拊掌边悄悄瞄了邵姐一眼。邵姐脸色微微一红，狠狠瞪着他："咱俩这到底谁给谁说事儿？脑子进水了是吧？讨不讨厌啊你。"

老卡是碧海大酒店的采买，他的工作就是每天清早起来把酒店的鱼虾肉蛋菜蔬果品置办齐了。酒店是有客房、有餐饮、有保龄球、有棋牌室，还有酒吧的三星级，当然了还有小姐。酒店是老卡妹夫开的，老卡的妹妹知道，这年头凡是买家都是个爷，采买这个角也是个肥缺儿，便极力撺掇让自己的哥哥担纲。妹妹是酒店财务主管说话当然好使，况且肥水还不流外人田呢。老卡本来就已经下岗，人虽说有点油嘴也有点贫，却没多大胆子，就算他贪点小便宜那换了谁还不一样贪？妹妹使唤老卡总比使唤外人强。每天日上三竿时分，老卡全天的工作就已完成，但这并不是说他买回来多少就是多少，还得有人验收。验收的人是妹夫家的大嫂也就是妹妹的妯娌，然后由妹夫签字，最后才由妹妹付款。监管虽说严格，也不是天衣无缝，刮油水的机会还是不少，无非赚个烟酒赚个吃喝及些许零花，却也绝非针头线脑。要紧的是老卡不能把妹妹刮痛了。刮痛了，妹妹一恼，就把他打发了。

老卡自是喜欢这份差事。当然这需要起早，无利不起早啊，况且妹夫还给他配备了一辆微型面包车，旧是旧点，可跑路干活跟新的没啥两样，来来去去公干私干都方便得很。邵姐的车是宝马，七成新的，换老卡的微型面包车能摆一院子。但在市区进出，你的车再怎么"宝马"也快不到哪儿去。

老卡混在邵姐的清雅茶馆里，原因有二：一是离酒店近，一旦有事来去方便；二是他待在酒店里也感觉碍手碍脚，溜溜达达做甩手掌柜，那明显这是给妹妹娘家养了个闲人——出力时没人见你，人家忙碌时你倒成了看客，即便嘴上不说谁心里头还能没个来回？妹妹又是那咬钢嚼铁的女子，时间长了怕是脸子拿捏不住。再说酒店里这儿那儿都是事，在哪儿插手都有点讨人嫌，一个萝卜一个坑，个个都有自己分内的事，管个事做个事打听个事，以为你还真把自己当盘菜了，显得一脸当家做主的穷款儿，所以老卡索性在茶馆躲着。

邵姐在这街面上熟人极少。

她是在小区改造以后买下这门面的，店面装修也算精致，外面看着是个清雅的茶馆，其实里面还腾出间房子兼办了家贸易公司，真正来喝茶的人并不多，玩麻将的倒是每天都有几桌，于是四个雅间都安放了麻将机。但是这地儿没有叫麻将馆的，都叫茶馆，既文气脸面上也光鲜。当初邵姐买下这片门面时价钱就很高了，现在虽然房价下跌，这门面也绝非谁见了都动得起心思的家业。人都是这样，穿衣戴帽凭身量。譬如老卡，尽管他喜欢死了邵姐，自经掂量，却也明明知道自己实在动不起这份心思，然而这并不耽搁老卡兀自喜欢。对那些三斤韭菜两斤葱的货色他还基本不理会。

这样的门面又是鼓捣这等生意，要紧是和当地派出所搞好关系。一天，邵姐就央求老卡找他妹夫给通融通融。老卡说："你怎么知道他们有关系？"邵姐说："这不明摆着的？只要这世上有的，你们碧海里面哪样没有啊？那几年拉大网扫黄时候哪次也没把碧海搅和了，里面多少还能没点猫腻？"

这点小忙老卡总是极愿意帮的，许多年来他也正是在运筹周旋这类小事时尽力争取了自己的地位，证明他不纯是一个打工仔，使他屡屡感觉不爽的是他理顺好的线头儿一经人家接触，此后的事情便与他无关，他不过从中沾点荤气打打牙祭，整个是个多事的。邵姐做事一向细如发丝，经办什么事讨教什么人都一清二楚。现在抓赌都是抓大的，大赌都是在公海上进行的。真像文件说的那样，打个小破麻将也抓那还不乱了套？然而人在江湖事事都要有个防范，这小区各色人等五湖四海的，谁知道哪个客人得罪过谁呀，一旦遭遇举报，砸了馆子不说，日后的生意再怎么料理？既然开这场子，方方面面都得照应到了，于是邵姐在碧海大酒店整了桌酒席并送了几条好烟，连老卡看见都觉得心疼，邵姐却说这都是必要的成本。席间派出所李所长跟邵姐连喝几杯，后来老卡妹夫祖总敬酒时候单独和邵姐说："感谢邵姐善待老卡。"老卡立刻接道："感谢，你还不把这桌酒席费用免了？"祖总哈哈一笑说:"大哥你还是不了解邵姐,烧香拜佛保佑的是自己,这香火钱我付了那谁来照应茶馆生意?"邵姐在暗处捏了老卡,说:"没错没错,咱就是祈求平安的,这钱花得值。"

后来宴席散了,邵姐带了几分酒意跟老卡说:"以后茶馆里的事别跟你们家祖总多说,人家多大个门面咱多大个门面?再说什么叫善待?客人来了招呼茶水是茶馆的本分,张业待客,不是谁家的行宫。"看看老卡还在眨眼,邵姐又说:"咱这街面单是洗浴城就造了好几家,又是练歌又是洗头的,客人在茶馆打打麻将你以为还真抓啊,时代发展到现在,麻将牌不是赌博了,那叫娱乐。但是和派出所的感情还是要通融的,其实这个事也用不着所长,有个片警罩着足够了。再说平时咱也从没招谁惹谁的,倘使有事也是自个儿化解,这年头哪有麻烦警察的道理。"老卡听后不觉戚戚然起来。

邵姐是有家的人,但据说她早就离婚了,你若问起来她又坚决否认,然而这许多年来谁也没见过她的老公。她身形丰腴,明明年龄已经不小了,偏偏如牡丹花花期将尽的时候花瓣肆意伸张、艳丽妖冶,开着这茶馆整日里一边是茶香古韵软语呢喃,一边又是市井巷陌烟熏火燎的喧哗,精致的水晶指甲在麻将牌里晃得人睁不开眼,一颦一笑又带着家常的温软,眼角眉梢都是迷人的风情,唬得茶馆门前一拨一拨经过的少年,不管是英伦风齐刘海儿还是金属链子走朋克风的,都看得一愣一愣的,只敢暗自张望,愣是不敢上前探问——

一个邵姐把这小城硬是给升级成了西西里岛!

直到西西里迎来了妮子。

一年前邵姐身边有个叫妮子的女孩子,后来被辞掉了。邵姐说这孩子手脚不老实，最开始偷点散装茶，渐渐胆子越来越大，居然偷起了大红袍和冻顶乌龙了。妮子临走时把邵姐的爱犬"贵妇人"也叫"贵儿"的尾巴塞进门缝并轻轻一挤，随着"贵妇人"惨然一叫，尾巴没有了，妮子又把这根滴血的尾巴使绳栓着，挂在吧台吊灯上，邵姐看见这根尾巴一时手脚冰凉。茶馆的客人都说这妮子够狠，有手段有性格，邵姐做不了阿庆嫂，但这妮子确实陡然一身江湖气。

只有老卡察觉到邵姐颤抖的气息和悄悄渗出的泪珠。"贵儿"从此没了傲慢，虽然在宠物医院住了些日子，但整日病恹恹的，成了邵姐的心病。

不管咋说茶馆也是要招待客人的，比如伺候牌局，比如清理卫生等。更重要的是有两顿饭，上午来的客人打到晚上，下午来的客人又想打到半夜，不预备饭菜不行，饭菜敷衍了更是不行，显然邵姐一个人忙不过来。老卡虽然热心肠，但也就能来回顺便捎点菜，其余一应大小事情不能指望。老卡对邵姐说："我看你成天靠在场子里也不是个事儿，赶紧找个人吧，这几桌麻将，每天的收入也是几百元，养活个伙计打理店面也足够了。自然你原也不是指望这个过日子，但是千万也别小看这生意，闲着也是闲着，动动指头就赚个水电零花钱，咱们邵姐那玉一般的指头再怎么金贵，跟这钞票没出五服吧？我看你这场子拉得也成了景儿了，怎么也是个人场啊，现时做什么不得有个人脉？"

邵姐觉得老卡说得是，就说："哪有合适的人啊？你整天看着人来人往，一筐木头砍不出几个橛儿来。"老卡听她如此说，便接道："现成的倒有一个，不过我看你也别太那什么，有什么好意思不好意思，要我说找就找个男的，眼勤手勤的机机灵灵的，嘴一份子手一份子，又能看家，又能做饭，还能照料客人伺候局子兼顾店面生意。"

邵姐呵呵一笑说："谁有这能耐啊？你还少了一件，要能写会算实心眼子的。对待客人那是一个猴儿精，连苍蝇腿都剔出肉来；对待老板那整个就一个彪子，不但不计报酬还成天惦记着倒贴。你说的可是这路行货？那等我将来有了自己的儿子再说吧，即使亲生儿子也难，眼前这世道人心，或许也有，缘分不到，我看是打灯笼也难找了。"

老卡说："邵姐，你还别疑心，真有这么个主。"

邵姐把两臂抱在胸前脸上有些不屑："说给我听听。"

老卡看看她，住了嘴，嘿嘿一笑。邵姐说："你倒是说呀!"老卡挥挥手道："我看还是免了吧，我本就不该多这个嘴的。倘使我老脸老皮介绍来了你使唤起来不得手，埋怨我给你找了个鹰嘴鸭巴掌，将来辞退起来又把我栽里面了，那边呢还觉得吃苦受累反没讨出老板个欢心——我这不叫你们掐得两头不剩?"邵姐说："你咋这么絮叨?!"老卡哧哧笑着道："我说的这人吧是我溜边的朋友。这茶馆可是你的命根子，好体面个人也得装个门面嘛。"说毕偷乜斜邵姐，隐忍着笑。邵姐阴沉了脸眼睛看着别处。老卡顿了顿寻思一气又说："其实我忍不住说起来也是觉得这人可即可椟太合适了，你也别肚子里嘀咕什么这会不会是我家个什么亲戚，我妹夫的酒店人手还不够使唤呢，现在招工能干的嫌钱少，不能干的吧又一溜两行满街满巷的。"

邵姐本来犹豫不定，一听是与老卡不沾亲带故的，觉得这还靠谱，就说："我本来就没打这谱儿，也是难得你为我着想，费了心思的，我这心还真叫你说动了。"

老卡抽烟喝水，不紧不慢道："这人是我在菜市场认识的，姓马，都叫他马六，想想该不会是真叫这没讲究的名字。叫什么重要吗？重要的是人。他人是死老实，长得那是没的说了，歪瓜裂枣的能给咱邵姐推荐呀？稍加拾掇就是一帅哥，像个印度人。端详人你得有这本事，西装革履簇着拥着谁还不老远就拜？单看他是一片灰黑情景，日里晒着雨里淋着，别人以为是个寻常民工呢，你打眼就能看出是个人才，这才叫眼力。"邵姐就笑道："什么印度帅哥？"老卡就说："那你是没见识现在的印度，印度帅哥那是真的很印度。"

"这个马六啊可惜是农村来的，话说回来若不是农村来的，你也别想找这么个眼明心明懂礼懂事的机灵人儿。原先呢他是在一家餐馆做厨子，小餐馆的厨子技术不必高，但须是泥里水里下得去才行哦，哪像大酒店里改刀有改刀的洗菜有洗菜的，大厨端着个炒勺后腰仰歪着跟个爷似的。马六就会家常菜，在大酒店里马六那两下子还不够格儿，小餐馆的工资又太低，老婆孩子本以为城市满街都是钱呢，家里的地不种了——用现在的话说就是土地流转了，人也都跟着进城租了房子，把孩子送进咱社区的小学，两口子看看打工实在不够家用，就在市场上出摊卖菜，在咱就近的市场，人家的摊位最大销量也最大，不过鲜果蔬菜就是销量再大也是斤头斤两，能有什么大利？我在酒店临时缺点东西时懒得去郊区批发，就找他送点菜来，一来一回跟他也就熟了。

"有一回，我大概一时疏忽多给他十来元，过去好久了他给我送回来了，我琢磨这小子是在使个栓钱的扣儿栓我的生意呢，人有时候耍个小聪明也是见怪不怪，做小买卖的大都这样，得使了心计忽悠人。还有一次是我喝酒昏了头把手包撂在他那里，等我醒了暗想这下玩完了，那是我刚提出来的现金，酒店置办餐具的款项足有三万多，你想现在这世道人心险恶，偷都偷不着骗也骗不来，谁若捡了再送给我，那这人还不整个儿大彪子？你说还真怪了，这世界还真有彪子，彪子就出现在我面前，他就是马六。"

邵姐愣愣地看着老卡摇摇头："你不是在说故事给我听啊？"老卡说："你爱信不信。我这一腔热血被你几个唾沫星子淹灭了。"邵姐说："这么一个打灯笼难找的主，你们碧海怎么不用着？"老卡说："没法啊，做大厨吧他不行，我们这行道也就大厨赚得多，其他红案白案才几个钱，即使做领班也不够他家花销，还不如人家出摊卖菜。"邵姐说："我这里就能养活他全家呀？你以为我是做慈善呢！"老卡道："我早给你算过了，你这儿四桌麻将一个月下来怎么着也有一万出头的收入，还有个最大的好处是没有税，这不省大发啦？"邵姐哈哈笑道："哪有那么多啊？那我就干脆悉心麻将，不再指望别的。"

老卡说："四桌麻将，份儿钱每桌一百是吧？四桌就是四百，有时候散得早了还能打第五桌，一个月的毛收入怎么也一万二三吧？"邵姐说："你怎么就不说一天一两桌的时候？你怎么不说我陪客人输钱的时候？"老卡说："别人打麻将是消遣，偏偏你打就不是消遣了？你怎么不说你赢的时候？你别急，都给你扣除了，所以才说你每月收入一万出头儿。吃饭是四菜一汤，打麻将的人在你这茶馆基本滴酒不沾，当然再算上水电，有三千足够了吧？"邵姐说："你给我付房租？"老卡说："这不是你自己的房子吗？"邵姐说："自己的房子不算钱啊？我把场子收了房子租出去那不是钱？"老卡说："邵姐，我知道你是个要强的人，不能把话说白了，觉得开个麻将馆说出去难听，但你开公司总得有房子吧？你现在做什么生意我不知道，也不打听。我感觉就像三年不开张开张吃三年的买卖，那咱就来个以店养店，用麻将养活公司。"邵姐听见这话便正色道："哪有什么生意？咱想生意可生意不想咱。你说马六来了我开多少工资合适？"

老卡说："六百。"邵姐说："六百，他就能养家糊口？"老卡说："你听我给你算仔细了，你给他六百，这是死工资，还有每天两顿饭，这省了他不少花费吧？按咱这里不成文的规矩，一桌麻将下来，赢家给伺候局子的跑堂该有几个赏钱，有二十的有四十的不等，四桌麻将平均是一百出头吧？咱给他折算成一百元，一个月下来是三千，加六百是多少？这还是个基本数，赶上哪桌专打大码的局子，赢家高兴了赏钱加到一百也很正常。另外店面上还有正常的茶叶生意，倘若赶上零售火起来，销货额上去了，那不也是个很好看的数目？凭咱邵姐的人脉一旦再有个好的团购项目就更没的说了，只要他伺候邵姐高兴了邵姐你再赏他点啥的，那这马六还恨不得脱胎换骨，给你做马做牛呢。"

邵姐想了一会问道："六百是不是少了点？"老卡说："你感觉少了点就给他加点奖金，定额工资越少人的积极性越高。"邵姐忽然问："这个马六老家是哪儿？"老卡说："鲁西北农村，算个穷地方吧。"邵姐弹了下指尖，想着该去美甲店保养下这有点发脆的指甲了，于是恹恹地说："那好吧，你赶明日把他带过来，我再过过眼，基本就能定了。"老卡听见这话暗自嘘口气，起身道别，临走丢下句话："人都是有短处的，这孩子是半语子，说话带点大舌头。"

邵姐偏过头，半笑半恼神色不明，过了会儿才噗地笑出了声。

二

听见外面敲门声嘟嘟响了几下，小凡嘴里嘟哝着："来了来了!"就忙着开门，楼道里便呼地蹿出个人来，小凡个子矮，猛一抬头见是老卡便拉下脸说："你怎么又来了?!"

老卡嘻嘻一笑："马六不在家?"小凡没等让呢老卡径直就进家了。小凡说："他去批发市场了。再说你上次不是说好了的宽限几天嘛，怎么和催命鬼似的又来了?"老卡也屏住气悄声说："你看吧，这么漂亮的弟妹说起话来怎么张口就呛人呢？房事咱先撂下，我和你俩说个正事。还不给哥让个座?"所谓"房事"其实是房租的事儿，老卡在邵姐茶馆里说话还算收敛，见了小凡嘴巴就没把门的了。小凡被他的神色搞笑了，就说："坐吧，坐吧，反正都是你的破家什。"

马六小凡两口子租的是老卡的房子。老式楼房，结构也不合理，前几年老卡妹妹见哥嫂日子过得越来越不顺当，老卡下岗，嫂子心高气傲，话里话外都带着鄙夷，正好那时手头儿宽绰，酒店账目以外有几笔钱是妹夫不知道的，就背着家人暗地帮老卡交了首付。房子按揭以后装修一新老卡一家就住进去了，好歹算是把老卡媳妇的嘴巴堵住。妹妹对老卡说："我这是心痛大侄子，以为是你脸面大呀？你可得自己争气，好生过日子，别整天想三想四，我也就是怕你们离婚孩子可怜，等孩子大了你们爱咋咋的，谁也懒得管你们家的臭事。"老卡当下就涎了脸说："到底是自己亲妹子，知道哥哥身上哪样毛病难改。"妹妹说："别以为自己多能耐，其实你也做不成什么勾当，人家三妻四妾的，藏着掖着私孩子都养几个了外面还光鲜得要命，你倒好，毛啊皮儿啊都还没蹭着，先落下个名声。你看你这事整的，叫人怎么说你才好。"这话说得老卡特没面子，人场上混得不济连亲戚都打脸。大路朝天各走一边，谁也别指望谁，结果在孩子高考后不久，老卡媳妇就提出离婚，而且是净身出户，不带走一丝云彩。人家也是为了孩子，不然还跟你熬到今天？后来老卡一个人住了，把旧房就出租给马六，月租金六百，这价钱也算中等偏低的，不过让老卡感觉内心熨帖的是这家人家是常驻，也不用担心今儿跑了主顾明儿再找客人，到了月底收租子就行，而且这家人从来不拖不欠。前几天老卡照旧在月底来收取租金，可巧儿马六说："刚交了医保，家里确实没有闲钱了，手头那点儿还得进货。再说这么长时间啥时候亏欠过你的房租啊？"老卡觉得马六说得在理，当日就应承了。这话撂下没几天，老卡就又来了，小凡脸上就没了好气色。

按说欠钱还债是天经地义的事，见了债主那还不得赶紧堆起笑脸，而小凡偏偏就不在乎老卡。小凡虽说是个乡村女子，也算是珠圆玉润、别有风韵，那些风月场上出入沉浮的所谓骨感美人与她简直不可同日而语。老卡在碧海大酒店里做事，眼界总是高人一筹，毕竟他那是老总的大舅子哥，谁见了还不敬仰几分？而老卡也经常喝酒，酒后便使起性子也会欺负那些新来的小服务员，老卡的好处是君子动口不动手，另外酒店里混事的小姐他一律不沾，他嫌她们身子不干净。有几次老卡收房租恰是喝酒以后，而马六又不在家，老卡一时就乱了心思，对小凡也不过刮个鼻子挑个嘴巴的，人家没觉得有啥他自己先就惶惶得要命。虽然小凡厌烦这些，但并不记恨老卡，重要的是他大半动口绝少动手。只有一点改变，本来老卡是受小凡重视的人物，那几次后小凡觉得他这人不过一个好酒无量、好色无胆的行货，顶多就是个鼠窃狗偷之辈。虽然她与老卡有租房的契约连着，往来过从也就很一般，敬重自然就没有了。

但是在马六眼里老卡就是个了不起的人物：市场上的工商管理员，老卡熟啊；批发市场的几个蔬菜大户，老卡熟啊；城管大队的人，老卡熟啊；市场上几个刺龙画虎的混混，老卡也熟啊——几乎所有在马六眼里有用的人，老卡都能沾上边，再说他还是碧海的采买，人家虽说在批发市场进菜，但每天零打碎敲的进项还少吗？人家是大主顾，马六知道老卡还单着以后，每隔几天就要小凡炒几个菜，拉他喝几杯，老卡也从不空手，经常从车里拿出点食用油啊酱油啊味精啊，当然也有好烟好酒，还时不时抖出一袋鱼虾给他们个惊喜。

马六没啥酒量，喝着喝着就困，再说马六是半语子，没多少话，话都叫小凡说了。因此小凡也必须经受老卡酒后话痨的洗礼。这时马六多半已经呼呼睡去，小凡寂寞了也喜欢和老卡唠嗑。在老卡眼里小凡是何等尤物，只是世人没整明白，但是在小凡眼里老卡就没了尊重，说起话来也是没深没浅。马六有时说小凡："你怎么这口气和老卡说话？"小凡说："他不具备。"马六感觉有意思，问："什么叫不具备？"小凡笑道："就是没有的意思。"看看马六还在愣神，又说，"不具备就是不男人。"马六又问："咋叫不男人？"小凡没好气地说："自己想去，想啥是啥。"

小凡给老卡端杯水，老卡接了。老卡在沙发上落座，一双细小眼睛上下打量对方，小凡瞪他一眼，他扑哧一声笑了：这眼神儿小刀剜心似的让他的心扑通扑通地跳。小凡也笑了："美得你吧，你不具备。"老卡说："小凡啊我倒要正经问问你了，你整天张口闭口说我不具备，我怎么就不具备了？你怎么知道我不具备了？"小凡见他认真起来就昧昧地笑道："感觉呗。"老卡说："关键你这不具备的后面仿佛一大堆话没说出来，有点拧巴。"小凡说："咱换个频道好不好？人具不具备那是打上眼就看出来了，搭上手就掂量出来了，老远望去头顶上就冒出来了。你天生就是不具备。"老卡挠头道："你这话像是风雨彩虹铿锵玫瑰，见识大了，男人具备不具备你一掂量便知？那今天咱们把话撂这儿，我早晚叫你知道我具不具备。"小凡一时笑得没了声气儿。老卡说："行了行了，你还真拿自己当美女了，也就我吧，对眼的蚯蚓一条龙，换个地儿就凭你能拉动老卡这都市的眼球？等白了眼毛吧。依你，咱换个频道。问你个事，你们两口子守着一个摊位是吧？一个月能有多少收入？"小凡说："怎么想起问这个了？年也过了孩子也开学了，政府也不下来送温暖了。"

老卡说："少说几句行吗？我看你们家的话都叫你一人说了。我是给你老公寻了个肥缺儿，你给个实话，我掂量掂量马六去合适不合适。"小凡说："平均月收入不到三千吧，除了房租水电乱七八糟的，剩不了多少。他进货，我守摊，搭上两人。"老卡说："一个人能支撑下来吗？"小凡说："能，但收入得减掉一千。"老卡说："你们两口子总这样硬撑下去是不行的，若换了我，就不在城里折腾，回家守着自己的几亩地多滋润。"小凡说："可不是啊，但眼前是回不去了。"老卡不明白，小凡说："村里人都知道咱把土地都流转了，现在的年轻人有几个还留在老家啊？我和马六也不是没想过这个章程，那年悄悄回去一趟，夜里跑茅厕，回来就被蚊子咬了一片，你说回去还怎么过？咱在这里也是难，可总还想熬出头，在老家那是连个想头也没有。现在回去住几天人家还觉得咱混出个景儿了，你回去住下不走了狗见了都咬你。"老卡听后哈哈一笑道："你回家夜里上茅厕不打伞吗？"小凡不明白，说："不下雨打伞做甚？"老卡说："妹妹这么白，当心叫月亮把腚瓜晒黑了。"小凡知道老卡是在开涮，就拿个遥控器磕他的头。老卡躲着，就把他为马六介绍的下家说了一遍。老卡其实不过也就一问，平素里马六进多少、出多少、耗费多少他大致有数，看见小凡还在懵懂，就说："这家公司需要一个人，月薪三千还多，你看叫马六去成吗？"

小凡咯咯一笑说："老卡大哥，动物园的猴儿都死净了你跑我们家要俺是吧？马六要见识没见识、要文化没文化，说话还是个大舌头半语子，前天胡同口那边老大妈说她女儿研究生毕业呢，好不容易寻了份差事月薪才刚到两千，那闲在家里的大学生还不知有多少呢！你想想世上还有这等好事摊到我们头上？"老卡见她疑惑就使出杀鸡抹脖儿的姿势，回头又说："过了这村就再没这店了。"

小凡是个水一样通透的女人，见老卡的确是急了，便说："就凭我隔三岔五给你炒菜喝酒地伺候，谅你还不至于拿这事忽悠，人都是有良心的。"于是找来小灵通（手持式无线电话）就给马六打电话。马六通话以后，小凡就说："我搭老卡的车子过去，你在市场等我，我守摊子，老卡拉你去面试，咱不能放过这个机会。"

大约半小时以后，老卡带着面带倦意的马六来到茶馆里面的办公室。

马六是中等身材，年龄三十五六，大眼厚唇，样子敦厚，可能因为语言障碍，显得有点讷口讷言的，见了邵姐目光一撞就赶紧回避，说了句"邵姐"算是招呼过了。邵姐倒并不介意，招呼了座位，又在茶海上忙碌。茶海是黑檀木的，擦拭得光洁，几个古旧杌子列周摆放。邵姐是颇懂得些茶道的，几番错杂颠倒几番反复浸出，递给老卡、马六各一牛眼大小的茶碗，说："刚沏的茶，安溪的上好乌龙，尝尝吧。"

老卡倒不客气，端起来就喝，"咕"的一声就下去了，然后喉结滑动，说："马六你好福气，邵姐平素是不伺候茶的，难得有了好心情才动动这雅兴，除非是贴己的人上门。我来这儿有几年了吧？没记得邵姐这样料理过几回，过去有个妮子被邵姐调教得很像那么回事，可惜那孩子也不知是没这福分还是又捐了个好前程。我回回过来，也都是自己伺候自己，一个盖碗茶，一碟儿瓜子罢了。你小子倒好，进门就品着邵姐亲自料理的茶道了，还不赶紧谢过。"马六刚学着老卡的程序，一口就喝了，或许此前没喝过这样酽的好茶，表情有些苦，一脸的窘态，听见老卡如此说道，赶紧站起身子致谢。邵姐说："坐下坐下，你别听他的，咱们是自家人，没那些客套，先喝茶，喝透了再说话。"

马六一双眼睛就紧盯着邵姐的两只手，他是头一次看见茶道的复杂，从这儿浸到那儿，由壶里再到缸子里，由缸子再到牛眼大小的茶碗里，那手儿简直灵动极了。邵姐不似许多女士那般留有长长指甲并染了颜色，她只打了指甲油，看上去亮亮的、薄薄的，皮肤嫩白细腻。看见这手后，马六再次端起牛眼茶碗时就仅伸出两个指头，其余指头都缩起来了。

茶海后面是画廊，各种书画都是现代装裱、加框塑封的，都是花鸟小品，老板台的后面是一幅牡丹图，姹紫嫣红的一片。邵姐见马六在留意书画，随口问道："喜欢吗？"马六点点头。邵姐又问："认识这幅《牡丹富贵图》？"马六说："像是王雪涛的，有点瘦。"邵姐颔首道："不错不错。以前学过？"马六说："在老家县城跟一个裱画师傅学了半年，后来俺爹说这东西吃不上饭，还是改学厨子吧，就半路把裱画撂了。"

邵姐回头看看老卡，老卡眨眨眼，邵姐说："这口齿挺清楚的？"老卡道："他也不像我昨日说的那么严重，但时间长了你就知道，有些关键字还是咬不清，而且容易闹笑话。"邵姐说："估计是听力的毛病。"然后她看见马六耳朵里塞着个小小助听器，于是脸色不像刚进门时那么好，甚至转瞬有些阴沉起来。老卡有点紧张起来。

老卡是不吃早饭的，而马六则要等到小凡来替他之后才能回家吃早饭。两人都还没"贵族"到有在清晨便啜饮热茶的习惯，即使偶尔喝一两杯，也没有这样的酽茶，一时肚子里咕咕叫，心也有点慌，于是手脚和额上也渗出细汗。邵姐微微笑道："二位没吃早饭，我这还有点茶点。情人节不知谁在我桌上放了盒意大利产的巧克力，马六先吃，老卡就免了吧，你整天在酒店里海参鲍鱼还不够你消遣的。"老卡苦笑说："邵姐果真不知道是哪个彪子送的？"邵姐说："不会是你吧？"看见老卡有些委屈的样子，邵姐于是咯咯笑了，扔过一块巧克力说："吃吧吃吧，早知是你，说了没意思，这东西一说就俗，我心领了比啥都好。"说着又递过纸巾给他道："你看你又没做贼又没偷人的，怎么汗都出来了？人家是叫茶酽的，你呢，是叫助听器烧的还是叫巧克力臊的？"老卡慌忙接过来，转而又说："我不过是为你着想，虽说多个助听器不是那么全乎，其实活计上并不耽误。"

他们说话，马六只管静静坐着，谁也不知他究竟听见没有。

但是进门以后打从丢了尾巴一直没了往日神情的贵儿突然有了精神，开始在马六周身嗅着，只一会工夫便迎向马六，叫了几声，前跳后跳，跳跃抓爬，仿佛是老熟人似的，绕着马六转了几圈，就开始朝马六裤子攀爬。马六赶紧蹲下，抱起贵儿，在它头上反复摩挲，贵儿则显得十分兴奋，一改往日的萎靡混沌。老卡说："怪了，贵儿今天算是活过来了。"

邵姐这时眼睛有点发亮，说："这贵儿跟了我有几年了，每回见了生人都是躲避的，不吵不闹就很不错了，怎么今儿见了马六这样兴奋？"说着就朝贵儿招呼，"从丢了尾巴就再没洗澡，我都懒得抱了，快下来。"但是马六依旧抱着，贵儿似乎很是惬意，并不理会邵姐。邵姐就问马六："你以前养过宠物狗吗？"马六抱着贵儿边逗边说："这样金贵的狗没养过，农村的土狗倒养过几只，都是上小学初中的时候。进城以后就再没心情也没条件养了。"邵姐说："你和贵儿倒是很有缘分，它被伤得不轻，这些日子我都没信心了。你来了，没承想和它天生有缘，能好生调养贵儿我就放心了。"

看看时间不早，邵姐起身，不再伺候茶水，这二人也站起来。她退出几步，皱皱眉头说："你这身行头不行。你不但思想上还没进城，连身体也没进城。"然后她又叫马六把双手伸出来，看见马六的手又看看马六的脸，说："你的手和你的脸简直就不属于一个命。"马六说："啥命？还不是条穷命。"邵姐取出一沓钞票嘱咐道："置办套西服，发型拾掇利索了，也别太那个贝克汉姆了，一般般就可以啦。老卡说得没错，你这孩子底版好，几天就整过来了。你再去桑拿蒸蒸，你这手啊，抓菜抓得骨头缝里都是黄泥，使劲泡，泡细发了再出来。你在麻将桌上伺候局子，首先看你这双手，泡完了再把指甲修修。你这手本不是个出力的料，根本还是纤细修长，换了老卡，那手还叫手啊？简直就是权，给人家提鞋都嫌粗。"老卡听着伸出自己的手，这手虽然比马六干净许多，但骨节一律粗大，一时有些自惭形秽起来。邵姐继续道："仔细刷牙，口香糖咱这有的是，张嘴就是葱蒜味讨不讨啊。"邵姐在高兴时有句口语叫"讨不讨"，就是讨不讨厌的意思，一旦发嗲就省却了那个厌字。

马六听见"讨不讨"时暗自笑道："真有意。"邵姐看看他，他脸一红，低头不语。老卡说："看看吧，讨厌的厌字他发音困难，平时他也说讨不讨的。"邵姐"哦"了一声又问："什么叫真有意？"老卡哈哈大笑道："真有意就是真有意思。不然他说成真有噫嘻，那不难听了？"

邵姐即刻笑成个泪眼婆娑。

老卡喜出望外地拉起马六就要走，邵姐说："等等，你这胡须就别动了，偶（我）喜欢啦。"说毕转身取支韩国女士香烟燃上，脸色在烟雾萦绕中得意起来。贵儿看见马六要走，竟一直狂奔跟了出去。

房间里传来麻将机洗牌的哗啦声和客人打牌时的说笑声，阳光从宽大的窗子像水一样泄进屋里，几盆竹子被阳光穿透，于是便有了一种淡绿的温馨之感。显然邵姐对马六这个人选是比较满意的，一个成熟女人的眼睛往往具备了足够的穿透力和杀伤力，她在这点异乎寻常地自信，而自信的女人是有决断力的，她想马六肯定是她需要的那类人，尤其马六那双忧郁并略带倦意的眼睛以及黝黑的肤色，使她想起南亚热带风暴以及劲舞伴随的拉丁风情，这一短暂时刻邵姐的内心掀起了久违的浪漫情怀。然而这也只是瞬间的心灵波动，许多年来她已经心如止水。

三

直到傍晌，邵姐才见马六跟在老卡身后回到了茶馆，马六进门时还木讷地被门槛绊了一跤。

邵姐上眼瞧着马六，顿时感到惊奇和十分新鲜，唯有自己的看相没拿捏住，眼珠子像两枚钉子死死扎在马六身上，脸色和神色都有了异样变化。老卡此时活像滚进了醋缸里，瞅着面前两人又是挠头皮又是清喉咙，只是邵姐浑然不去理会，只顾围着马六心追目送，笑嘻嘻地招呼人坐下。老卡笑着讨好地说："邵姐，我没说错吧，人靠衣裳马靠鞍啊，眼前的马六可是鸟枪换炮啦！"邵姐翻着白眼说："那得看他是不是杆好枪啊。"她心里明镜似的知道老卡无利不起早，置办这身行头保准会黑下个仨瓜俩枣。果不其然老卡就买了两条相同的红花领带，他和马六各自一条，不巧成为日后生活中的小麻烦。

她的眼神好不容易恢复正常。精明的老卡挤着双细眼醋意未尽，端起杯茶水仰脖哧溜喝个精光。马六坐在旁边尴尬地低着头，手捂肚子也没掩饰住"咕噜咕噜"的叫唤声。邵姐嘿嘿取笑道："怨我唠叨，都把饭点给忘了，走吧！去隔壁的东岳饭馆喝几杯，算我为新来的马六接风，也算答谢有功的老卡吧！"老卡还冒充机灵地问道："那下午谁看店？"邵姐昂起头爽快地说："关门打烊！"

三人兴奋不已地来到了东岳饭馆，楼梯上与酒店老板满大头撞个正着。满大头摘下扣在头上的礼帽，九十度大鞠躬酸溜溜地说："哎呀，这是哪阵香风把邵姐给吹来啦？"邵姐不冷不热地来了句："少啰唆，给俺留的是哪个房间？"满大头也不在意，仍旧献媚地说："聚宝盆啊，要不换个听雨轩？"

邵姐心想，缺德玩意，开饭店弄雅间也没个正形，每次来都是这个聚宝盆。她就没搭理他奔房间去了，后边传来满大头的吆喝声："您爱吃的小菜都摆好啦！"

至于聚宝盆、听雨轩这两名字里边的内涵可够人捉摸的，反正不是啥好事，据说和人解决内急的姿势有关。

满大头肚子里的确没啥文化水，雅座包间的名号虽失大雅，但房里摆设布置还算不落俗套。两人按邵姐的吩咐依次坐定，邵姐却在酒的问题上为难了，她知道老卡习惯花看半开、酒饮大醺。马六只是腼腆地说"随便吧"，就搓着双手低头没了下文，况且她也不知马六酒品咋样，酒以成礼，过则败德。邵姐要的就是这种效果，值得她豁出去试试他的酒德，便挥手吩咐服务员开两瓶古城原浆，老卡见酒犹如馋猫瞅见鱼腥物，爬满红色斑点的喉咙发出咕噜声响，嘴巴不由自主地吞着口水，手捂酒杯乐呵呵地等着服务员添酒了。

邵姐盯着马六木讷推辞的做派，见到两人落差心里自感欣慰，见酒斟满菜上桌便轻咳一声，板着身子举杯说："今儿摆酒为新来的马六接风，捎带着犒赏有功的老卡，敞开了喝，别给姐装。"说罢，咕噜大口酒杯亮底，老卡见状赶紧伸出仨手指头捏住酒杯仰脖灌下，另一只粗手捂住双唇，稍后很舒服地出口气说："好酒，邵姐敞亮！"再看马六端着酒杯左瞅右瞧，勉为其难地喝了大半口，还没等咽下就引来阵急促的咳嗽。邵姐举着筷子比画着道:"快吃口菜压压。"说着夹了一条焖鱼放在马六面前的小菜碟里。

邵姐是个爱琢磨事的人,她眼下的光景都是琢磨精细的结果,在公司她能够准确地记住每月往来的款项,在茶馆里她能记住客人每月茶钱里的余额,当她核对账目无误时就背过脸去没事偷着乐了。

当下邵姐借着酒劲抿着小嘴,默默地偷看着两人的吃相。她以为直观人的吃相可以测绘人的心谱,也就是老辈人讲的相由心生吧。酒过三巡菜过五味,马六自然放松了许多,大口吃菜的样子很有风卷残云之势,甚至不容你有过多想象空间,仿佛他不讲究什么色香品味,只以填饱肚子为最大快乐,是个标准的满脸挂饭盒的人。吃相这点两人相差巨大,老卡总是慢悠悠地拿起筷子,在饭桌上"咔嚓"一声两头碰齐,双眼盯住盘里的菜肴,比只馋猫择食还要挑剔,那双筷子在菜里边左刨右叼地讨人嫌。所以老卡有时难免享受点特殊待遇,邵姐会在他面前放个盛菜的盘子任他作践。

老卡认为最好吃的牙祭,比如焖鱼呀,油炸里脊或小虾小鱼,入口前他总是微眯起眼睛,干瘪的嘴巴里门牙松动是他的老毛病,非得歪着身子侧着头才能咬住食物,这神态颇有点贵儿的风范。酒到这般时分邵姐想到了曹操煮酒论英雄,她就手拿把掐地有了个馊主意。

仨人相互敬酒,菜虽然是一口口地吃,酒却是一杯接一杯地喝。邵姐这会儿真有点喜欢上马六啦,看着他轮廓周正清晰的脸庞,瞧着他吃菜时嘴里好像咬着股倔劲,两边的咀嚼肌肆意地鼓胀起来——看来这马六很是个有原则有个性的人,和她以前喜欢的类型绝不相同且有根本的变化。她总觉得小男人就是爬在墙上的树藤，像马六这样才是根深叶茂的大树，给人厚重的稳定感，对她的胃口，是自己喜欢的菜。

邵姐带着陶醉般的专注盯着马六，端着酒杯忽然有了个奇异的想法，猛地仰脖灌下朝着马六说："从今个起你就是茶馆的人啦，不过你还得满足我个小条件，就是要把名改了。"马六满头雾水，赶紧问道："啥意?"后边的"思"就没好意思说出来。她举着酒杯上下比画着道："马六这名带些匪气，也绝不是你的真名，如实招来吧。"只见马六略显慌乱地低声说："邵姐你这都能看出来，姐你老厉害啦，俺真名叫焦天胜。"邵姐掩嘴笑着说："那你也不能姓焦。"听这话可把马六惹个猴急，嘴里鼓囊囊地嚼着糖醋排骨含糊地说："俺祖祖辈辈都能姓焦，到俺为啥就不能姓焦啦?"邵姐满脸堆笑地说："你想啊，那麻将桌上的玩家特在乎输赢，每到喊你添水续茶时，就张口闭口喊焦啊焦啊。焦啥啊? 保准犯忌讳谁还敢再来玩啊。"马六摸着脑袋问："那咋办啊?"老卡醉眼蒙眬地说："依我看就叫天胜吧!"邵姐拍着道："就这么着吧，咱们取个天天胜利的好彩头吧。"马六名字虽然改了，不过没有人叫他的新名字，仍然叫他马六，那是因为后来老卡一时倒不过嘴，无意间喊了他马六，这一名字便在清雅茶馆中被固定下来。

接下来仨人把盏问天互不相让地喝着，眼瞅着日落西山，仨人已喝完一瓶半古城原浆，瞅着还剩下的半瓶，老卡鼓着劲拽着邵姐还要喝，马六伸手拽过酒瓶没拿稳，掉在地上碎了，吓得他差点跪在地上求饶，邵姐大度地吆喝着："碎碎（岁岁）平安!"满桌子就数马六还"省人事"，他跑到洗手间用冷水搓了几把脸，回来推推趴在桌子上流哈喇子的老卡，又叫醒耷拉着脑袋的邵姐，和老卡左右搀扶着她一溜歪斜地回了茶馆。

仨人进屋，老卡借故回酒店取菜料单子去准备明早的采购而溜了，这下可把马六忙得够呛，一会要伺候躺在沙发上的邵姐，一会又要顾着轻狂疯跑的贵儿。在马六面前贵儿像个轻狂的小疯子，一会儿跑得不见了踪影，就在马六为它着急上火的时候，它又不知从哪儿蹿了出来，缠着马六又跑又跳地兴奋和快活。

邵姐酒场上还能拿捏住，那是酒不醉人人自醉，可到这会酒劲上冲兴风作浪，胸口是火烧火燎般地难受，喝下马六给她沏的蜂蜜水后稍微有些安静，可不久又急冲到马桶前呕吐不止。马六搀扶着她，轻轻拍打着她的后背。他将自己的头使劲朝后歪着，强忍着扑鼻而来的酒臭，顾不上肚子里阵阵翻江倒海般的折腾。她折腾够了身子也软塌塌地没了支撑，好在有马六扶她到床上，为她脱鞋盖被。不久，马六听到鼾声和不时的自语，说些啥马六也听不懂，也不想搞明白。马六心里只是惦记着小凡，他不放心她自己在家，现在溜不了，留下也不合适，再说独自撇下邵姐自个儿也不仗义，万一有个好歹自己咋跟人家交代？马六无奈蹲在角落里没了主张。

半个时辰后，邵姐有了动静，仰着头举着双手要马六伺候洗澡。这可令马六实在是难为情，毕竟这事从来都没落在自己头上，想当年他对小凡也曾有过这般非分之想，他提出几次都被她臭骂一顿给封了口，更何况城里人势必有些新花样，恐怕是些连他做梦也想不出来的花招。这边他心神不宁地迟疑着，那边邵姐火急火燎地催促着，马六没办法只得脱下西服挽挽裤脚，硬着头皮走进去摸索着拧开花洒，数十条晶亮的水线便把他的身影罩住了，他在水的密网里憋着气慌乱地忙活着："水凉吗？""不，再往上调调，要水热一些。"在邵姐的吆喝声中他调好了水温，她伸出手试试说"可以了"，就没再理会他。

看着她钻进了热气缭绕的洗手间，他只好站在门外傻乎乎地等着她吩咐。

细微的水汽在黄色的灯光里渐渐地氤氲开，镶在墙上的镜子蒙了层雾影，邵姐瞅着镜面里那个凹凸有致的女人，自感富有弹性的皮肤温柔滑腻，乳房丰满坚挺犹如两个充足气的皮球。她轻轻地抚摸着自己的身体，从肩头到奶头，从脸蛋到屁股，边摸边心醉地自语："看看，都四十岁的人了，这样的身材和皮肤简直是个奇迹……"

稍后，马六只听见她连声惊叫："快来啊，水管漏水啦。"马六不敢怠慢忙蹿进去，就见水龙头与水管接洽处在吱吱地朝外喷着水流，他抓了条浴巾给堵过去。她抬着头甚至忘记了羞涩，不像是乡下女人遇事惯常的做法那样急着找衣服或抓条浴巾遮住羞，而是光着屁股在柜子里乱翻，很快找出扳手、钳子麻利地递给他。螺丝紧了水流自然止住了，马六却浑身湿漉漉地待在原地，心猿意马手足无措地望着她，他伸手抹了把镜子，在一片流着水的明亮里，他再次仔细地看到了她的胴体。

邵姐坐在马桶上，双手抱着头，下巴搁在膝盖上，目光呆滞。她的神态让马六联想到蹲在树杈上疲倦的飞鸟。"你在想什么呢？"马六小心翼翼地跪在她身前问。她没回答他的问话，马六也不指望她能回答。他的心里充满了内疚和爱慕，他跪在地上爬过去说："邵姐，都怪我不好，我看见了不该看的，从今儿个起我的眼睛就是你的了，我的一切也都是你的了，我会对你好一辈子。"

这时的马六惊慌失措魂飞魄散，转身跑出洗手间"扑通"一声跪在地上，双手抱着头带着哭腔央求着说："邵姐啊，求求你啦，我喝醉啦，赶紧穿衣服吧。"

折腾够了，人才知道关注肚子的温饱和胃口的需要，穿着宽松睡衣的邵姐觉得口渴难耐，固执地扯着嗓子非要喝杯凉牛奶。马六找了几趟才在冰箱里找到牛奶盒子，特意跑到厨房里放进微波炉里加热。马六轻声地说："你最好是喝些热牛奶暖暖胃，老喝凉的当时舒服过后可要遭罪啊。"

微波炉的声音像是一群蜜蜂在嗡嗡作响，邵姐不知为啥突然满眼泪花，平常店里只有她的时候，来搭讪聊天的男人总有那么几个，他们所关心的是无聊的八卦绯闻和男女间那点破事，何曾有人真正关心过她的胃？

这是邵姐始料未及的，她周身好像再次被热水烫过，浑身暖和而熨帖又有了精气神，寻着微波炉丁零作响走进厨房，就见马六开启微波炉门后，两个手指头捏住牛奶盒子，小指却向上翻翘着迅速把它拿出来，放到面前仔细地剪开，倒在备好的高腰玻璃杯里，双手捧着杯子把脉似的试探着温度。邵姐觉得他的手似乎出奇地灵巧，从不浪费任何一个微小的动作，倒是很像茶馆里一个老到的茶艺师。

他那低沉的声音传过来："不烫啦，赶紧喝吧。"邵姐接过递来的杯子，眼瞅着马六那轮廓周正清晰的脸庞，又顺着汗毛茂盛的胳膊往下望去，只需瞥一眼就把他狠狠地印在了心坎上，满脑子是五彩缤纷的快乐和花痴般的遐想。

舌尖上享受着热牛奶的美味，耳根子享受着低声甜蜜的关心，邵姐自己可真是感觉到好受用，不仅是她还有与她相依为命的贵儿，正是因为马六的细心，也正在享受这美好的瞬间。午餐桌上剩下的鱼头、猪骨头正被贵儿在旁边惬意地享受，它不时跑来趴在她面前轻轻地低吠着，伸出舌头舔舔她的脚，仰起嘴巴扯着她的裤子。邵姐知道它是在感激主人的恩赐，尤其是感激新来的马六对它的宠爱。

这个机灵憨厚撩人的马六，在邵姐看来是现实中男人堆里的极品。既然她是自个儿独自闷骚，那就要对得起自己，不能再轻易失去，因为毕竟是靠近四十的人，实在是再也拖不起输不起，必须得寻个值得自己喜欢的男人。喜欢的时间有长有短，无论是死心塌地还是过眼烟云，厮守和抛弃那得凭内心的感觉，没有人可以知晓更无人有权指责些什么。

四

昨晚牌桌散局太迟，临近傍晌，马六才像往常那样麻溜起来收拾屋子，倒不是因为邵姐外出自个儿在家耍滑偷懒，而是今天凌晨四位牌主离开茶馆后，一堆麻将牌狼藉地在桌面上，他在靠南窗椅子下面捡了沓厚厚的钞票，揣着钱追出去早已不见了人影，闹得他心神不安地没睡沉稳，当下依旧眼盯着天花板，懒洋洋地赖在床上没起来。

这个粗心的主就是老鱼头，听老卡说在碧海就见他是市领导的座上宾。老鱼头是个心里能装下千山万水的人，也是个能通天的主，这个老财政退休后反而忙得不亦乐乎，从古到今有人是处处求着人，也有人是处处被人求，只有老鱼头这样的主才能做到，被人捧着求着数次不难，难的是后半辈子总得有人求。

老鱼头本是姓于，名万全，马六之所以叫他老鱼头，是因为他坐在牌桌前，咋瞅都像个背光里剪影般的鲇鱼头——光秃秃脑袋和着突出的地包天，趴鼻头到唇齿间两撇鱼须般的胡须，不管是谁和牌他的嘴都会变成"O"形，连"破嘴缸子"都说这人像个鲇鱼头，只是当面不敢言语罢了。

上周五那天，老鱼头刚过晌就来到了茶馆，他玩牌从来都是中规中矩时间观念特强，依惯例他在牌桌前饶有兴趣地摸翻牌，验证着对盲牌的感觉和判断力，待"破嘴缸子"打着酒嗝和其他牌主坐定后，四人筛风选位置验资买牌码，由老鱼头做庄说笑着开始了头圈牌。

马六里外收拾完毕，就像守菜摊时眼皮发黏开始迷糊，为让自己有些兴奋驱赶瞌睡虫，便悄悄坐在南窗下似懂非懂地瞅着牌局，他虽说眯着眼但心里明镜似的知道，第三圈牌老鱼头起手就是百年难遇的天和，十四张牌有副、有将，摸到手即可和牌，可他偏偏把张将牌很随意地扔在牌海里。过后马六私下向他讨教，他说官有官品、牌有牌道，麻将如戏有些机会要舍得，人生如斯却要抓住每个机会，既然坐在牌桌前就要享受这种心动的过程，世间的任何钱都可以挣，唯有赌桌上的钱不要轻易地收，命不硬的人会压不住这笔财，要深知得之易失、失之易得的奥妙。

马六佩服更感叹有这种心态的人，这种人活在世上保准能赢个盆满钵满。

用餐时，马六也不在乎饭菜质量，不像吃猫食的"破嘴缸子"说三道四，他总是不紧不慢地咀嚼着，大把时间留给滴溜乱转的眼睛，虽说整个脑壳将饭碗遮住，可他碗边时常闪现出两缕亮光来，贼亮的光有时是斜冲着邵姐，有时是俯视着几位牌友，不管人们是否接受或感觉到这缕光亮，反正邵姐有时候把眼神投向马六时，他总是故意在饭碗里挥舞着筷子，私下里很在意自己和邵姐的关系。

马六回屋哆嗦着数了几遍那沓钞票，才知道有五千三百元钱。从他数钱的笨拙姿势看，钱对于他来说是陌生的，他也没见过这么些钱。这些钱足够家里半年的房租和花销，这些钱足够儿子半年的学费——赚这些钱老婆得卖多少斤鲜菜？他想得脑袋迷糊、心揣小兔般不安宁，身边除了四条腿的贵儿又没个喘气的人。邵姐哪去了？她前两天还为进货缺钱整得愁眉苦脸，结果老鱼头知道后打个电话，他朋友就送来半兜子现金，乐得她屁颠屁颠地感谢老鱼头，笑逐颜开地去银行办了转账手续，现在陪着朋友去武夷山进货，捎带着游山玩水逍遥啦。

马六心里明镜似的，能整天待在茶馆的主儿，保准都是奔小康路上的佼佼者，缺钱犯愁的烦心事见了他们都绕着走，在这里唯独自己才是个穿西服的穷款，甚至卑贱到连贵儿都不如——细想也不对，我还有儿子传宗接代这点就比它贵儿强得多。

虽然老板不在家，马六还是担心贵儿在哪个角落里盯着，瞬时感到不安和愧疚，连忙骨碌翻身爬起来，不出半个时辰就把手头的活干完了。他冥思苦想地徘徊在茶馆里，很纠结也很踌躇，有些想法自己都感觉害羞，这种感觉就是投降认命了，早投降早解放，彻底承认自己这些年是条四处漂泊的流浪狗。

老卡这些天的确来茶馆少了，和小凡的交往倒是多了，没有邵姐人家也懒得登门，就说眼下这笔钱马六绝对要如数归还老鱼头，但也得有老卡做个见证，不然邵姐回来这事好说不好听，天知地知的事谁也说不清楚，马六就从心里盼着老卡的身影出现。

看来每个人都是禁不住唠叨的，说曹操曹操到，见老卡乐呵呵地朝茶馆走来，马六赶紧朝里屋走去。

"兄弟，忙啥哪？咋见我还躲着走。""哪里，这不赶紧给您沏茶嘛。"两人你言我语地打着哈哈。

瞅着坐在茶海前乐滋滋的老卡，马六怯怯地催："赶紧品品味道咋样。""那茶艺肯定是比不了邵姐的，不过凑合着喝吧。"听这话马六就气恼不已，暗道老卡你别踩着鼻子上脸不识敬，还真把自己当根葱，可谁拿你爆锅啊？不过马六想到心里那点事还是嘴巴抹蜜笑着说："老哥最近咋不常来了，是咱妹夫又给你加担子了？""这倒没有，我怕走顺了腿给你们添乱。""这话咋说，这茶馆还不和你家一样，邵姐老喜欢你啦。""我说你还是个雏有点嫩吧，她是谁？那是生意场上的女汉子，你知道她那心劲有多大？大得能把咱俩扛起来，哪像咱喜怒哀乐全挂脸上，像个母鸡下蛋涨得满脸通红瞎咯嗒。""这话在理对头啊。"马六点头哈腰地讨着好。

"不对呀，兄弟咋像有事？"老卡眯着细眼盯着他，边品茶、抽烟冷不丁冒出这句话来。马六暗自思量这家伙真贼，啥事也别想瞒过他，连忙起身给续好茶说："还真有档子事，麻烦老哥给做个证人。"

"咋的？吃官司啦？"老卡吓得刚入口的茶水喷了出来。马六心想，这人也不过是针鼻大的胆，虱子打滚顶不起被单来，马六就把那沓钱的事和自己的想法都告诉了他。

老卡满脸轻松地说："你又不是没经历过，这事儿说复杂也复杂说简单也简单，聪明人就是把复杂事给办简单了，咱就坦坦荡荡地完璧归赵呗。""那他不会讹咱吧？"马六还不踏实地问道。

老卡不紧不慢地掏出支烟，抻着脑袋等马六给点上，然后深吸大口揶揄着："你呀，别小心眼子啦，你以为那些主和咱一样，人家都是见过世面蹚过江湖的人，你就把心放狗肚子里吧。"

马六也觉着这话问得没意思，就嘟囔句"害人之心不可有，防人之心不可无啊"，还用眼睛瞥老卡一眼。说者有意听者更有心，这话肯定是说给老卡听的，老卡眉头忽地皱起来，保准心里也能咂摸出点味道来。

事情和老卡预料的一样，老鱼头当众把马六毫不吝啬地夸奖一番，非要抽出几张钞票来答谢马六，急得马六大舌头不听使唤直打结，最后诺诺地说"这是应该的"，铁了心地只领心意不收钱，急呼呼地转身干活去啦。马六瞪着两眼想了半宿的事，在老鱼头手上几分钟就搞定啦，这也倒好，省下马六欠个人情不安心。

几天后的清晨，老鱼头进来后亲热地打着招呼："哎呀！兄弟忙着哪？"惊得马六满头雾水赶紧弯腰搭话："老人家您早！"心想这咋跟蛇似的走路没动静，飘忽忽地就来到你面前。自打前些日子那档事后，老人家对马六的态度是越来越亲近，看着他手里拎着个大兜子，马六顺口问："您需要我做点什么？"老鱼头倒是不急，嘿嘿笑着，伸手拽着马六来到里屋坐下，指着脚下的兜子说："你知道我这人不喜烟酒，这些是逢年过节亲朋好友送的，我琢磨着你和老卡兄弟有交情，就托你们卖到酒店里凑点麻将钱咋样，这忙得帮我吧？"马六扫了眼大兜子，里边的香烟估计得有个几十条。见他心有疑惑没言语，老鱼头弯腰拿出条红彤彤的香烟说："二十条嘎嘎新的软中华，且有咱当地烟草专卖条形码，两行十六位字母数字啥也不缺，绝对是错不了的真货，再说我也不能亏待你们，卖多卖少是你们的能耐，我只收个万元整数，剩下的就算你俩的辛苦钱。"马六心里的小算盘拨拉得很到位，立马知道这是笔只赚不赔的买卖，就点着头说："您放心我会尽力，我就把兜子悄悄地塞在了吧台下面的板柜里。"

第二天，马六依旧笑脸相迎先后到来的牌主们，麻将室里传来麻将机洗牌声和牌主们的说笑声，抽烟的人开始吞云吐雾，牌顺时就掏出烟来兜一圈，牌不顺时就闷头连着抽，不大的房间里烟雾缭绕，即使马六开窗驱散也无济于事，这时有阳光从窗外水一样地泄进来，几盆花草沐浴在烟雾和光环里，绿莹莹的，让人有种畅想的欲望。

马六背着手在屋里转圈，对眼前的景色几乎都没有感觉，他惦记着老卡不知把事办得咋样，急得像个发情骚动的老草驴闭着眼睛瞎转转。

直到偏晌，老卡才乐得屁颠屁颠地来到茶馆，不用问马六就知道事已办妥。老卡从怀里掏出两个信封，交给马六低声地说："这事不好办啊，我忙活半天才搞定，这个大的是老鱼头的，这个是你那份，回去赶紧给老婆孩子置办身衣裳吧。""你那份呢?"马六的手落在半空问道。"我也不会亏待自个，扣去打点人情的费用，你我各分一半我就没客气。"

老卡转身想溜，又回头不放心地嘱咐："哎，我说你可别大闺女要饭死心眼，这事别告诉邵姐，不然以后的财路可就此打住了。"马六没放声也没点头，心里早有自个儿的闷主意。

晚上散局较早，当马六把老鱼头拽到僻静处时，老鱼头接过递到手里的信封没客气，随便得像喝了杯再普通不过的茶水，笑呵呵地拍着马六的肩膀说："兄弟，咱别整天只顾当小二，这跑龙套也有它的诀窍，并非苦干愣干才能出名堂啊。"马六也随着话音打哈哈道："俺是个出蛮力的人，除了卖苦力啥都不会啊。"老鱼头很严肃地说："我看未必，譬如说你起码要摸透这堆麻将，必要时替老板应急救个场，三缺一时凑个人，像毛主席说的那样，召之即来，来之能战，战之能胜。"马六低头诺诺地说："俺就是个土鳖，生就有副土坷垃里扒拉菜的手。俺爹娘也说过，男人要艺不压身，就是别沾那个赌字。"老鱼头立马拿起张麻将牌比画着说："说到赌咱先看这个赌字，虽说是个形声字，从贝者声，贝是古代的钱币，就是今天的钞票。赌确实是无钱不欢，谁要是赌名誉、赌财物都不及赌钱实惠，赌若不以钱财定胜负，这人马上就兴味索然撂挑子走人。"马六把头点得像鸡啄米，说："俺看着那万、条、花、饼就犯晕忽，还得盯上家、控下家、防对家，那有多累啊。"老鱼头听马六这话他非但没生气反倒安慰说："看你身边的人，都是人五人六地摆着谱，来个上查三代哪个不是农家后生，我看你就是个绩优股，人品忠厚是个可交之人，抽空我把麻将的道行给你说说，如果你开了窍，不出两年保准你是个帅才，没人敢瞧不起咱。""那好，那好，我听你的吩咐。"说完就没了后话，老鱼头的话既像是鼓励又像是鞭策，更多的是兄弟间语重心长的期待。

这天上午，马六比往常起得更早，干得更勤快，里三间外三间地收拾个遍，稍微歇息就蹲在门外抽了袋烟，然后走到牌桌前，撅着屁股对麻将牌有了兴趣，挑出万字、条子和饼子，按着从一到九码成利整的三长溜。他瞪大眼睛累得眼珠子生疼，最后流出了泪也没看出个子丑寅卯来。

不知啥时候，老鱼头"飘"到了马六身边，半忽悠半揶揄道："哎，我说兄弟，这就练上啦。"马六回身搓着双手说："没呢，多少张牌我还弄不清，这榆木脑袋真笨。"

老鱼头伸手拉过把椅子道："来，来，快坐下来，心急吃不了热豆腐，听我慢慢给你说。"马六半拉屁股坐在椅子上，毕恭毕敬地说："哎，我洗耳恭听。"

"前些年我有个干闺女，和其他女孩不同，她有着三个不具备——不具备有权有势的家庭背景，不具备超乎常人的智商，不具备光鲜亮丽的姿色。"马六心想咋又是小凡说的不具备，赶紧不解地问："那你咋还认她啊？"

他摆摆手说："别急啊，她爹是我一个溜边远房亲戚的亲戚，她当年在乡下初中辍学，不愿跟着爹娘在地里修理庄稼，不想过那种面朝黄土背朝天的日子，就跟镇上的青皮人渣混春秋。她先是台球桌前混，腻歪了就推牌九，人家打麻将赌牌她伺候局，她天生就对条饼万花、王牌百搭、俩成对仨成行有着很好的悟性，她就把麻将牌当门学问来研究。元末明初有个崇拜水浒英雄的人，把麻将抹成了梁山好汉一百单八将，九条就是'九纹龙'史进，二条指'双鞭'呼延灼，聚义厅的这些好汉来自四面八方，就有了东西南北中，好汉们有贵人有贱民就有了发财和白板，再加上四君子梅兰竹菊，整副牌刚好凑齐一百四十四张。你说她都研究到这份上啦，她的牌技能不高人一筹吗？"

"后来她琢磨开窍啦，觉得翅膀硬了手也就痒痒啦，遇上三缺一披挂上阵成了穆桂英，自然是独当一面输少赢多。她没出半年又玩腻了，心里感觉这个累啊，说牌桌上赢了钱也累、输了钱谁都闹心更觉得累。她心里总是悬吊着，牌桌上钩心斗角看人下菜碟，恼火的是还要提防公安，三更半夜回家还要算计着对付父母的胡搅蛮缠，最后干脆金盆洗手不干了。"马六起身忙着给他续杯茶水说："是啊，真可惜啦。"

他张嘴喝口茶，抿了抿那唇上的两撇须，神秘地说："还有更绝的，我佩服的是她玩牌的目的与常人相反，她练就的功夫是如何输钱，愿意输给她能从中获得更大利益的人物。"

"那年冬天，她拎着两瓶酒上门找到我，哭着喊着要我帮她找工作，我瞅她只有这门特长手艺，就把她推荐给一位房地产开发商。没出半年我再见到她时，那可把我给吓愣了，她穿着时尚开着小车，手挎质地很好的坤包，言谈举止也斯文了不少。据她讲，她眼下专门为老板交际揽工程，战绩是相当不错，那老板生意做得是风生水起相当红火，对她的奖励每年每月都还不菲。我唯不待见的就是她各色绯闻满天飞，实际上她和老板钻进被窝很是正常也无所谓，可这事揭开被窝就是羞她父母的脸，她父母知道此事劈了她的床当柴烧是小事，还不得记恨我这个做长辈的人品？所以，我这张老脸差点羞到裤裆里，从此不愿再搭理这个女人啦。"

马六微摇了头，连声说："可惜，真有点可惜。"老鱼头摇摇头说："说她这不是我的目的，是要你学她如何玩牌也能把人玩透，玩明白啦。"马六又是满脸迷惑："这人咋跟牌能串在一起，也没有关联啊？"老鱼头挠了把头顶接着说："咱长话短说，你仔细琢磨琢磨就能领会里边的道行。你听着，麻将玩得好这人有头脑，麻将耍得精这人思路清，打牌不使诈这人胆子大，输赢还发闷这人城府深。这牌桌上的玄机，对你终身有益，取之不尽，用之不竭，眼前这无师自通的好事，你为啥不学啊？"马六激动得脸都变了色，不由自主地握紧老鱼头的手说："我这辈子都会咂摸您老的指点，体会其中味道的。"

五

马六清早起身就开始忙碌，直到日上三竿才把茶馆里外收拾利索，他闲散地来到博古架前，谨慎地拿下一套考究的紫砂杯，装模作样地倒满白开水，默念着邵姐教他品茶的"约法三章、八项注意"：先是双手端杯捧着杯双眼微闭，鼻子夸张地吸着杯里袅袅升起的水汽，仿佛一股清香沁入肺腑，沿顺时针方向慢慢转动杯沿，小抿一口再微张双眼，紧盯着水里的一切，犹如有片雀舌芽尖在水中沉浮，过会又滴溜翻滚旋转，这样才能开口说出你对茶的评价——哎呀，真麻烦，咱就大口大口地喝，那该有多爽多过瘾，既解渴又省事——不对，邵姐说那不叫品那叫饮，对马六说得更难听，那叫饮驴。

马六越想越生气，干脆起身又把茶杯放回博古架，瞅着各式各样古色古香的茶壶犯起了嘀咕。仔细地瞅着也看不出个门道来，拿了一件放在手里掂了掂分量也很轻，卖价咋就蹭着高往上蹿？有的甚至蹿到六七位数！就这天价还真有人喜欢收藏，哎，这个诡秘的世道有帮可怜的冤大头。

马六迷惑中，有位年过半百的女人翩然走进茶馆。他仔细打量着她：身着一款黑色亮面短风衣、窄脚七分裤，短靴筒上的水晶缭乱地璀璨，神情倨傲姿态挺拔。他暗叹这人从前保准是个美人坯子：大富大贵的脸庞上鼻直唇红，乌浓的双眼衬着褶成双的眼皮，眼角眉梢处轻柔的鱼尾纹，颧骨稍高，有着弧度完美的下巴,只是底粉涂得肤色绯亮里掺杂着星点土黄色——这是个曾经风光无比的贵妇人,至少身边睡觉的男人是有钱有势的主。

马六还算了解这些气质摩登的女人,尤其是那些握有家庭权力的"母夜叉"们,她们掖在腌蛋子底下的私房钱有个千八百万。这年头只有老百姓才把血汗钱存进银行,她们的钱花不了也不敢存银行,搂着堆钞票人不安宁睡不着,那钞票睡得香就是不能生钱,搂着钞票醒了就得抻胳膊撩腿,找个地方闹腾阵子解个闷。

马六迎上前:"请问夫人尊姓?是品茶还是……?""我姓郝,叫我郝姐吧,我先看看这壶。"她说着把手里的墨镜玩得滴溜转。"那您随意。"马六说着把沏好的乌龙茶摆在了茶海上。

奇怪的是,郝姐摇着墨镜围着博古架款款转了几圈,不像有人东扯葫芦西扯瓢地问个究竟,接着又双手扣膝端坐在茶海前。马六伸手比画着说:"请用茶,上好的冻顶乌龙。"她抿着嘴仔细地品了品说:"味道不错。"抬脸瞅瞅他疑惑地问:"咋就你一人?老板不在家?""是啊,看来您也是老主顾了,感谢关照。"马六堆笑奉承道。

"我也不算啥老主顾,只是见过邵姐,在这里你能拍板做主吗?"女人那双眼睛死死盯在他的脸上,马六满脸尴尬地说:"这不是难事,蝇头小利我就办,大折扣请示老板也成,像您这样有身份有气质的人,不会在乎那仨瓜俩枣的。"她摸着手腕上亮晶晶的玉镯说:"还行啊,话说得挺讨人亲,这样吧,你给我包好那对镶金名壶。"

马六赶紧转身来到柜前,捧出那对精美的镶金茶壶放在她面前,手把着壶身说:"这壶是原矿紫泥加工制作而成的,瞧这大气的造型，直嘴圈把平盖，一条祥龙做钮，古拙透着灵气，镶金工艺匀称流畅，壶身反面'旭日东升'四个字气势磅礴。"他把知道的全部抖搂了，再多说一点也该露馅了。

郝姐似乎对他的絮叨不感兴趣，只是掏出手机按下号码，兴高采烈地通着电话，马六低头盘算着给她几折合适。"哎，老板夸你！"说着就把苹果机递过来，"你是谁啊？""我，连姐的声音都听不出来？噢，这是在哪啊？你就按半价收郝姐的款，剩下的事等我回去再说，现在我要上车啦。"没等马六再说什么，那边电话就挂线了。

郝姐把手机收回接着问："都明白了？""明白，我马上办。"他说着找来漆盒仔细包装捆好。她起身说："帮我放车上吧。""好啊，那款……？"他忐忑地问。"那咱去银行办转账吧。"他抱歉地说："郝姐，您看店里就我自个儿也脱不开身啊。"她这点倒没计较，微笑着说："不去也行，你给我开张收据我等邵姐回来冲账。"两人来到她停车的树下，她开启后备厢指着个塑料箱说："这个数正合适，你过过目吧！"马六大吃一惊，揭开箱盖见捆捆百元钞票堆齐了箱沿，又瞧瞧四周慌忙给她盖好，犹如箱子里盛满了妖魔鬼怪。他低声胆怯地说："郝姐你胆也忒大啦，你不怕有人抢劫啊？""别磨蹭啦，我还有急事，快搬走吧！"说着她接过收据，开着大奔扬长而去。

马六搬着箱子回到屋里，仿佛捧着块烫手的热豆腐，这可是一百万哪，摸摸手还有点烫。马六想，郝姐似乎有种安全感，这种感觉是电话里邵姐给的。郝姐肯定有的是钱，这点事对于她来说也不是事。

马六转身和邵姐通了电话，她在那边轻松地吩咐着，先放保险箱等她回来再处理。这是她头回告诉他保险箱密码，也许是对他的信任，也许是没有办法的办法。

隔了几天，郝姐再次派人来买了几幅装裱好的字画，事情办得大致相当，那些人笑嘻嘻地求着邵姐给了折扣，只是有人拿了收据未交钱，马六当然是千万般仔细，但邵姐酌定他只是遵命办理，不为那么多钱费神倒也清心省事。

邵姐过足玩瘾才回来，大家自然是高兴不已。那天夜里破嘴缸子牌风不顺，竟发出几声坏笑嚷嚷着："早些收摊回家伺候老婆吧，小别胜新婚啊！"鬼都知道破嘴缸子的媳妇早跟个卖领带的浙江人私奔了，眼下正在嵊州抱着娃娃唱越剧呢！明眼人都知道这货话里有话，几双眼睛齐刷刷射向马六，羞得他恨不得找个地洞钻进去，这时老鱼头帮了腔："赶紧吧，我还有点急事。"说罢，人们说笑着离开了茶馆。

其实老鱼头并没有离开茶馆，而是从后门溜进了棋牌室隔壁的那个储物间。这本不该是马六操心的事，只是贵儿跟着老鱼头瞎溜达，随时彰显出猫恋腥狗记道的本性，几遭给它留下印象太深了，老鱼头就轻车熟路般地被贵儿跟踪了。

马六想把贵儿拦在身边少惹是生非，可这家伙不知为啥犯贱，尾随着老鱼头味溜躇进了储物间，就像害怕再次被挤掉尾巴根，留下条不宽不窄的门缝，里边两人的说话声就幽幽飘进了马六的耳朵里。

邵姐说："感谢大哥的鼎力相助，都是明白人就不客气啦，滴水之恩我会涌泉相报。"老鱼头轻轻地咳嗽："别价，小妹为人厚道我才放心，换个人我还真没这份胆量，也没这份心情。"马六冲里边瞧着，见她从身后柜子里拿出个方形黑色皮箱，塞到老鱼头的手中说："大哥过过目，这是上次郝姐孝敬您的。"老鱼头双手在皮箱上拍了拍，笑呵呵地说："免了，妹子办事我放心，那几把壶和字画可别在场面上出现啦，还有马六是个靠谱的人，值得信任……"听他们议论到自己，吓得马六哈着腰拎着鞋悄悄地开溜了。

第二天是个周日，就像破嘴缸子说的，每到此时来茶馆玩牌的人很少，大概是这些人老婆孩子热炕头，放假抱孩子求安稳少找麻烦少遭罪吧。

马六整天跟着邵姐学茶艺，喝着自己亲泡的茶固然欣慰，更让他惬意的是享受两人世界带来的心境，在冗长缓慢千篇一律的过程中，他感受到一种超凡脱俗远离尘嚣的安然。

伴着徐徐吹起的晚风，邵姐提议要喝酒尽兴，马六不解地问："为啥?"邵姐说："就为俩字，高兴。"

邵姐这般盼咐，他也只有顺从的份，全身心投入到下酒菜上。首道菜是邵姐最爱吃的沸腾牛肉，排在盘子里的牛肉片撒好葱姜蒜末，然后把油锅烧得滚烫沸腾，刺啦加入鲜红的碎辣椒，再浇泼到盘子里全部烫开就是上好的佳肴。配的素菜也不能马虎，清炒的油菜拈起菜叶滴着凝成细珠的麻油，鲜嫩的、翠绿的叶形不失色不受损，再搭配两个她得意的小菜就算搞定啦。她从柜里拿出瓶古城原浆，其实马六知道这酒的价位，就是因为她喜欢这个酒、讲究这种类型、注重这个品位，价位贵贱不是她的标杆，口味加品位才是她的挚爱，满足她自己的同时，还要喜欢她的人围着自己的嗜好转那才叫爽。

他把酒菜摆上桌，邵姐笑着说："尝尝这酒，我就喜欢这古城原浆。"两人喝得十分畅快，邵姐那天兴致很高，歪着头端着酒杯问他："你猜猜我这些年挣了多少钱？"他腼腆地嘿嘿笑道："我哪知道啊。""你猜猜，你猜猜嘛。"她拽着他的手撒着娇，应了那句：这世上没有骄傲的男人，只有骄傲的女人。

马六很为难，咬牙跺脚般地往高处猜，伸出两手指头。"你讨不讨，说我'二'是吧？还敢侮辱我的智商。""不敢，也不是。"他使劲摇头否认着。"那你也没瞧得起姐，二百万？咋对得起我付出的血汗啊！"她说着还用手抹了下潮湿的眼睛。

他小心翼翼地凑过来问："我是个土鳖实在猜不着，就别再难为我了。"邵姐伸出手，戴着钻戒的手掌在他面前晃了晃道："就这个数吧。""啊，五百万，俺的亲娘啊咋这么多？""别大惊小怪的，我说你就是老鼠跳舞——转不开那屁大点地方，你说的数后边再加个零，少说也有五千万。"

听到这话，马六心里咯噔发愣，差点把嚼着的菜给喷出来："我的天啊，这么多钱你可咋花？"邵姐欣慰地点点头，喝口酒深情地说："你这心思还真卡拐①，今天就告诉你我这钱的用场。"

马六起身伸出手，想把菜盘调得离她近点，邵姐阻拦着说："别折腾啦，鱼腥亏不了长鼻子猫，前些日子我去武夷山，你以为我真是去游山玩水啊？我告诉你吧，姐是去考察项目了。""啥项目？"她伸出两手指打了个响指说："那叫会所。"马六摇头喷喷道："俺光知道婚姻介绍所、卫生所，咱办托儿所干啥啊？"

邵姐得意地说："啥托儿所？你不知道吧，这几年高档次会所最时髦啦，说白了它就是大款阔商、成功人士休闲聚会的场所，这里边要啥有啥，还有些不可言喻的隐秘，但绝对没有违法的黄赌毒啊。我这话其实也有水分，我敢肯定赌是少不了，三五

---

① 卡拐：方言，指靠谱。

万的输赢对那些人纯是小菜。"马六迎合着说："小赌怡情嘛。"邵姐撇着嘴说："呸，那得看谁的口气，但是你说得也对，也有道理，对于那些人来说，顺手输个万把块就等于咱老百姓几块钱，那当然是毛毛雨啦。"

马六很想知道她骨子里的想法，便皱着眉毛满脸堆笑地说："咱这巴掌大的房间也忒小了。"她语调轻松把手一挥道："说得在理啊，我要把满大头的东岳给盘下来。"他惊呆地说："那家伙正是天天有进项发财的时候，这个舍命不舍财的主岂能放手。""这活我已有打算，找人设局不怕他不上套。"她满有把握地说。

他在心里盘算又担心地说："邵姐，你要是办会所得选个好地角，最起码得有个上档次的停车场。你看咱这破地，门前整天乱哄哄的，车还没停稳交警摩托车冒烟就跟腚过来，贴张罚单就是壶好茶钱。"邵姐点头说："我看中的就是闹中取静，就要这个人气兴旺，不当意的就是没有停车场。不过你想啊，来会所的爷不能连个司机都没有吧，再说啦，停车罚款那是他们的事，与咱没有半毛钱的关系。"马六暗自佩服她的心计，随声附和着说："在这闹市区还真不能有高档停车场，那也忒显眼招风啦。""此话在理，门前趴一溜高档车，惹出麻烦我们还沾光擦屁股，到时候保准有个倒霉蛋。"邵姐说完哈哈哈大笑，弄得马六稀里糊涂地也跟着嘿嘿嘿笑岔了气。

邵姐伸出手戳着马六的脑壳说："别笑啦，这才是皮毛，还有更肥头的。""啊，我的娘哎，你还要折腾啥？"马六张口结舌地问。

"我要重新注册家投资公司，投资，懂吗？"邵姐越说越亢奋，这也是马六所期待的。他搓着双手说："不就是找项目投资赚利润吗?""这么说还有点靠谱,我就是民企个体、缺资金没门路贷款老板的活菩萨。""太夸张了吧,这不是满街银行吗?中行、工行、农行,再加上恒丰、华夏银行……"他在扳着指头数着,结果引来邵姐的满脸不屑:"哼!别看银行的门面比比皆是,可是谁要想经银行贷笔款应急,那不累死也得扒层皮。""那倒不假,哪路财神不都得拜吗?"马六说得很自然。

随后他又说:"现在投资项目动不动就上千万上亿元,可你有那么多钱吗?"她满有把握地说:"谁能有那么多闲钱?去融资集资啊!你知道为啥没有通货膨胀吗?""为啥?""你想啊,有权有势的把钱使劲藏着掖着,这些人钱多得成了灾人也活得憋屈,他们又不敢随便存银行,因为实名制啊!你说,他们平常消费吃喝不用愁,他们担惊受怕捞来的钱却躺在家里睡大觉,钱睡得着人却睡不着怕警车叫唤,可到了我手里,那就不同啦。"邵姐话说得就像是发电报"嘀嘀嗒嗒"的节奏——对啦,现在也没有人遇事发电报,只用微信顺手摇摇就完活。

马六因为这些天牌局散得晚,睡眠大打折扣瞌睡得厉害,现在却被邵姐鼓噪得像有万只眼睛在狰狞地瞪着自己,他脑子里翻江倒海般地憧憬着未来,对邵姐崇拜佩服得五体投地,频频点头贼认真地听着。更是小红旗舞东风,像是吃了猛药达到了亢奋点,说得无比激动和精彩:"那些钱在我手里,就是左手点钞票进来,右手点钞票借出,利息上找准就能发大财,说白了就跟你贩菜同理。"说完她端起酒杯美滋滋地喝了一口,不同的是马六听后却吓得够呛。

她又接着说:"这些年经济不景气,银根紧缩,遍地都有些个企业,个个都像翻肚的鱼,张着小嘴缺氧难受得要血命。这些贷款就是捆救命的稻草，落在谁脑袋上就救了谁，要不然企业倒闭、员工上访没个消停。"

他对她突起敬意，这哪是茶馆的女老板，这是随便拔根眉毛当哨吹的主，简直就是个巾帼女英雄啊！他赶紧奉承地说："哎呀，你懂得这么多！你就不怕钱借出去变成肉包子打狗，狗是打中了钱却有去无回，那时候叫天天不应呼地地不灵，你拍着屁股死都找不着地。"

邵姐说："你的担心不无道理，到时候就得好马配好鞍，有人拍胸脯打包票为咱出力讨债，可以吧？""我看行，是非常行啊。"马六也拍胸脯打包票地较着劲。

"这不就结了，这个公司交给你啦，是我兄弟就得帮我撑起半边天。"她满脸真诚地邀他入伙。"那敢情好，说实话是姐信任我，我不识好歹不成呆瓜了？你是我亲姐，但我有老婆孩子，将来还得为他们着想。"他缺乏底气，话音比刚才降了八度。

"哎，我说马六，这咋还碍着老婆孩子啦，你咋跟人民币有仇啊？"邵姐真有点不明白。他赶紧摆摆手说："不是，眼下不是时兴啥股份制吗？你这当姐的就看着给我点股份，将来我给儿子继承点遗产，说明咱这爹也没白当啊。"邵姐拍着手说："有理，看不出你还是个情义人，我佩服。""这……这算啥，你不会说我贪小便宜吧？"

这是应当。她心想拿股份总比拿现金合乎心意："就这么定啦。来咱俩击掌为盟一言为定，喝酒！"

这会儿邵姐满脸红霞地捱着酒杯，顾不上夹菜，只是瞅着羞答答的马六，仿佛他就是美味佳肴下酒菜。不，他是只被猫捉弄耍逗的鼠辈，在猫的眼光笼罩下被魔法定身。若他是不敢乱动束手就擒的老鼠，那她就是那只眼放绿光的母猫。

马六咋劝都劝不住，邵姐喝了不少酒，且越说越兴奋，他瞪着眼睛很是忐忑，不知道接下来会发生什么事情，好在这里就他和她两人外加贵儿。马六劝她别再喝了，她摇摇头却大声地说："不行！"说着还要抓起酒瓶往嘴里倒。马六说："你喝醉了让我咋办？"她将头朝他怀里一歪说："你想咋办就咋办。"她还要他背着她在地上走几圈，没办法马六只好依她。她猛地蹿高，轻伏在马六后背上，两手抓着他的双肩，两条大腿紧紧地夹住他那后腰，和他咬耳朵说："有你背着真好。"他赶紧体贴地说："那我以后经常背你，只要你愿意。"她伏在背上梦呓般地嘟囔着："我愿意，我愿意。"可马六有股说不出的滋味，知道自己几斤几两再做回柳下惠也无妨，赶紧敷衍地扶她上床就麻溜地跑了出来。

六

马六心里记着邵姐的话，取信十年，失信一日，连续几个月尽心收拾着茶馆的旮旯角落。俗话说，种棵苗能成树，累死人忙家务。尽管如此他还是每天整理擦拭着茶柜和摆当，把时间段分解得可谓是见缝插针、遇洞灌水，茶馆的日新月异有目共睹，令邵姐感动得叹嘘不已。

每到厨房，他也是变着花样精心地伺候着牌主们。牌桌上的几位夸赞马六的时候，必是他们围坐在餐桌前享受时令鲜菜可口佳肴的当口，这时候茶馆难得有着宜人的清净，脸盆般大的吸顶灯映照着餐桌上的肉丝炒豇豆、茭白炒虾仁、韭菜炒鸡蛋、青椒炒巴蛸和青菜排骨汤。红黄蓝绿搭配绝佳的四菜一汤往那一放，别说味道咋样，只是那个色香就非常悦目馋人，牌桌上不管是赢家还是输家都会无比开心，每张脸上堆起灿烂的笑容，好像是那过往的牌局有了涩涩的清香，闪现着幸福加蜜糖衍生出来的香气。

这个机灵憨厚的马六，在邵姐眼里是比任何人都还亲的主儿，因为连她的胃也享受着新花样，黏黏的甜到喉咙里的桂花糕他都做得来，脆脆的外焦里嫩的肉夹馍他也会做，只是她的体重可是重了许多。

人开心的时候就很难体会别人的感受，马六的苦恼唯有自己知道，只是累了或者闲暇时才会想起，瞅准没人时他会笑出声笑岔了气，甚至笑弯腰笑出了屁。他常常被自己弄得莫名其妙，笑发毛时竟怀疑自己脑残进水出了问题，过后安静下来才明白，这不是病是归根于自己的命，好运气让自己在这个城市里不寻常地遇见了邵姐。

马六的小灵通伴着振动发出声声怪叫，小凡这些天老是催他回家，他懒得回话也没时间和她聊上几句，有时候是真想他们娘俩，可电话里咋也说不透亮，干脆等回家再和她说吧。这天小凡的电话直接找到了店里，是邵姐亲自接了电话，电话那头要他回家看看并多拿几套换洗衣服，他没办法只得答应小凡这个周末回家。

马六算不上是个品质多么高尚的人，也处于身体是白天梆梆硬晚上硬邦邦的大好年华，可他有着自己的处事原则，无论离开老婆在外时间有多长，尽管心里那事想得猴急也还算是有理智，做什么事情都有个瞻前顾后。他不像那些出门打工的人，什么都放得开做得来。说实话人家邵姐眼下暂时漂着单，那她毕竟是东家老板，他对她总会比别人多费些心思，况且没有心思能发财吗？

说实话，马六从未敢想着抛弃老婆，人是要有良心的也不能坏了良心，老婆那么年轻就跟自己生孩子，在家给我种地，还给我带孩子卖菜，苦劳功劳她都有啊。每当想到自己的荒唐，他身上冷汗直冒，就赶紧换个想法逃之夭夭。

周末的傍晚，马六回到了他熟悉的那条巷子，站在门外轻敲几下，等着小凡热乎乎地扑过来，可半天就是没有她的踪影，马六心存蹊跷推门走进去，儿子趴在昏黄的灯光下写着作业，马六动情地大叫："儿——子！"小家伙蹦着高扑到了他的怀里，儿子说："妈妈知道你要回来，特地早收了菜摊，去南家街巷口熟食店买你最爱吃的九转肥肠了。"马六听后心里热乎乎地一阵感动，觉得还是老婆孩子好。儿子撒完娇，借着高兴劲伸出胖嘟嘟的手，一件件接过马六给他买的礼物，像是过年似的把礼物摆满桌子兴奋地把玩着。

稍后，儿子猛然像是想起了什么，抬起笑脸眨着眼睛特认真地问："爸爸，你这人真不够意思。"马六赶紧擦把脸，撂下毛巾问："咋的啦？""你上周回来也不亲我就走了。"马六说："没有啊。""老师说了撒谎不是好孩子！"儿子转着眼珠说，"那就怪了。"马六接着问："怎么啦？"儿子愣愣地说："那天晚上，我被尿憋醒啦，急着去厕所蒙蒙眬眬看见你的身影，到了早晨我找袜子，在俺妈枕头底下抽出条皱巴巴的领带，吃饭时问妈妈那条领带是谁的，妈妈说'是你爸的呗！'当时我不高兴也不相信，老爸回来咋就不抱着亲我，给我买礼物呢？"

马六听完儿子的话，手脚有些发凉，许久说不出话来，心里的固有的大坝垮掉了。慢慢地，等有些精神他才对儿子说："哦，想起来了，有这么回事，我那天回来着急拿户口本。"儿子笑呵呵地说："我说嘛，要不妈妈枕头底下怎么会有条领带？对啊，就是你现在脖子上这条，哈哈哈！"

马六想，当时自己的脸色肯定非常奇怪。为了让孩子相信一切都是真的，马六便赶紧蹲下去伸出头说："来，好儿子，刮个鼻。"儿子这时气消了，还是狠狠地戳着马六的额头说："爸爸讨厌，下不为例。"

小凡回来了，肩膀和前襟上还粘着未擦净的菜渍，脸上和头上冒着热汗，她手里拎着大包小裹，进门看见马六脸忽地就红了。不知道她是久违的激动还是做贼心虚，她抖了抖手上的包裹说："今晚上我癞蛤蟆打敬礼——露一小手，给你爷俩做点好吃的。"她说着还对马六笑着抛了个媚眼，尽管多日不见两人憋得难受，但马六想到儿子说的那条领带，就感觉窝在心里的那股恶气使劲地折腾，恨不得冲上去拉着她问个明白，可是看着母子俩深情地望着自己，马六的心又软塌塌地变了味，心火被他们娘俩的激情给浇灭了，马六费劲地改善着脸部表情的变化，硬生生挤出笑容说："败家娘们，好日子总不能一天过完吧！"

爹娘死得早，马六自小有点少年老成和不匹配的成熟，大舌头的毛病使他受尽人间讥讽和嘲弄，他对于一切事情的承受能力很强，心里有事反而面上坦然得和没事一样，其实心里并不是那么敞亮和大度。

晚饭前后，马六陪着儿子瞎疯打闹，饭桌上小凡陪着喝了几杯，他有几次忍不住就想把那层窗户纸捅破，总感到那条领带像个吊死鬼，在他的心里悬着晃来荡去令人憋气。马六只想在夜深人静时儿子睡着后就把这件大事和小凡摊牌，马六想任何人碰到这事绝不会绕弯放下，不然他保准是个二尾子或者是个吃软饭的孬货。

夜深了，小凡脱了衣服一头扎进了马六的怀里，她把脸紧紧地贴在他的胸脯上嘟囔着："你好狠心啊，你竟忍心让我守活寡!"说着就抽泣起来，泪水很快打湿了他的半拉胸膛。马六的嘴就像贴了胶带张不开，这个时候他很难启齿再说那条领带的事，整个心境有种怪异的感觉，不知为什么对她反倒有些同情，可怜她整天伺候儿子又要打理菜摊，好可怜悲催的一个女人！他反而觉得自己理亏对不住她，小凡做啥事都是可以理解和原谅的，想到这就伸出双臂把她紧紧地搂在怀里，夫妻俩恰似干柴遇烈火，少不了亲热折腾一番。

夜深人静风雨过后，小凡半睁着眼睛安静地躺在他的怀里，睫毛上还挂着泪花犹如久旱的花草刚淋过雨露，绯红的脸蛋彰显出一种彻底的满足感。看着眼前的一切，他又想起那条领带和那个男人，顿感如鲠在喉不吐不快，还是决定要跟她谈一谈。

他憋足劲翻身下床，跑到卫生间蹲在马桶上抽着烟，趿拉着鞋又回到床上，猛地拽开灯再看小凡还是那副模样。他真希望她永远是这样，心里又有了一种欣慰感，他暗想，说出那条领带她会很难堪，但她承认交代了势必会拽出老卡，那就该轮到他自己难堪了——头上这顶绿帽子摘还是不摘？哪个人自己都不敢轻易得罪，不仅老卡是个招惹不起的家伙，逼急眼老卡要是再把邵姐给卷进来，那属于自己的天空还会有吗？日子总得朝前过啊。马六啥事都讲个情面，为所有人的脸面他决定忍气吞声不再提及，永不再提。

　　天要亮了，夫妻俩又一番折腾，他就劝她不去摆早摊了，孩子今天也不上学，她也说难得全家在一起，干脆睡个回笼觉再带孩子去逛公园吧。就见她"哧溜"又钻进被窝，直到日上三竿才被他小灵通的怪叫声给吵醒，马六捂着电话光脚跑到凉台上，是邵姐来电话催他回茶馆，小凡躺在床上仰脸问："茶馆生意还挺红火啊？""你傻啊，越到周末喝茶玩牌的人越多，我得回去照应哦。""那我去给你弄吃的。""好啊，快点。"说着两人就各自下床忙活起来。

　　马六心里清楚，这是邵姐故意在作弄他。每到周末喝茶玩牌的人要比往常少得多，那些人都得回家伺候老婆孩子，按他们的话说，那叫"放假抱老婆没事求和谐"，马六都奇怪，他们还是些爷们吗？

　　马六狼吞虎咽地吃着，看着小凡殷勤地伺候，心里才叫一个舒坦。小凡不像那些外出打工的乡下娘们，涂口红、戴耳环、显乳沟、烫发卷，装扮得花里胡哨，她总能保持家乡的朴素和大方，就是那张脸安静成熟里有点不易察觉的抑郁。以前他没有这么仔细地打量过她，今天心里总是舍不下她，他离家外出这些年对她有近有远有厚有薄，从来都是人虽然离开心却留在她身边，就像电影里说的：外出的男人如风筝，不管飞多高多远那根线始终拽在老婆手里。

　　然而，马六今天的心情却异常别扭，他换好有着皂香气味的衣裤，临出门系领带时故意让她过来帮忙："我老是系不利索。"小凡手拿领带有些颤抖，遮掩着开口问："是双结还是单结？""不管是啥结，只要别勒脖子勒死我就行。"她费了好大劲才把领带系好，最后也没说清楚到底是几结，他也懒得问就忙着收拾东西准备出门。

娘俩依旧埋怨他说话不算数，说好今天去动物园陪他们看老虎、狗熊、狮子的计划都泡汤了，马六只好说下次一定补上，说罢他急呼呼地抱抱他们娘俩。仨人的眼眶里都闪着打转的泪花，马六内心如同摔碎的五味瓶，酸甜苦辣咸搅在一起堵在胸口，唯独他知道她已不再是过去的小凡，她为他闪烁的只是那点可怜的泪花。就在松手的瞬间，马六咬着舌头也在扪心自问：你还是原来的马六吗？

离家走出巷口，马六根本没心思去想茶馆的事，短短的一个晚上，他的心境发生了翻天覆地的变化，简直就是个 180 度的大回转。这种变化缘起于儿子那句无厘头的话，那条悬在心头挥之不去的领带让他甚至感觉终于找到摆脱他们娘俩减少自己负担的理由，而自己正由个乡巴佬朝着城里人有的一切迅跑。

他信马由缰地朝着茶馆的方向走去，耳边回荡着儿子那句无忌的童言，内心仍被那条领带勒得近乎窒息。每个人都有自己的苦衷，既然是属于自己的那就只有靠自己来拯救、来解决。

突然"嘎吱"一声刹车把他惊醒，有辆黑色奥迪轿车打着横停了下来，司机"噌"地跳下车，摘下墨镜伸手扶着他问："你没事吧？真是的，过马路也不瞅着点。"马六抬起头便傻了，这不是老鱼头吗？咋在这里也能撞见他？"哎呀，我的马六兄弟，咋把你给撞出来了？"两人惊讶地瞅着，半晌都没说出话来。

后边的车辆按着喇叭吱哇乱叫，老鱼头生拉硬拽地把马六拖上车，坚持要去医院照片子做检查，马六活动着身骨说："大哥，真的没事。"老鱼头把车开到附近停车场的僻静处，因为两人的出现都令对方意外。马六低着头淌眼泪连说话的气力都没有，两人坐在车里都不知道从何说起，老鱼头也就没有问话，没有熄火反倒默默地关注着他。

老鱼头也不催马六，不知从哪里说起也就没敢放声，他把空调开到最高档，只听到空调发出"嗞嗞"的声响，犹如车内盘卧着堆见不着的毒蛇，正在肆无忌惮恶狠狠地吐着血红的信子。

马六抬起头，双手狠狠地抹着眼泪颤巍巍地问："今天咋没去茶馆？"老鱼头微微笑着说："省城来了个老朋友，几个人凑堆谈天说地，这不刚把他送走就撞见你啦，瞧你这副没出息的样，有啥事能憋屈成这样，愿意跟我说吗？"这席话将马六刚安抚下的情绪又引了出来，他顿了顿结巴着说："朋友妻不可欺，老卡他不是人，竟然给我戴了顶绿帽子。"这一嘘一顿就如外边挨揍吃亏的孩子，见了亲人后放声大哭的前奏，包含着多少郁闷和委屈让人回味悠长。

老鱼头见状，不但没安慰反而骂他没出息。马六不解地摇着头说："大哥有所不知，我来茶馆前老婆孩子售菜摊挺好的，现在却赔了老婆丢人现眼，儿子将来咋整啊？""呸！你这叫想不开！老婆是啥？她充其量就是件随身披着的衣裳，有多少人随着雨雪秋风交替季节变换，不是旧的不去就换新的吗？你瞧瞧，年过六旬的贾大哥还养个水灵灵的小三，那日子过得才叫滋润，儿子有骨血又能咋的？血缘本来就是本闹哭闹笑的衍生账，过上十年他还得认你这个爹。至于老卡嘛，得让他血吐三丈，你就坐等发财吧。"马六还是纳闷问："就凭我这点本事能治服老卡？""这还用你愁？有我替你出气啊，我收拾他那是轻松带着愉快，你就瞧好吧。"说着老鱼头脚踩油门，车子忽地冲出了停车场。

七

邵姐正懒洋洋地坐在办公桌前，浑身舒服熨帖得像块外焦里嫩的大面包，她对自己太满意太佩服啦，这么久压在心头那块倒霉透顶的乌云，没几天工夫就云开雾散晴空万里啦，眼睁睁看着老卡把马六塞进了自己的怀抱。咋说来的？这叫天上掉下个林妹妹！再看她所经手的项目甚至拿到了一笔不菲的茶款，哪哪都洒满了灿烂的阳光，就一个字，爽！

初一、十五是敬奉财神的日子，邵姐今天找了个不错的理由，虔诚地摆上祭品供奉三炷高香祈福，这会愉悦地抱着贵儿开心地逗着它，内心翻腾着无比快乐的浪花，贵儿也"汪！汪！汪！"地朝着窗外嗷嗷乱叫，心中的快乐就像五彩缤纷的烟花，一个追逐着一个飞向空中惊艳绽放。

"砰砰"的敲门声传来，"进来。"马六毕恭毕敬地杵在原地，"邵姐，有个人找您。""是哪路财神啊？""我看倒像是个讨债的，反正这人挺有气势。""哦，知道他是谁吗？""就是隔壁满大头的儿子满小军。""那我得出去会会他，你也机灵点看我眼色行事，我倒见识见识这爷俩起的是啥幺蛾子。"

两人来到前厅顿时傻了眼，满小军刚才还气势汹汹，这会却老鼠见猫似的双膝跪地，没等邵姐开口就哇哇大哭，邵姐赶紧摆手制止道："你这是咋回事，大清早跑到这来号丧吗？还叫不叫人做生意啦？"马六上前拽他起来，可他身子坠着哭喊不停："邵老板，你大人有大量，放过俺爷俩吧。"她手指戳着满小军的脑门道："你给我立马起来，不然我就不客气啦，让你吃不了兜着走。"他惊恐地做了回顺坡驴，没用马六搀扶就翻身爬起来。满小军这人没遗传他爹半点基因，他小头小脸皮肤又黑又皱，完全不像他爹保养得那么滋润，他抬脸用舌头舔着干裂的嘴唇，显得细嫩还有点怯生地哀求着说："俺爹抱病卧床，您还是看在大家是邻居的分上放过我们吧。"

邵姐瞧着他泪水汪汪的双眼，深陷在眉骨下的眼睛这个大啊，足足占尽了脸面的三分之一，他活像副眼球转动的活骷髅！她心里顿时增添不少怜悯之情："哎！我说孩子，这话好说不好听，我这当姨的可从不欺负人，我就是托人问问你爹，愿卖愿买公平合理，你说这有啥不对啦？"

没等她把话说完，满小军就抢白道："四个大汉整天坐在你的店堂里，甩着文龙画虎的膀子黑着脸从早喝到晚，你的生意还能做吗？"她拍着桌子挥手吼道："是你家招风显摆得罪了人，与我有何相干啊？你爷俩把这事按在我头上，也得有真凭实据不能冤枉人啊！"

满小军起身还想辩驳，邵姐不耐烦地说："这是大人间的事你就别再掺和啦，回去告诉你爹，这事要想痛快就麻利地办，再磨叽拖拉我还不伺候啦。"说完撂下他昂首挺胸地离开了。

满小军盯着马六使劲地摇头道："叔啊，这不是明摆着欺负人吗？举头三尺有神明，老天爷不会放过她。"说完他用手狠狠地抹了把泪水转身走了。

再说邵姐回到办公桌前，吩咐马六给她泡杯崂山绿茶，据说这是她清火养生的好习惯，她悠闲地品着茶。瞭望着窗外的风景，不在乎看到什么只在乎这时的心境。阳光把窗外的一切染成了金黄色，像一幅微风中轻轻摇动的水粉画，这么美丽的景色邵姐总觉得还是有点不协调,仿佛几块变色的补丁刺眼惹人不舒心。

这补丁就是工商局的姚科长,他大包大揽了邵姐公司的注册。老鱼头答应的注册资金早就到位啦,相关的手续到现在还没个说法,姚科长满口应承的事咋就办得这么拖拉?这些拜不完的阎王缠死人的鬼,简直就是逮个芝麻都要攥出满把的油。

又是敲门声,她没好气地回了句:"进来吧。"抬脸就见姚科长笑眯眯地站在那儿。虽说不是多次见面,可他那张年轻胖嘟嘟的脸,眯成细线的小眼睛,又薄又甜的小嘴给了她很深的印象,她赶紧起身寒暄着为他泡茶。

姚科长放下夹在胳肢窝里的皮包,取出一摞红绿相间的证件,对着她说:"你先别忙,来检查检查该齐全了吧。"她擦把手凑过来,两人逐一翻看着。他腾出只手说:"不好意思,事儿办得有点拖拉,这是全套资料有核准有批复,你拟好的企业章程我稍微改动了一下,这是营业执照正本、副本,税务登记证、副本,组织机构代码证、特殊行业资格证,还有……我觉着齐了,你可以选吉日挂牌开张啦。"说着那只摸着她屁股的手,却没有任何停下来的意思。"讨厌,你得注意形象啊,这年头可别为这个丢了乌纱帽。""这不是你的地盘你做主吗?"说完两人哈哈笑着逗起乐来。

两人坐定,正儿八经地品起了茶,邵姐瞅着满脸喜庆的他,暗自揣摩着他的真正用意,得想法找路子套套他的实情,要不这茶喝得时间越长,这人就像泡久的茶叶漂浮起来,嘴里说出的话可就没有根啦。

邵姐正想着,他倒是没耐住性子开了腔:"邵姐,你是个爽快人，我也不藏着掖着，咱就开门见山吧。”“好啊，兄弟有啥要求尽管说，我这当姐的头拱地尽力而为。”“我吧，不求财不图名，这半辈子就这爱好，你又是我放不下的女人，你得成全我。”她有片刻的迟疑，伸出手指着那摞证件材料说：“这不是我的卖身契吧？你尝个鲜闹个光景就行啦，黑灯瞎火的谁都一样。咱俩多交往几年比啥都强，你说呢？”他的脸色很难看，起身顺手一扔，一把钥匙蹦着高落在了桌面上：“这个你愿意留下就收着，不情愿就丢进路边的垃圾箱吧！”说完扭头气呼呼地走啦。

邵姐也没客气，见他走远噘着嘴就骂：“官不大脾气还不小，老虎打喷嚏还能冻（动）着我，我看你能咋个办。”急忙喊马六过来。

马六进门有点蒙，见她脸色阴转晴后，才乐呵呵地说：“哎呀！这么快就办妥了。”又瞪大眼睛问，“邵姐，你好好的贸易公司咋就注销了，再成立不是费二遍火吗？”她翻翻白眼得意地说：“傻了吧，这里面的道道你不明白，我也不理解，但是有高人指点迷津啊。”他点头说：“还是有人好办事啊，当初我卖菜办证费那个劲。”邵姐拿起牛眼大的茶杯假装朝他泼去，吓得他跳了几步才闭了嘴，她说：“这点屁事，也值得你大惊小怪。”“那是，那是，邵姐为人太够意啦。”“好了，别拍马屁了，当心舔腚舔出玻璃碴子来。你赶紧盯着隔壁的动静，这周把他拿下办利索，这个差事就交给你啦。”“你看我能行？我一定会让姐满意。”他把邵字给大胆地省了，这个没出息的人大腿夹搓板也是蛮有道道啊。

今天是邵姐美容瘦体的日子，大概得下半夜才能回来，马六歪着脑袋独自守在茶馆里，厌烦地听着麻将室里交替传来的洗牌声，瞧着窗外路灯洒落的那团橘色光晕，感觉自己的生活实在是索然无味。也许他正处于生活的空窗期，你说邵姐吧，还没仔细地咂巴出固有的味道来，而那个小凡倒是真性情，激情过后留给自己的都是遗憾，自己头上那顶绿帽子像个紧箍咒，使他无法心境坦然地混迹于人群中，正在沮丧失落之间，门帘上的响铃叮当乱响，门吱呀一声走进个人来，恰巧就是他最不愿见的老卡。

老卡不再那么光鲜得意，整个人似乎瘦了半圈，打着卷的乱发紧贴在瘦长的脑门子上，穿在身上的翻领汗衫邋邋遢遢，裤子上的皱纹像松弛的弹簧，进来后抻着脖子四周环顾着，没有了从前在马六面前指手画脚的那种张狂。

马六从收银台后面走出来，就见老卡"扑通"一声跪在地上，磕头拱拳哀求着："我禽兽不如，对不起你，念在兄弟的分上，放我条生路吧。"那张五官扭曲的脸糊着泪水，马六登时有些惊诧，他潜意识里知道是老鱼头开始较劲啦，老卡是今天第二个跪在此地的人，难道说又有好戏在这里登场上演？马六他甚至得意地想，自己该是个最牛气的导演吧。

于是，马六伸手薅着老卡的脖领子，狠狠地把他拽进自己的房间，猛地甩手就把他扔在墙角，恶声恶气地说："你他娘不嫌丢人，我还替你臊得慌。"老卡只管蹲在那里不敢言语。

马六眨巴着眼，仿佛嗓子被浓痰噎住般难受。他挺直腰背坐在那里盯着老卡，只恨面前这人不像个男人，老鼠扛枪顶不起锅盖来，最多是个欺软怕硬的尿货，便蹿过去照着老卡的肋骨猛捣几拳，用拳头搋他的脸，用皮鞋踢他的肚子，还用膝盖磕他下身。老卡开始时还咳嗽，疼都不敢喊出声来，最后就是双手抱头像只虾米般蜷缩着，用屁股和腰身抵挡着马六一次次凶猛的攻击。

　　自编自导的这出闹剧，马六都感觉乏味和没劲，他多么希望和老卡换个角色，被殴打的是自己而出力受累的是老卡。马六毫无半点解气的味道，那种绿色的羞辱把他紧紧地裹着，他还没能从中艰难地解脱出来。

　　马六回忆着两人的恩怨，甚至觉着老卡有点可怜，尽管这有点犯贱但不妨碍自己对他的感念。循着这份情感马六的想法又开始活络起来，自己的内心又要规划一番，便溜达着拽把椅子狠狠地杵在老卡面前，命令似的说："坐下，事该咋了结？"马六说着掏出烟来扔给老卡一支，还哆嗦着手用打火机帮他点上。

　　老卡撩起汗衫擦把脸，含着烟猛吸几口，低声下气地说："前些天我去你家和她结账，被那几个人摁住威胁说，让我带他们娘俩走得越远越好。"马六把半截烟屁股摔在地上，抬起脚恶狠狠地碾着说："你觉得还亏啊，你是有前科狗改不了吃屎，男人就要有担当，活该倒霉吧。"马六脑子快速运转闪现出个念头，"那不行，我儿子不能跟着你们，要是学坏没出息咋整？我得留下好好养活他，让他上城里最好的学校，这笔使费可不少，再说他毕业工作娶媳妇，我这当爹的还得给他买房子。对啦，你把你那套房子留下，赶紧过户到我儿子名下，这事麻利地办吧。不然，那几位黑脸汉子可比我歹毒，到时候兄弟说不上话，你可别埋怨我没给你面子。"

　　老卡颓废地瘫坐在椅子上，抹着眼泪使劲地点头，过了会儿竟乞求给点水喝，马六终究没说话而是跑到厨房，把没来得及扔掉的剩菜剩饭归拢到饭盆里，再拿双筷子端进来。马六眼看着他溢于言表的感激和忏悔，他含泪狼吞虎咽地往嘴里塞着，稍后他才边吃边说:"我三天没进米水啦。""饿死你活该,要不是念你对我的好,杀了你的心我都有。""那是,那是。""别屁话,赶紧滚蛋,事办不利索你就等着少胳膊少腿吧,你信不信?"老卡的头磕得像鸡啄米。

马六知道老卡没这个胆,目送着老卡犹如癞皮狗似的逃去,他内心有股从来没有过的冲动:这可真是风水轮流转!三十年河东,三十年河西,我马六也会这么趾高气扬!老卡赔了夫人又折兵,呸!马六正想入非非就听门铃响起来,赶紧挤鼻子揉眼地定住神,知道真正等待的人回来啦。

邵姐扭身子拎包走进来,马六迎上前去接过了包,随口嘟囔着:"咋这么沉啊?""还有几桌没散局啊?""还有三桌,说得到两点才散。""哦,那行。过会你来我办公室吧。"邵姐说着就把包接回去。"好,我再去给他们续点水。"马六说着拎着茶壶走了。

邵姐瞅着办公桌上的包就犯嘀咕:"这么多钱该怎么处理?"马六过来啦,开口试探性地问:"姐,你不是去美容、瘦身了吗,咋这么早就回来了?""我说你也长点心,都啥时候啦,我哪有心思去消遣!这不今晚去参加派对。"他迷惑地问道:"你干啥要排队?""哎呀,你这个土鳖,我排啥队啊?我是参加个高档宴会!""那你也没喝酒啊,还……"邵姐不耐烦地摇摇手:"我跟你说,是没喝酒,是去交朋友谈融资,都是些高端大气上档次的人,这不啥事都谈得挺好,钱也弄回来不少。"她镇静地指着那个包说,又打开包拿出摞厚厚的百元大钞,举起来在他脸前晃着:"钱有了,心也凉了。"

马六感到奇怪:都说有钱能使磨推鬼,她有了钱心咋还就凉了？他就挠着脑门问："有这么多钱你咋还犯愁？""不是，你不知道，咱这会馆还是别办啦。""为啥？""我今晚被人拉着去会馆，人家那才叫会馆，虽说会馆门面不大，不像宾馆、酒店那样霓虹灯晃得刺眼——凤凰山下树林里高墙围成的大院，挂着几盏喜庆的红灯笼，那才叫酒香不怕巷子深。""那也是臭蛋引来绿头蝇。"马六竭力在逗她开心。

邵姐继续说："那场地装修太前卫啦，听说是由一位港商承包、设计、装潢、施工的，就说那光鲜亮丽的大厅里，需要用餐时把手轻按电钮，餐桌就魔法般地从地下徐徐升起，就咱这地哪有点会馆的味道？哪有懂礼知酒的帅男靓女？那儿的服务员可都是黑色套装真丝衬衫还戴着白手套，我喝的是加利西亚白葡萄酒，吃的是西餐三大流派的法国菜，压轴的那道菜是烤牛舌，人家那里不叫牛舌，考考你，知道叫啥？"马六眯着眼得意地说："我在家当过牛倌，当然知道，那叫烤口条。""呸！还烤口条，你真是满肚子下货，那叫——撩青。"他急得围着桌子转圈，仍琢磨不透就捏着嗓子问："为啥叫撩青？"她双手摊开说："因为牛嚼草时要用舌头把草撩进嘴里，这就叫撩——青，多文明多文雅。"

她接着说："餐后送上的茶少说有三种，六安瓜片、凤凰单枞和西湖龙井。"马六说："就茶我还知道点，其他的俺都听傻啦，简直有点不可思议。"

邵姐的语速明显加快，像杆"嗒嗒嗒"的机关炮，"你说宴会散场后人家干啥？""干啥？""我也不知道。稍后就随你便啦，是享受 SPA（水疗）会员所有的待遇，或者看电影、唱歌，还是高尔夫、游泳、打网球——哎呀，说你也体会不到——你说咱这会馆还能办吗?"

他摇头又点头结巴着说:"那还是办茶馆吧。"邵姐站起来说:"对,咱就办茶馆,其实那些人和我们一样,差的就是彼此的地位、所结识的圈子,他们有自己的生活方式和处事风格,他们有时候不单是为了炫富,而是要找到为他们增富的砝码,咱茶馆办好了也能开拓一片天地,对吧?""是啊,是啊,"马六揣着糊涂装明白,说,"邵姐,那边散场啦,我得去收拾啦。"

她拽着他的手说:"慢着,你和我去把那箱子搬进来。""好啊,啥东西?"她用手比画着点钞票的动作,两人没再说什么,朝外边走去。

两人守着堆足有几百万的钞票,奇怪的是邵姐只记账,还以八五折的数目记在每个人账上,余下的款项记在马六名下。两人忙活到公鸡打鸣才把钞票都放进保险柜,马六心里觉得有些蹊跷也不敢多问,心想有钱总比没钱强。

马六想:这辈子能来邵姐茶馆,对他来说,就是个难以抗争的好运气。

八

睡梦中,马六的小灵通狂响,小凡的声音从黑暗中传来:"今天孩子上学,你早点来吧!"

那边"砰"的一声挂断电话,黑暗里留下阵嗡嗡作响的忙音,马六瞅瞅时间才刚刚五点整,翻身下床来到窗前,街道上万籁俱寂显得阴森森的,贵儿依偎在床脚边发出坦然的鼻鼾,似乎正在享受着黎明前最后的安详。

老天爷感冒打摆子刮起了风，阴森森的天空笼罩着整个城市，城市原本华丽的外表像是被蒙上层浓浓的雾霾，破碎的表层犹如角质化碎屑陆续汇集，错字连篇的广告牌杆那里，茶馆门前那几株月季花错落在冬青树的缝隙里，平日娇艳的花瓣看不出昔日的艳丽，马六发呆地站在窗前有些失落，等缓过神来才木讷地走出茶馆。

街上行人和车辆规矩且匆忙，马六跟小凡曾是睡过觉的夫妻，陌路的情形就会大有不同。马六觉得以前挺滋润的，有老婆、儿子，还有个售菜摊，可如今啥都没啦，只缘于那个挨千刀的老卡！今天他非抠出老卡的眼珠子摔在地上"啪啪"当泡踩。

他几乎不愿面对小凡，可相关的法律手续是缺她不可，为避免刺激儿子两人才选择了今天办事。马六又回到熟悉的巷口，没有敲门与等待，更没有她会扑到自己的怀里，推开门眼前少许昏暗，他熟练地摁下门后的开关，四周顿时明亮起来。

马六瞧着屋里凌乱依旧，只是多余的老卡端着碗拿着汤勺正给躺在床上的小凡喂药，马六便无声地坐在破沙发上，耐着性子等那两人说话。

马六想，算来自己比小凡大六岁，脾气却比她小。他在家里脾气就像棉花桃子，任她择吧任她摔来扯去，他在外边受了天大委屈，回家依然会露出绵绵的笑意，磕碎的门牙只有往自己肚里咽，受她的嘲弄也就自然成了他的一种习惯。

她急促的咳嗽打断了他的思绪，小凡披衣下地开始洗漱，老卡凑过来觍着脸递烟，点头哈腰地为他点上，马六深吸几口，吐出串优美腾空的烟圈。老卡还想解释："兄弟，不是我愿意咬住这事去较真，是我觉得冤枉。"马六惬意地抽着烟，想把匕首捅到两人心窝里，便刀尖直入刀刀见红地说："老卡你很精明，你俩咋说我都不关心啦，眼下就是赶紧扯清瓜葛，快刀斩乱麻地各走各的吧。"老卡仍不死心喃喃地说："那个月底小凡病在床上，我来家里和她结账有错吗？我就撞鬼似的被人拧胳膊挨顿揍，当时都蒙啦，连狡辩的机会那些人都没给。那领带……"小凡呼呼喘着粗气说："瞎扯什么呢？缘分已尽，猪八戒摔耙子——我不伺候（猴）啦。"她说完大声地哭起来，搂着老卡脖子把张泪脸蹭在他的胸脯上。她嗓子都哑了，最后安慰着老卡说："你都给他吧，老天爷饿不死瞎眼的雀，老天爷还会主持公道。"

老卡从她手里把文件接过来，放到马六面前说："手续都过户了，这里的一切都归你啦。""放屁，是归我儿子啦。"马六边说边把文件收进随身的挎包里，就听见她歇斯底里地喊："你心里还有儿子？你是天你也养不了儿子，我当娘的是地，这块地虽有厚有薄，但我能伺候儿子，所以儿子归我，不然啥都免谈。"

马六的脑袋朝外扭着，她莫名其妙地说："咱们夫妻多年，我奉劝你提防身边的人，小心人家把你卖了，你还帮着人家数钱。"老卡也跟着臭来劲："我罪该万死，可你也要当心邵姐，她可不简单啊。"马六顺手抓起杯子朝他砸去，冲着两人恶狠狠地说："咸吃萝卜淡操心，我成全你们。"他起身踢开凳子夹着包说，"走吧，民政局门口见。"

马六的人生抉择就算妥了，从始至终都如自己盘算的那样。老卡虽然有精明有规划有梦想，可他觉得自己是个不着调的人，屋里传来她大声的喊叫："老卡，你是男人，你具备。"马六丝毫不愿再听，他大步流星义无反顾地走了。

他走出房门拐进巷口，站在原地惬意地呼吸着夹杂着霉臭味的阴凉气，他想让阴凉入心以消除难耐的妒忌，可是嗓子阵阵发痒和咳嗽，才知道刺鼻的霉臭会感染呼吸道，这么想竟把自己吓坏了，还是迅速逃离这条巷道，它就是人生中的一个隧道。

离婚手续办得还算顺利，两人决然地分道扬镳各奔东西，马六塌着腰拖着沉甸甸的双腿，稀里糊涂来到公交车站点，抽足了烟才等来了辆7路车，车上的乘客太多他站在车厢里手脚发凉，车厢里的扶手也冷森森的。突然来了个急刹车，他随着车的晃动甩了个趔趄，当他站稳后心里却忽然一惊，额头及后背蹿出身冷汗，他的手仍紧紧握住扶杆，另一只手把那个鼓胀的挎包捂得更紧，顾不上抹去额头的汗水，因为他看见老鱼头也坐在这个车上。

老鱼头坐在前边靠窗的位子上，脖子上的肥肉艰难地撅起来，他仰脸打着瞌睡并不奇怪，关键是马六无意瞥见在老鱼头身边坐着的人正在小本上记着老鱼头的行踪，"于万全"仨字令马六惊恐不安——这极有可能是个玩跟踪的游戏，而被跟踪的人恰巧就是老鱼头。

车到北海路，马六尾随那人下了车，他要证明自己判断的准确性。这可能牵扯到邵姐那边，事可就大发啦。

很显然，那人对马六毫无警觉，他拐弯后走进了高楼大院，马六溜到马路旁面朝站岗的警卫望去，门口大牌子上的字让他证实了自己的推断。人一旦明白就会后怕吓得够呛，他赶紧悄悄跑着离开了，他要在第一时间告诉给邵姐。

马六回到茶馆，见邵姐手掐计算器趴在桌上审预算，胳膊肘下压着那份东岳酒店转让合同。满家爷俩乖乖转让也有着马六的功劳，现在屋里屋外都是忙着装修的工人，墙边是散乱堆积的装饰材料和垃圾。马六俯身低叫了一声:"邵姐!"她头不抬眼不睁地按着计算器说:"回来啦,没见我正忙着吗?你去把施工队老曹给我找来,这预算咋做的,跑冒滴漏可不少啊。"

马六拽拽她胳膊说:"有个急事要和你说。"她抬脸不解地问:"啥事把你整得神经兮兮的,不就是离婚吗?"说罢伸伸腰就跟着他来到里屋僻静处:"啥事这么紧张?"他低声把老鱼头被跟踪的事说出来了。她倒是很镇静也没多说话,静静地思索片刻,嘱咐他说这事先别声张。

马六做了两件事:一是先急着在门前挂出方形告示牌——内部装修,暂停营业;二是回到吧台手翻着通讯录打了几十个电话,向那些常来的牌主说明情况,赔笑脸说了堆客气话——这是他的拿手本事,深得邵姐赞赏。

施工队的曹三据说与稽查大队某位领导沾亲带故,经常蹦着高露着青筋为预算跟邵姐吵得不可开交。可他有一样挺稀罕人,就是装修活干得又快又漂亮,从水路施工、电路改造到吊顶放线刮大白,那是十八般手艺样样精通,让有着监工义务的马六很是放心。人是精明人,可人品倒也实在,曹三只说稽查大队的头儿是他八竿子打不着的表弟,马六也不管他们是啥关系,只要曹三把活整利索干明白,能和邵姐交差落个好就行啦,所以他整天监工溜达转圈,把住材料关也算对得起邵姐了。

晚饭后,邵姐说出去探探老鱼头的虚实,马六抽空收拾着大堆垃圾,偌大房间因装修被弄得乱七八糟,他又要装袋又得打捆,累得浑身酸软瘫坐在地,像条被扔到岸上的鲤鱼,只有瞪眼张嘴喘粗气的份。这时房门外有两人影晃动,原来是老鱼头和一个女人走进来,马六赶紧低头细想:老天爷,这邵姐前脚走,他们咋后脚就来啦？

　　说话间那两人已跨过门槛，马六慌乱着不知咋样招呼，老鱼头并无怪罪的意思，只拽块抹布擦擦茶海前的杌子坐下。马六瞭眼站在老鱼头身旁的女人，发现她脸色通红，像个熟透的大苹果，散乱的目光四下张望。老鱼头开口说："过来，你俩头回见面，这是你马六哥，这是我干闺女妮子。"两人略显尴尬地点头，马六满脸迷惑地说："老大哥，就我自个儿在家啊。""我知道，邵姐立马回来，不然我会放空炮吗？"老鱼头更像是个办案检查的巡警，心里啥都溜明白溜清楚。

　　邵姐风风火火赶了回来，进屋朝着老鱼头就嚷嚷："大哥，这点小事还用你来啊……"但见到他身边站着的妮子，邵姐好像被人掐住喉咙，噎住话头两眼发直地站着愣住了。

　　老鱼头缓缓起身笑呵呵地说："这事我必须来，不然你俩的疙瘩咋解开？"顺便吩咐马六，"去沏壶好茶记在我账上。"马六转身到里边烧水沏茶了，机灵的妮子要起身避开这尴尬的场面，却被老鱼头给喊住，无奈地坐了下来。

　　邵姐很不情愿地坐在茶海前，眯眼打量几年后再见到的她：娇小的身材穿件天青色长袖连衣裙，满头长发软软地披在肩上，鹅蛋形的脸上没有化妆，只是微笑着朝自己点头。邵姐往日见惯了姿色妖艳的妮子，没觉得她是个多么标致的女人，可她今天的扮相庄重素雅颇为添彩，尤其是一对娇小的翠玉耳坠掩在发髻里忽闪发亮，引得邵姐两手比画出喀迈拉的架势框住她的身廓，嘴里接连迸出"咔咔咔"的声响。

　　老鱼头挥手阻止道："别闹了，谈正事吧。"邵姐撇着嘴说："大哥，我很尊重你，也答应过你用你推荐的人，凭你的人脉找个帮我料理财务的帮手是轻而易举的事，对公司也是件天大的好事，这人必须是咱们的贴心小棉袄，还有工商、税务、银行那么多关系需要维系打理，就面前的她我可不敢恭维，也绝对不放心。"

妮子捧着马六递来的茶壶，相当熟练地操持着茶艺，对于邵姐的话全无半点声息，只是低眉含笑用茶汤烫洗着杯具，并将杯具沥干放在托盘里摆好，淡黄色茶汤盈在素白的茶盏里，清澈见底、茶香盎然。老鱼头率先端起杯来，对着里边的马六夸赞道："不错，上好的龙井。"并对妮子笑着说，"你去和马六收拾收拾，委屈你干坐着也不舒服。"她点头打个招呼就离开了茶海。

邵姐放下茶杯说："大哥，你不会拿这事开国际玩笑吧?"他满脸正色地说："我办事永远是认真的，和你也从来不开玩笑，对于妮子我先不说人品，她专业水平能拿得起放得下，处理关系你我都羞愧不如，她和公检法的人都有些关联，这个人选非她莫属。"邵姐听这话，有种恐惧赫然上头：他是大股东有资本耍大牌，把妮子安插在公司的用意不言自明，我费上吃奶的劲也拗不过他。此时翻转在口腔里的茶香顺着喉管蠕动着，一截截跌落下去变得索然无味。

她满不在乎地说："你可不能护犊子，啥关系也全是卖你的脸，今天咱撂句话放这儿，你坚持我不反对，到时咱俩可别都吃后悔药。"他严肃地说："放心吧，财权还在你手里，她只是个小出纳，咋也不会有大的闪失，作为干爹我总得给她找份营生，不然我能对得起她爹娘吗?""大哥，既然你把话说到这份上，我听你的安排，公司行业里的约法三章和处事原则，你抽空得给她讲清楚，到时候捅娄子咱后悔都晚啦。"她拉下脸嘟囔着。

他嘿嘿笑道："这事就这么着，我再嘱咐她几句，她不会让咱们失望的。"

邵姐看上去有点激动，和他这样的谈话以前从没有过，他强势、坚硬得有些硌人，就像座大山压得人喘不过气来。瞬间，她暗下决心尊重他的选择，何况他的话不无道理，难道他就不想把H投资公司做强？难道他就不想借着关系大干一场？他如果没有错，那就是自己错了，自己错在这些年对妮子的鄙视和偏见上，要知道人是会随环境而有所变化的。

老鱼头嘻嘻一笑："这就对啦。这才是H投资公司老板的风采，妮子明天就来上班，你俩联手出山啥事都不在话下。"可是不知为什么，也许是女人的第六感觉，邵姐总有那么点担心，她偷偷从透明茶杯对面瞅着他，他外露的牙齿在茶汤折射下发着亮光，他的笑姿相当卑鄙和龌龊。她又突然想到马六——如果是四人对阵也是半对半，鹿死谁手说不定谁赢。

还没等邵姐想明白，老鱼头就起身吩咐说："时候不早了，我们也该回去啦。"便招呼妮子离开了茶馆。

邵姐未改往日的热情，送两人消失在黑夜里，然后甩手砰地关上门，气呼呼地坐在那里沉思着，稍后才指着身旁的杌子，招呼马六过来愤愤地说："刚才的事你也听到了，这个妮子你也看到啦，邵姐我不是不明事理的人，只是碍于老鱼头的脸面，才无奈接受了她，是福是祸我也把不清，你以后得多个心眼，把她给我盯紧了，一旦有什么猫腻就先拿她开刀。"

马六端起杯茶喝下去，拍着胸脯信誓旦旦地说："我看这两人没安啥好心，我先盯着给你长点眼，你放心吧。"瞅着邵姐闷闷不乐，马六就催促她道，"天色不早啦，赶紧歇着吧。"

又是个周末的早晨，马六使劲挥舞着拖把，拖完前厅进入走廊，刚把腰杆直起来的时候，邵姐从那个小储物间里开门闪了出来，显然她在里边的时间不算短啦。

马六被吓着了，她平常是个清新靓丽的光鲜女人，这回咋是这副扮相？蓬头垢面、脸色青黄略带浮肿。他才知道假若女人不化妆，简直就和化妆后是判若两人，有着天壤之别——也许是邵姐这些天因装修折腾得还没缓过劲来。

她丝毫没有准许他进去的意思，当然也不对他解释什么，他只好顺便窥探几眼，无意瞥见里边硕大的电视屏幕被隔成了不同的画面方块。噢，这就是老卡说的电视监控吧！难怪自个儿躲在角落里放屁她都知道，马六的心里传来一阵可怕的抽搐。

屋里正中供奉着一尊彩色观音菩萨，四方铜香炉里供着三根烟雾袅袅的檀香，飘逸出一股好闻的味道，这点他心里清楚，她曾吩咐他去杂货店采买过。

马六心里诘问，这个储物间果真有俩出口？那次他是在西山墙通向街面的方向，瞧见老鱼头和邵姐好一阵子嘀咕。这个女人可真不简单，心计到底还是厉害。马六抬脸问道："邵姐，里边不用打扫吗？"她连话都懒得说，摆摆手算是回答，他也知道对于这样的女人，哪怕是再多说一个字也属多余，那也不是他的性格。

他仍在弯腰卖力使劲地拖着，满肚子疑惑噌噌地发泄在地板上，直到擦完门厅他才将拖把恨恨地甩开，蹲在角落里，像条缺氧的鱼张着嘴大口大口地喘着粗气。

他猛然看见妮子拿着个包踏着小碎步从里屋走来，邵姐吩咐她主管出纳兼吧台收银员，她都乐呵呵地接手了，且干得勤快蛮有劲头。马六落成个出力听吆喝的勤杂工，倒也是心不甘情不愿，可也没办法。

天啊，她啥时候来的？他心里惊叫着默算着，像是被人使了魔法般傻傻地望着妮子。

妮子倚在吧台前，歪着头伸长脖子，眼睛直盯着他，神情怪异，半天不说话。马六真担心她知道他跟踪她，眼下突然有种来自她强大气场的压迫感。

他紧张地环视着周围，生怕她在自己脸上看出点什么纰漏，而妮子对他的兴趣似乎越来越浓，摆着手说："先别收拾啦！"马六赶紧打着哈哈说："等会就好啦。"边说边继续弯下腰出力。

马六对妮子的态度已早有预料，因为他还是了解她的为人，他对妮子的评价，就是个说也不听、听也不懂、懂也不做、做也做不好的坏女人。

又是周末的夜晚，玩牌的人就像这恼人的阴天，星星月亮都不知去哪啦，反正几间麻将室里都空无一人，马六闲得百无聊赖，不是说喜酒闷茶肮脏烟吗？他就坐在茶海前闷头抽烟等着邵姐回来，一定要把这个事告诉她，哪怕是提个醒也好啊。

临近凌晨，邵姐才摇晃着身子回来，马六赶紧挽扶着她坐下，沏杯蜂蜜水给她喝，他低头嘟囔着："说过多少回，喝酒开车危险，万一出事可咋整？"她摆摆手不耐烦地说："我这里没有万一，你以为我愿意喝，这不是没办法吗？都是感情逼的。""好，好，赶紧回屋歇着吧。"说着他就想扶她起来，邵姐仔细地盯着他，半天才诡异地说："不对，你有事，你一定有事要告诉我。"他抽回手无奈地说："你都喝成这样，啥事跟你也说不清楚，还是明天吧。"她脸色呱唧一变催促道："是不是那两人的事，急死人啦，快说。"马六只好坐在她对面悄悄地说："今下午我跟踪妮子，她到过三马路中行大厦，事后我问那里的引导员，她办的可是一笔国际业务，我想，咱茶馆还搞跨国贸易吗？我就估摸着是你吩咐她办的。""噢，这事别声张，我给郝姐打个电话，她有朋友是个副行长可以帮忙给查查。"马六这才卸下心里的担子，满脸轻松地说："天不早了都歇着吧。"她又端起杯喝了口茶道："你先休息吧，我想一个人清静清静。"说完她像幅精致的剪影挂在了那里。

九

个把月很快就过去啦，茶馆装修扩规模的事进行得非常顺利，在老鱼头的鼓噪张罗下，邵姐私下宴请"七仙姑"选了吉日，新茶馆和 H 投资公司开业双喜临门，彩旗、拱门、乐队闹腾半天，为除邪崩祟燃放了不少花炮，风中夹杂着鞭炮炸后的硫黄味，哑炮的尸体横七竖八地依偎在碎屑中，门前树下那些红色鞭炮碎屑，满眼望去犹如树根渗出的斑斑鲜血。

邵姐在厅前迎送前来贺喜的人，身旁红色贺喜纸箱里塞满厚实的红包，来的人满脸堆笑朝她拱拳问好讨着吉利，马六和妮子忙着装卸贺礼，唯有邵姐最想见的人没来，按理说他不该缺席这个场面，他就是大股东——老鱼头。

半个月后，老鱼头才悄无声息地回到了这个城市，回到了他阔别已久的茶馆。这天牌局散后他故意走得很晚，马六知道他和邵姐两人在储物间密谈了半天。

到了深夜，茶馆里就剩马六和邵姐时，他伸直腰舒口气，回到大厅才见邵姐坐在茶海前，仔细摆弄着刚沏好的茶水，马六解下围裙擦着手默默地坐在她对面，她突然一阵咳嗽，他立刻起身接过茶壶，扭头望着邵姐说："这两天你脸色不太好。"她的眼神直溜溜的，有点像从眼里射出的两条水线。

她半天没说话，这可不是她的性格，必定是心里有事，这事可能还不小。她稍微抬起头说："老鱼头遇到麻烦了。"喉咙里发出的声音不温不火，感觉不出有多少冷热温度。

忽听这话，马六感到惊奇外多少有点欣慰，甚至还有点幸灾乐祸，但他没有任何表示，只是以异样的眼神盯着她。

两人沉默片刻，马六鼓足勇气亲切地问："他与你有瓜葛？"一听这话她眼睛顿时睁得很大，很平静地说出仨字："你说呢？""我知道有点麻烦，但不知道这浑水多深啊。"她听得很专心，有种溺水见到救命稻草的贪婪，稍微犹豫后接着说："这个深浅由不得我说了算，就看他是不是个扛事的人。""就凭这糟老头子，你可别把他看高了，咱多往坏处想事才能往好处办，你干脆一退六二五啥都不知道，出事我顶着，何况我现在一个人，政府能把我咋的？"

这是马六事先设计好的，尽管他自己觉得有点虚伪，甚至有点肉麻，但他还是硬着头皮这么做了，他的内心对她总有股真情在不时地涌动。

邵姐简直不敢相信自己的耳朵。马六来到茶馆后，她开始的日子的确有点烦他说话，听他说话的感觉有点耳朵根子发麻，有时竟怀疑自己失聪，恨不得他就是个真哑巴，可这会儿她却特别想听他说话，听他说点什么，哪怕是和自己说点无关紧要的安慰话，她也非常愿意听。

马六笑笑，虽然笑得很淡却有些神秘，让邵姐感到有点不解，她正琢磨着他笑的含意，就听他神秘兮兮地说："邵姐，你每次摔碎的那些茶壶，我都没敢丢进垃圾箱。""那你给我弄哪去啦？"她不安焦急地问。"我都装进一个蛇皮袋子里，有几次我去郊外找地挖坑给埋了，这才保险哪。"他自豪地说着就像尾巴根差点被人踩住一样。

她压根没想到他是个如此心细的人，不说茶馆里外被他收拾得有模有样，单凭这忠心耿耿他就值得她托付终身。

这时邵姐突然注意到，他眼睛里布满了血丝，才有点心疼地问："你眼睛怎么这么红啊？"

邵姐问他为什么，他本想拿这些天累得够呛说事，可转念考量改变了主意，干脆把跟踪妮子的收获说了出来。他神秘兮兮地把妮子背地里干的事说了个遍，邵姐听着心里有种酸楚的感激，少不了同仇敌忾骂她不是个东西，最后感激温柔地安慰了他几句。

马六诚恳地说："姐，你咋不关心我的将来？""你的将来不是梦，与我有关系吗？"她说完就咯咯笑起来，笑得连自己都感觉有些蹊跷。

他急切地说："咋就没关系，我都成宿成宿地想你睡不着，你真感觉不出来？"她惊讶地问："什么？你说你想我？"他使劲点头，索性大声说："是啊，我要娶你，风风光光地娶你，骗你我就是贵儿。"此刻，邵姐相信他的话，还是满脸疑惑地望着他说："你不是身残也是脑残。"

马六心里直犯嘀咕，他的确早有这个想法，只是碍于她的威慑没说出来，心想这会儿掏心掏肺的话准能感动她，但见她这么个态度他有些失望，满脸被憋得通红还是重复那句话："我要正儿八经地娶你。"

邵姐有点挂不住，原本不想把这层窗户纸捅破，现在被他逼得束手无策，只好故意把亢奋的脸沉下来道："都啥岁数啦？还那么容易激动，你娶我可以，你得把和老鱼头的关系说清楚。"

马六轰的一下蒙啦，天旋地转好像挨了一闷棍，他朝后倒退了半步，眼珠子差点没蹦出来，直瞪着她想：完蛋了，她是不是知道我和老鱼头的关系啦？

她微笑着说："咋蒙啦？不是我看扁你，就凭你那点本事能说服我？老卡能舍下房子带着两张嘴成全你？你有啥章程能摆平隔壁那爷俩？四个黑脸汉子还不跟你要功夫钱？全都是老鱼头的主意和做派！你以为不说我就不知道，我劝你可别把做人不当回事，非得舰着脸去和贵儿抢食吃。"

马六边听边吧嗒着烟，暗自观察着她脸部表情的变化，心存侥幸地感觉到她有讹诈嫌疑，她也许不知道他和老鱼头的一切，马六忽地站起来把送还老鱼头的钱、酒店卖烟、家里婚变、收拾老卡这些事，满嘴冒沫挑三拣四地说了不少，大有一种豁出去的气势，说完后浑身发软坐了下来。

邵姐咋也没想到，他能憋着气说这么多，而且说得情义交加，开始听着还没怎么心动，听到最后却为此动容，鼻腔里还有股酸楚的味道。现在他盼望着自己表态，她嘴唇不停地颤抖着，像是随时要把心声喊出来，她深感对他的判断开始就是正确的，一切都在证实他内在的淳朴，甚至还有点狡黠和天真。

马六没顾忌她的矫情，就像条饿急眼的疯狗猛地把她扛在肩上。"你要干什么？"邵姐有些惊恐地挥舞着双手。

三步两步来到她卧房，马六抬脚把门关上，像卸麻袋包似的把她放在床上。干净利索的床上丝绸花被格外刺眼，被面上一对鸳鸯戏水简直就像真的，仿佛是要伴着两人的疯狂而游动。

马六看着她酥酥地享受这一切，就大胆地把她平放在床上，然后帮她脱掉鞋子，这时她又嘟着嘴说："好事做到底，你也把衣服帮我脱了吧。"他心里怦怦乱跳，看着躺在床上的她，他感到浑身燥热，双手挥舞在空中，这时她眯着眼非常受用地伸出双臂，两人拥抱滚在了一起。

邵姐嗅到他口腔里散发出的气息，那股混合着烟味青苔般的清新使人联想到贵儿那湿漉漉的嘴巴，想必自己渴望得到这种迷人的味道，她毫不反感甚至喜欢这股气味，两人的这种亲热弄得她无比惬意。

马六搂着她享受着吻的幸福和甜蜜，两人的舌头如小蛇般缠绕着、交织着、碾压着，连唾液都是丝丝发甜，他双手托着她的乳房，眼睛往下看着噘着嘴巴，好像要吃她的奶，她的喉咙里发出阵阵渴望的呻吟。

他的动作让她感到笨拙、野蛮又带那么一股孟浪，两人相互抱着、抓着坠入了爱河，自然就这样水到渠成了。

在这个风雨历程里，马六简直就像条发情的疯狗，她更是配合得激情万丈，两人有种不可言喻的快感，进入高潮时他竟忍不住喊着小凡的名字，只不过有时喊得咬牙切齿，有时喊得情深意长。

疯狂过后，两人自我感觉都是拼命般地畅快。邵姐却疑惑地望着他，抢下他含在嘴里的那支烟，拉着脸说："你这个时候喊她做什么？"马六沉思片刻说："对不起！我习惯了。"邵姐也没再问什么。

马六有点傻乎乎地说："哎呀，我还差点忘了。"伸手从口袋里把那个塑料袋掏了出来。"都全着哪，你收着我放心。"他的话就像洒满温情的佐料包，她实在无法控制自己，尽情地释放出她固有的温柔和软弱，顷刻间显现得淋漓尽致。

他笑着露出满嘴遍布烟渍、茶渍的牙齿，这更让邵姐想到他的辛苦。他是刚毅、耿直和忠诚的包裹体，更多的是个坚强的堡垒，彰显那种宁为玉碎不为瓦全的性格。

邵姐缓缓坐起来说："赶紧收拾穿衣裳吧。"他还假装清醒地说："你怕撞上鬼啊？"她没说话只是把衣裳抛在他怀里。她看着他那哀怨的眼神，觉得还是不能心软，就又抓紧时间收拾着乱糟糟的床铺。

她知道两人都不情愿这样分开，她告诉马六要特别小心妮子，并搂着他后背说："放心吧，我不会离开你。"

她把他拉到床头，伸手从枕头底下把那个塑料袋还给马六说："谋事在人，成事在天，属于你的我都办在你儿子的名下，我的家底除了保险柜里的，在这些被褥、枕头里还有点备着应急，你都给我收拾好了，咱们下半辈子全指望它啦。你是个爷们得顶起锅盖来，别让那些人占了咱便宜。"说罢两人抱着不肯放手了。

马六明白她是为自己好，这样的境地说这些话显然不太合适，他似乎觉得她骨子里少点什么，瞬感自己的心在流泪，为什么他却不知道。

她用手戳他脑门笑着说："这些日子多亏了你，不然咱咋会有今天。"他抢过话头说："姐，咱一家人就别说两家话了。"邵姐忽地心里酸软了声音哽咽着说："贵儿不见了，我得去找找。"转身朝外慌张地跑去。

马六哪里都没去，只是蹲在角落里吧嗒着嘴过烟瘾，待了会儿又把贵儿抱在怀里，一会逗逗它一会亲亲它，自言自语地说："贵儿你太单纯啦，邵姐又太复杂啦，我也不明白人间世态炎凉，这回却懵懵懂懂地搅进了复杂的是非里，自己这条命能扛得住吗？"

他苦闷地问自己，这一切靠谱吗？他瞅着贵儿坦然可爱的憨态，摸着它那人为施加横祸而失去的尾巴的根部，竟然伤心地流出了眼泪，忽然想起老鱼头指着贵儿对他说的话：别以为狗有尾巴、人没尾巴就能分得清，而人有时候还真不是人，贵儿却永远是贵儿，那没尾巴的狗也永远是狗。

十

女人有时就心强命不强，这就是邵姐的命。

邵姐昨晚又没睡安生，起因就是听马六说几个老牌主知道老鱼头犯事了，破嘴缸子还添油加醋地说他携款跑路了，结果惹得玩牌人心乱手散，把几桌好好的牌局给搅得稀里哗啦，不到十二点就草草收场了事。

昨晚麻将散得早，邵姐起得也早，仰脸望着雨季的天空，心里叹口气，自语着："阴雨天屋里霉，石长青苔人发毛。"她按着手机给老鱼头打电话，听筒内依旧传来女人没有感情色彩的提示音："对不起，您呼叫的电话已关机。"这人咋突然就从人间蒸发了？

妮子回电话了，邵姐听着她那副哭丧的哑嗓子，就猜得出事情的结果不妙。妮子说她在开发区郝姐办公楼下，守到现在还没见着郝姐的踪影，郝姐那手机完全处于停机状态，她办公室门前来讨债的人越聚越多。妮子请示咋办，邵姐吩咐道："你先回茶馆再说吧。"

这个郝姐是个海归派，高挑的身段配着颇有灵气的职业装。她的面相福气十足，五官周正且有些标准的文化气质；她说话既无官腔又无技术型人的呆板，有的只是企业家的精明和强悍，每说到激动处竟也大发血性，脸色通红、脖筋外露地慷慨陈词，点把火就能和周围的人共同燃烧。

邵姐和她是经老鱼头引荐认识的，邵姐还在市经委领导陪同下到郝姐的厂区考察过。那片厂区足有十几万平方米，厂房全是崭新大气的彩钢结构，管理团队也是跟随郝姐多年的海归派。那厂子主打产品是航空光电研发系统，国内外市场前景很好，办公室的录像机播放的奠基庆典仪式里露脸的也都是市里实权派人物，竟然有位副省长手拿扎着红绸的铁锹摆范奠基，当时这事也在市区三大主流报纸红火了几天，完全不像有些仪式挂着诱人幌子，也不像烧把火就撤、捞钱卷铺盖走人的大骗子。

想到这里，邵姐还是不放心妮子，又打电话叮嘱她千万不能在郝姐那边露面现眼。

邵姐这样做有她的道理，投资项目和数额必须是绝对保密的，这点万一泄密有关的银行就会找上门来，那局面可就糟啦。道理很简单，她的投资公司不敢和银行比，她开投资公司那就是小三和正房藏猫猫，私营投资就是后娘养的遗腹子，尤其是融资渠道难晒阳光，又不敢放到台面上，所以她有自己的规矩，投资项目的任何庆典仪式，不管是多么要好私密的朋友，再盛情的邀请她也避之不去。她不是客气架子大摆谱耍大牌，而是碍于行业的特殊情况，少惹眼低调做人谨慎做事。

邵姐苦思冥想，琢磨，郝姐能从人间悄无声息地蒸发啦？她得想方设法找到郝姐，不然这篓子可就捅天啦，到时候自己必死无疑，谁也救不了。

郝姐能猫在哪个角落里？邵姐想起凤凰山下那个会所。

邵姐没顾得考虑太多，别说是洗漱化妆，拎起手包就冲出了茶馆。

邵姐驾驶着宝马沿山路飞奔，穿过树林忽地朝左忽地向右，她竟非常佩服自己的记忆力，赛过车上精明的导航仪，车子戛然停在会所门前，令人沮丧的是她看到了最不愿看到的：内部整顿、暂停营业的告示牌随风晃动着。一种不祥之兆盈满心头，随后又是几位集资者的讨款电话，理由当然是非常充分，无外乎买车、购房和移民出国——显然有人走漏了风声。

邵姐应酬着、答应着、说着好话，目的就是求他们再宽限几天，但原则底线是不能突破的，那就是必须要郝姐给个说法，不然自己的投资公司就是个有着窟窿的水桶，早晚把水流尽翻个底朝天。

撂下电话，邵姐的心里轻松舒服了许多，长叹口气还是想大哭一场，从心里、骨子里狠狠地发泄出来，哭到心碎、哭到血液冷却。但她不能现在就哭，不能哭给这座城市看，也不想哭给马六看，只想哭给自己看，就自己。

她干脆把手机关掉，点上支韩国烟慢悠悠地吸着，脑子里忽然出现了一连串可怕的记忆。对，就是浙江集资案里的那个吴英，那么年轻漂亮的女人，抓捕时罪名是非法吸收公众存款，判决时的罪名是集资诈骗还落得个死罪，引得社会争论不休，后改判了无期。为破解疑惑自己还咨询过工商局的姚科长：他说按照营业执照规定的经营范围来看她的融资方式没大问题，她聘请的项律师也不会是个摆设；他说低于银行利息的民间借贷还受法律保护，自己的投资公司和融资应该是合理合法的。

关键是在融资渠道的拐点上，明眼人怀疑里边有洗钱的嫌疑——那可就麻烦了，她摸爬滚打这些年，混得才刚有点人样，自己这么个女子要在监狱里数日头，那可咋办哪？

邵姐实在不敢再想了，眼前只要自己稳住阵脚，别惹出大是大非来，民不告、官不究就可混过去。想到这里，她脑子忽明忽暗一团糟，反映到脸上是片难堪的菜青色，她非常清醒自己要立刻回茶馆，找马六交代后先出去躲避风头。

她回茶馆时夜已深了，悄悄地把车停在后门的街口边，穿过储物间回到自己房间，坐在床上打开手机，看着手机大片的短信提示，瞅着滑过跳动的未接电话，她知道事情已超出了自己预料，凭自个儿是无法掌控和解决了。她从橱柜里拿出瓶可雅白兰地的，倒了半杯轻轻地晃动着，猛地拿起酒杯仰脖灌了下去，借着酒劲走进了马六的房间。

听着屋里马六熟睡的呼噜声，她很想把他叫起来陪自己说说话，但心想人家睡得那么香，就别再给他添堵啦。她独自来到大厅茶海前，点燃支香烟慢慢地吸着，看着门外那些闪烁的霓虹灯，整个人感到无比孤独和寥落，在这个笼罩着自己的都市里，从认识老鱼头到现在身边的马六，多少年来还是第一次认识到，不能再这样继续下去啦，绝对不能。

自己的人生就像是场电影，故事结束后就是职员表了，然后是俩字：剧终。而真正的导演和编剧是老鱼头，他的名字出现在故事的开始。她在痛苦地告诫自己。

她把半截香烟扔在烟缸里，听着红色烟头被水淹后发出的刺啦声响，起身回到房间里，蜷缩在床上凄然地睡着了。她在那种悬空的睡梦中，独自升腾翻滚在天际，最后变成一个人形的天体随着星辰悬浮游荡着、转动着、碰撞着、分裂着，她最终精疲力尽，但她还是很想活下去，只不过是要以另外一种方式而存在。

清晨，城市的喧嚣格外刺耳，这些声音催促着忙乱的人们，也瓦解着邵姐单薄的身躯，震撼着她的骨血和五脏六腑。她记不清是马六第几次催她用餐了，她不敢面对卧室里的镜子和外边的人，更不忍心多看几眼自己苍白的脸，像是个病人——也许自己真是个病入膏肓的人。

她收拾妥当刚刚步出房间，马六就堵在门口等她，低声地说："老鱼头和妮子双双失踪，两人的电话都处在停机状态。"邵姐挥挥手说："这时候这两人早去见鬼啦。"

马六催促道："那你赶紧吃饭吧！"邵姐若有所思地说："这样，你先去找项律师，把我拟好的法律文书取回来，我再去找朋友探探虚实，记着，我若不回来，你就把那些文书保存好，那可是将来救命的稻草。""好吧，我这就去。"马六说完抓起件衬衫就跑了出去。

接近傍晚马六才回来，他下了公交车路过季三的煎饼馃子摊，发现这里的人在扎堆议论着，茶馆附近停着辆警车，警灯还在忽闪着刺眼的光亮。季三上前薅住马六的胳膊急切地说："我说兄弟，你还有心瞎溜达，茶馆出事啦，摊上大事啦。"马六猫下腰问："季大哥咋回事啊?""我个跑龙套的哪会知道!"季三神秘地说，"我溜过去看热闹，那阵势吓死人，七八个穿制服的人黑着脸，搜遍满屋又搬账本子又拿钱，邵老板被两人守着浑身筛糠直哆嗦。听说她和诈骗案联上啦，那娘们要是进了局子可就遭罪了，判个三年五载那不就把她给毁啦。"

马六搜遍口袋掏出半盒红双喜，拱手递过去恳求说："季大哥，这包麻烦你先收着，也别瞎传，我过去看看再说。"季三眯着眼接过半盒烟和挎包，嘟囔着："那你悠着点，可别打不着狐狸反惹一身臊。"

马六快速运转着心里的小算盘，瞬间改变了主意，路边就近找棵歪脖树坐在树荫下。他瞅着茶馆进出的人们是那么陌生、冷漠，突然很想抽烟，翻遍衣兜掏出烟盒捏在手里后发现是空的，又狠狠地捏成一团扔在马路中央，那蜷缩成团的烟盒像只被人遗弃的狗，在马路间地面上滚出好远。

看着眼前的景象马六吓呆了，邵姐被两人裹挟着走进警车，她扭头深情地看了他一眼，他感到自己的脸热辣辣地难受，低着的头差点埋进裤裆里，他默然地点点头，过了半晌才溜回茶馆，像条趁着夜色潜伏到河底的泥鳅。

马六心急如焚，几次给老鱼头打电话全是停机提示音，掐着的手机仿佛是块滚烫的山芋，吃不得又扔不了。

他百思不得其解，像老鱼头这样通天眼的神还能阴沟里翻船吗?这点事老鱼头挥挥手就能摆平，答案是肯定的，就看他心眼随屁眼往哪边歪。马六有种可怕的预兆，邵姐这次恐怕凶多吉少。

马六突发奇想，决定给老鱼头发条短信，如果他还活着就势必会看到，愿不愿意搭理是他自己的事。马六慢慢地打开发件箱，瞬间竟不知该怎样称呼老鱼头，尊称于先生有点生硬缺乏人情味，称呼老鱼头就过于随便不尊重人，最终马六斗胆写上"于大哥"三个字，算是结交后老鱼头对自己提携的千种回报。

"于大哥，感谢您尽心竭力地栽培我，马六是个外来务工的乡下人，除了憨厚朴实何德何能能得到您老人家的指点帮助！我大恩不言谢，滴水之恩理应涌泉相报，顺祝安康幸福！"马六写完确认无误，手指头哆嗦着便发了出去。

对于短信马六没有多少期待，只是老鱼头失踪后常常让他牵挂揪心，他有时竟恍惚得在大街上认错了几位老大爷。

夜色时分，马六找到季三取回了挎包，大厅里的监控像棵卸架的黄瓜秧子成了摆设，他回到邵姐卧室翻找着，在凌乱的被褥里、枕头套里找出些揉成团的存单。他把存单铺平叠好塞进内裤缝好的小布袋，像个毛贼似的溜了出来，回到屋里掏出那些皱巴巴的存单，仔细地放在床铺上琢磨着，花花绿绿的存单让他想起了项律师的话，才渐渐咂摸出话里的味道：原先的贸易公司从来就没注销，包括茶馆只是把法人换成了马六，而且马六与邵姐是法人的 H 投资公司没任何牵连。想到这里马六才明白她的苦心和用意，他就像寒冬腊月见了刚出炉的烤地瓜，垂涎欲滴要张嘴咬一口，却又怕烫嘴一般难耐，他也明白自己现在的身份，也应该为邵姐做些什么。

马六的心事能和谁商量？在这座偌大的城市没户口本的人就是个外乡人，他之前是人进了城市，城市还没容得下他，他认得这座城市，城市却不认得他。可如今他不再是城里人的笑柄，他现在是这里的主人，他想和在家里哭坟那样，头发和衣襟上沾满草叶、苍耳和泥土，打着滚地喊叫、疯狂直到自己满意为止，可这城市里哪有这样的地方？马六脑海里忽然闪现出老卡的影子：只有他能帮我为我出力，可他肯帮这个忙吗？他会的，因为他是个见钱眼开的家伙。

太阳刚露出半边脸，马六就把老卡堵在了酒店的储料间，两人蹲在地上吧嗒着嘴抽闷烟，马六激动得有点口吃："别装蒜啦，邵姐出事你不能袖手旁观吧？"这句话把老卡逗乐了，他抬脸眯着眼问："她和我有半毛钱关系吗？我没买挂鞭放彩炮就够意思啦。""那你他娘的不是男人，是个二尾巴狼，别忘了是你拽我去的茶馆。"老卡愤愤地站起身说："我还没忘是她找人收拾的我。""对啊，现在你有老婆有儿子，日子过得好滋润，你得感激她八辈子祖宗。""放你娘的臭屁，你才是二尾巴狼，还觍着脸来这里丢人现眼。"身穿酒店制服的小凡不知啥时候凑过来，指着马六就开骂。老卡挥手骂道："俺老爷们的事你少掺和，给我滚，头发长见识短的玩意。"她气哼哼地扭头走了。

马六挤对着他道："这才是有种的爷们。"老卡打断他的话抢白道："别废话，你别以为我是顾及你，我是不忍心看她遭罪。"他双手胡噜着脑袋冒出句，"这事凭咱俩的道行都没戏，烧香都找不到庙门。"马六往前凑凑试探着问："只能请妹夫祖总出山啦。"老卡话也没说拽着马六朝楼上走去。

两人走进祖总的办公室，老卡胆怯地把马六介绍给他，祖总阴沉着脸，不着边际地说了句"于万全这关键时候打个招呼就甩手了"，顺便又把酒店的法律顾问请来，安排他专门负责这个事。马六特别强调邵姐是投案自首，把知道的事情说清楚了。祖总仔细地听着不停地询问，留了马六的电话说有事联系，又笑着拍拍他的肩膀说："你回去多准备些敲门砖。"

后来的日子里，马六当初离开邵姐塌天般的感觉逐渐变淡了，摇身一变他竟成了这份产业的主人。他有种模糊的幻觉，觉得老鱼头和邵姐都在暗处成全自己。随着他和祖总的运作，案情已有些眉目，茶馆又恢复了往日的元气，品茶、玩牌的人有规律地攀升，马六的言谈举止斯文了不少，衣着打扮也在悄然发生着改变，使着邵姐的宝马车也顺手了许多。

今天是本市"7·26诈骗案"开庭宣判的日子，那个姓郝的女人以诈骗罪判了十五年，而邵姐有投案自首立功表现，以非法吸收公众存款罪判了七年。连祖总都感觉结案利索得蹊跷，有很多令他琢磨不透的地方，好在集资款退赔及时封堵了窟窿，没引起骚动就小事化了啦。邵姐将被押到南蜀监狱服刑，估计有个三年五载的就出来了。

休庭后，马六刚准备驾驶宝马车离开，老卡就尾随着马六出现在停车场，他敲着车窗咪溜钻进来，开始两人客气地打着招呼，马六真诚地感激他和妹夫的帮忙，老卡倒也不客气地打着哈哈。临分手时老卡凑近马六的耳边说了句话，觍着老脸讨要辛苦费还要处理关系，马六气愤不已："你妹夫和跑场的人我都挨个没漏地打点啦，还有谁啊？"老卡嬉笑着说："远在天边近在眼前啊。"马六明白啦，顺手掏出一沓百元钞票在手里掂了掂，狠狠地咬着牙说："我连老婆都给你啦，你真是贪得无厌！你给我听好了，别拿他们娘俩不当干粮，你若有半点闪失，我轻车熟路地把你妹夫送进去，信不信？"老卡点头哈腰地说："我信，知道你是个这样的人。""知道就好，给我滚。"马六说完把钱鄙夷地摔在那张贪婪的脸上，松了脚刹，尖厉的喇叭声把老卡吓得蹦着高逃跑了。

想到老卡那副穷酸样马六又恨又解气，令他更加畅快欣喜的是老鱼头有动静了，老鱼头仿佛是条飘忽游动的鱼，浮出水面冒出了一串泡泡，马六终于等到了他的回复，终于得到了他平安无事的消息。

前段时间，马六发给老鱼头的信息如石沉大海，漫长的等待使马六焦躁不安。今天凌晨，他手机有短信消息提示，要是搁在平常马六都懒得理会，啥时睡醒再去翻看也不迟，这次却着魔似的打开短信。

短信不长，马六翻来覆去地看了多遍，把几行字给印在脑海里了。"兄弟你好！感谢你还记得我这个老头子，前段时间关机是去夏威夷度假，现在一切都好吧？邵姐的事也该有个说法了，有事联系吧。"接着是一串莫名其妙的数字和字母。

本来马六看完短信就想立马回电话，可想到人家有时差才拖到今天回短信，马六现在心里特佩服老鱼头能掐会算，就知道今天结案宣判。这个电话还是先不打为妙，等见到邵姐再说吧。

周六是家属探监的日子，马六为邵姐准备了吃的、用的和换洗衣服，塞满了宝马车的后备厢，天刚放亮就离开了城区。虽说是百十里不算远的路程，公路还是二十世纪五十年代"大跃进"时的产物，多年的碾压失修早已破落得不成样子，宛如九曲的盘行不堪颠簸，等他赶到南蜀监狱，办完探视手续也就傍晚啦。

刚见到她坐在那里马六很是意外，她一改法庭上的颓废和沮丧，整个人有种脱胎换骨般的变化，干净的面庞带着红晕，有点臃肿的眼睛折射出亲切的目光，凭空给这次会面增添了不少遐想的空间。

接下来无聊的寒暄并非多余，只是一些宽心安慰的话，似乎两人都感到厌烦，连旁边的狱警都不屑一顾。

她有点心急地问着外边的事情，连贵儿的冷暖都乐此不疲地问来问去，他有点急眼地说："你就不问问我是咋熬过来的？"她笑笑嫉妒着说："你肯定不错，人模狗样的还挺像个大老板，我喜欢啊。"马六双眼凝视着她说："我的一切都是你给的，你是在替我赎命，我都知道，我也不是那种忘恩负义的人。""别说这些啦，我这是咎由自取，你也知道人家咬牙切齿地咒我。"说完她用双手捂着流泪的脸，再也不肯抬起头来。

"邵姐，你听好了，儿子和家里父母我都安置好了，外边的事你也放心，我就盼着你早点回家，早点，我等着。"

她猛地抬起头，满脸期望地看着他半天没再言语，只有握紧的双手传来一阵痉挛般的颤抖。

随着接见时间结束，没有任何情感的呵斥把两人隔在了不同的世界里，然而这声呵斥就是一把刀，把两人甜蜜的梦切成了两半苦涩。

无精打采的马六，一步三晃地走出了监狱大门，正准备开车离开这里，手机响了，打开滑盖显示是串陌生数字。他按下接听键压着嗓子说："您好？请问您是哪位？"电话那边略微停顿后，传来声音："哎呀，马六兄弟，我是你老哥，你还好吧？"是老鱼头的声音，马六连忙问："大哥这是在哪？啥时候回来啊？"电话那边很是嘈杂，传来的声音慢悠悠地发飘："兄弟，你听我说，我在国外，离你很远，也不可能再回去啦。"马六接着问："你咋跑那么远？"那边颇有些神秘地说："我在那边得罪人啦，有些人恨不得让我死，还怕我临死抓他们做垫背的，这些人就大开绿灯，放我条生路也方便了自己，这叫两全其美啊！茶馆的生意不错吧？那边的事都过去啦，就叫它翻篇吧，邵姐的命在你手里掐着，好好过你的小日子吧。"马六倒是纳闷地问："你那么远，咋知道我的事？"老鱼头那边笑得很得意："想不到吧，我不光知道你成了老板，我还和祖总打过招呼，还知道你刚见完邵姐，对吧？""是啊，是啊，你真神仙。"那边继续说："你果不然是个好身手，没辜负我对你的期望，是只很好的绩优股啊。"这边马六诚恳地说："我马六知道你老人家神通广大，大哥有啥事尽管言语，我一定尽力而为。"那边不以为意地说："好啊，这里有个人想问你好，稍等啊。"一声娇滴滴的声浪传了过来："马六哥，你好啊，没忘记妮子吧。""欸，你俩咋会混到一起啦？""这话可说不好听，有我照顾着老大哥，你就放心吧，哈哈哈！"接着马六又听到老鱼头语重心长地说："还记得你问过我为啥舍弃天和的牌吗？你才是玩了把绝佳的天和，人生意义上的天和不是更有意思？""是更有意！"马六嘟囔着，掐住电话的手无力地垂下来，仿佛是只突然被人砍伤致残的断臂，再也无力举过肩膀。

马六无奈地望着天空，只见灰霾中太阳影影绰绰，仿佛天幕破了个大洞，周围更是一片黯淡。他把含在嘴里的半截烟狠狠地弹出车窗，猛地脚踩油门，宝马车呼啸着向前冲去，车尾留下片飞扬的尘烟，仿佛银白色的车身猛生出双巨大的羽翼，无形中张开，又迅速无力地垂下……

暧昧季节

一

许多事情的缘起简单且稀松平常。

石峰下班前有个习惯，总要把膀胱内的液体抖落干净才舒坦，就像每天入睡前的程序雷打不动。

石峰有个同学在幼儿园工作，同事林云的儿子入托自然就找到石峰来帮忙。石峰心甘情愿运筹帷幄这类琐事，证明他不仅是个写手且还有些正能量，当然还有个不可言传的理由，就是林云姿色出众，是他心仪的女人。这些年风言风语旋风似的包围着她，也没见她有啥越轨出格的举动。"十步之内必有谣传"，石峰懒得动这份脑筋。

他喜茶嗜茶且情有独钟，林云没觉得嗜茶不好，反倒觉得比那些贪杯恋色、剐财好权的人强得多，于是借故送给他两桶西湖龙井，并再三嘱咐："家里没人喝茶，据说这茶放久了串味，我看你捧着茶杯是个喝茶的主，不给你喝实在是可惜。"或许怕他不重视又强调，"这是我杭州同学送的，本来还有个豪华礼品盒让我扔了，你是行家识茶，有赏家识味，那还不是荣幸？"他知道这场合推辞对谁都跌面丢份，就收下了。

石峰按捺不住新茶的诱惑，立马拆封沏了一杯，刚喝了两口就双眼发直"哎哟"一声呆住了。见他傻了吧唧的模样她就嘀咕：是茶有问题？急忙佯装遇到了木马黑客喊他来帮忙并问："茶有问题？"石峰深吸长气口有余香地嗅着鼻子说："哪里啊，是你的茶太好了，好得都不是我的嘴巴了。"

她得意又惊讶地说："那你还跟掉魂似的？"石峰连忙说："老同学还念着你的好，这感情深不见底啊？"她抿着嘴说："赶紧喝茶吧，谁还没个念想？"

事情的麻烦在于石峰如厕要经过她的办公桌，听他脚步渐近她就抿嘴浅笑。他想假若得个尿急尿频还真麻烦了，也得怪自己有点神经兮兮，他窥见这浅笑后很不自在，就琢磨——

她是惦记茶还是惦记我的膀胱啊？那玩意容积有限但茶壶嘴量无比，你再惦记可要小心啦，那玩意是个见缝就钻的家伙，还配了个好钻头，云啊雨呀就这么做成了。他这么想着见她的表情便不自然了，人和人就是这样本来没啥，你突然感觉忸怩心里自然有了种化学变化。

林云是属于那种性别意识极差的人，也没把女性角色看得那么矫情。同事扎堆少不了恶俗荤口，倘若有别的女性还需回避，若她在场她简直成了同门兄弟。而石峰总是装出副绅士状，林云嘴上不说暗自嫌他有些无聊。

林云负责创作流传的大众短信，因为工作性质的关系，她从不介意相互转发荤段子。有一天林云收到条短信："主席台上服务员为领导斟茶，自然要躬腰于是露出了乳沟，顿时领导眼睛闪烁忘了讲话，秘书觉得有失领导风范赶紧提示，领导惶然问：'我讲到哪了?'秘书如此这般后，领导拍着脑门骂道：'瞧我这奶子。'"这段子实属冷饭热炒没啥技术含量，但石峰觉得好笑，就问她："如果女人春光乍泄，你说看见也算是窥视吧？女人从眼神里能否察觉到别人在琢磨她？"林云被问得莫名其妙，沉默片刻后说："你再说一遍，我没听清楚。"

其实林云听得很清楚也很聪明，她知道男人有不经意间的骚扰，但要求他复述时他会觉得很无聊。因为男人喜欢思维碰撞不喜欢过程赘述。然而她错就错在石峰却不在意，他复述时瞪着眼睛还真切地询问，她想抽身而去，但这又不是她的处事风格，可若回答谁知他还设有什么圈套？于是林云郑重地说："女人应该能察觉到男人眼神的落点，你在看她某个部位时她是知道的。"她还想接着说"其实这也没什么，现在的女人不都是傻白甜，从童话中醒来就熟悉了这种眼神，也不是所有女人都反感，譬如说那些投怀送抱的"，为了遏制他的嚣张，她把这些话咽回去，反问，"像你目不斜视很难吧?"他认真地说："我看女人是肆无忌惮畅快淋漓，听你提醒原来她们啥都知道，我很悲催。"林云轻描淡写地说："好多问题很简单，往高处看是欣赏，往低处看就是流氓。"他绝望地说："我就是个最悲催最愚钝的流氓。"

这天林云手托文案从老板房间出来，夕阳裹着她那薄如蝉翼的裙子，那色彩对石峰来说非常具有诱惑力，至于诱惑来自夕阳还是她躯体已不再重要，关键是这份温暖能渗到他的骨子里，他甚至能嗅见这份清香，仿佛雾化后浸润到了细胞里，虚实交错的瞬间闯进了他的臆想，使他如同打了鸡血似的亢奋不已，仿佛她离自己渐行渐远、扑朔迷离。

她迎着石峰的目光走来，不知是夕阳还是灼热的目光迷幻了她的曲线，他觉着她脸上的色彩暗淡了，这么短时间咋就花容失色？他认定是唇膏唇线的问题，她唇色淡白唇线一塌糊涂，她的光彩伴着唇膏被老男人吃了，想到此石峰胸口隐痛，眼间有阵辛辣刺过。

石峰见林云手捧化妆盒对着镜子涂抹，他想她可真该把脸好生洗洗，不然留些烟熏酒臭也未可知。他看着她渐靓的姿色，心里的灼痛反而减少了，他纳闷这是友情关心的节点吗？反想老男人能消磨她的光彩，于是他脸露轻笑朝她走过去，两人四目相撞时她冲着他说："笑什么笑？不是个好笑。"他随意地说："笑笑也不行？"他依旧盯着她，看那张脸上有抹红红晕有了些暧昧。

此后，石峰竟关注起她进出老板办公室的变化来，他感激上帝这个伟大的造物主，他把人间有趣的事情表露部分，给人们留下些蛛丝马迹，让人们去尽情地脑补各种画面。

林云从老板办公室出来，必是脸色有些尴尬。石峰有时暗喜不得为人知，有时窃怒不足为人道，有时自伤不得人在意，有时却猜不透她正在经历着什么。当然这可能是石峰内心导演的闹剧，他本来就是心思细腻内心戏颇丰的人，况且他又暗中感知了些秘密，心里不得不忍受着炮火般的冲击。

石峰虽有自省力却非常恨自己，他已感到自己纯属多事，人家的事与你有半毛钱关系吗？他们的暧昧或者出轨断了你的生计了吗？既然没有，那你怎么还为此绞尽脑汁？倘若老板察觉到被你监视，你被炒鱿鱼的日子就该近在眼前了。

二

公司明文规定办公场所禁烟，石峰却不能拒绝烟草的味道，他有激发创作灵感的最好托词，他像个偷情的汉子趴在走廊的窗户边，通过窗户缝隙燃起支香烟惬意地享受着。他从楼上俯瞰着海滨小城，忽然会觉着自己像根耸立的烟囱，烟雾飘向天穹也升华了他的创作灵感，当思绪从远方回到大厦时，他便坐在办公桌前喝着龙井，品味着她给予的奢侈，望着杯中嫩黄的茶叶，叹服着人类的伟大：这普通的树叶竟会被炒成名贵的饮品！当阳光穿透杯子留下无数光点，他有种强烈的创作欲望，在脑海里敲出了《茶余偶得》："我是你手中的那杯茶，茶是新的杯子是旧的，味道是醇的颜色是淡的，温度是恒的爱意是浓的，激情燃烧的岁月已成为苍穹，当夕阳穿越灵魂的时候，岁月融入些许温馨。"于是他把《茶余偶得》发给了林云，让她知道没有白喝她的好茶，稍后她算是鼓励地回复："不错，你太有才了。"然后他见她用化妆镜悄悄地端详着，轻抚领口似乎对自己的容颜很是满意。

石峰对此细节很在意：她的领口有三颗扣子，平时系着两颗敞开一颗。假如她把三颗扣子系得严丝合缝，那她是无可救药；系两颗显然是得体的；当她敞开两颗时，她的诱惑已悄然展开；而当她把第三颗打开时，这细节之殇是致命的，她袒露的不仅是隐秘，而且还袒露着"潘多拉魔盒"的诱惑。这会儿她托着文案朝老板房间走去，他发现她已暗将两颗扣子悄悄解开，他在心里狠狠地骂了几句。大约十分钟后她走出来了，她脸上就有了某种变化，他想她得赶紧补妆不然就可耻于天下，他边走边说："小林啊，你觉着我写的短信有点意思是吧？"此时她讨厌他警犬似的嗅来嗅去，尤其是镜片后那双咄咄逼人的细眼，似笑非笑的神态仿佛已洞悉了她的全部。

人总是在不经意间应验着自己的猜忌。石峰的细眼在她脖颈上驻停时，她是能感觉到他眼神的落点的，这让她非常不自在也很不高兴，似乎她白皙皮肤上有些遗憾但她不知究竟。女人能从别人眼神里看见自己的踪影，有人说眼球是会反弹的，他还关注着她的双唇，唇膏就是这张脸的戏眼，她的光彩是由口红来点缀的，她从老板那里出来这光彩就消失了。石峰觉着有点邪恶，于是说："小林啊，你那茶是我平生喝过最好的茶，套句广告用语，那是难舍最后一滴啊。"林云瞪着眼有些不知所措，听着这句不着边际的话愈发慌乱，他心生满足地捧着茶杯，撂下句话："唐老板最近可好吧？"她见他没头没脑地问，尴尬突然消失，幡然回道："没什么好不好，总之他不是打工族，家业好赖也是自己的。"她像只母蜂暗放毒箭刺激石峰，石峰故作拿捏地说："那是，那是，不像我这把年纪还没着落。"她觉得暗话伤人有些过意不去，就打着圆场说："怎么想起小唐了？"他接着话头说："我想起哥们了。"她笑道："哥们能干吗？"他真诚地说："既然是哥们，那你有事我得多担待，比如有谁非礼欺负你了，我就得该出手时就出手啊。"她闻此话脸色骤变："石峰，你是我尊重的人，你说话别这样风啊雨的，有啥直说，藏着掖着哪像个爷们儿！"石峰自讨没趣，想着不该提小唐啊，手拍脑袋骂着："瞧我这奶子。"临到下班她还在后悔不已，石峰不过是开个玩笑，也不至于让他如此难堪，她把脸庞处理得容光焕发，迎着他说："下班回家？"他回道："咱就是两点一线的命，不回家去哪？"她说："请我吃个饭不行？"此时的石峰刚如厕归来，洗完手有些水淋淋的，林云从柜子里取出纸巾递过去，他擦完手后刚想丢进纸篓，却随即闻着说："好香啊。"她扑哧笑道："这普通纸巾哪有这么夸张？"他说："真的，有你身上的味儿。"她问："是吗？"石峰说："意大利品牌范思哲香水？"她好奇地瞧着他，弯腰从柜里拿出个宝蓝色香水瓶说："看不出来啊，你还知道范思哲？"他识趣地说："我不光知道还用过，那香水本是男士专用现在被女士霸占了。"她说："真行啊，没看出来。"林云寒暄，"没看见外面有情况？"他说："啥情况？"她说："下雨了呗。"他往外瞅瞅微皱眉头换了个语气说："你喜欢下雨的感觉吧，你这文化和情调的大致都喜欢。"她说："别转移话题换频道啊，我问你下班咋走？"他说："搭你的车呗，嘿嘿。"她说："还是，给你个梯子也不会爬。"他说："我爬上去你撤梯子，我下不来咋办？"她说："你这个狡猾的老东西，我在停车场等你，别忘了是辆白色帕萨特。"他说："早就羡慕已久了。"

石峰关好电脑钻进电梯，从十一楼到地下停车场需停顿多次，她刚才叫我什么来着？是老东西。他感觉这称呼实在新鲜，而且还有点窃喜和刺激，他从来没有这样的昵称，他想：这尤物简直就是个快乐的女人，若在床上她唤声老东西，你会怎样地颠鸾倒凤啊？小唐可真快活。转念想这也未必，这或许是对老男人的专称呢。他这样想着时电梯停在了六楼，未承想进来的竟是老男人，石峰脸上堆着笑说："老板忙啊？"石峰觉得有一点台湾人比大陆人强，大陆人没怎么着就染发，让人根本看不出年龄，老板本来也可装扮得年轻潇洒，但人家是华发初上，让岁月飘扬在广袤的颅顶。老板很是礼貌地点着头，石峰纳闷老板在此没啥朋友，就搭话问："老板怎么在六楼？"老板回道："六楼有家房地产公司，我刚来时买了套房产，过来补办些手续。"石峰谦逊地说："这里我有熟人，若是方便交给我就可以。"老板说："不麻烦了。"电梯门开了石峰又问："司机呢？"老板说："车子送去保养了，我打的士。"他见老板两手空着赶忙取出折叠伞递过去，换来句很好听的"谢谢"。

石峰在大厅里傻待着，半晌才传来清亮的高跟鞋声，见着林云他诧异地问："你没坐电梯？"她见这样问就说："我走楼梯下来的。"石峰没说在电梯里遇见老板了，撒着谎说："我到六楼嘉德房产公司去了，找朋友想按揭套期房。"说着便偷眼看着她。林云惊讶地说："你在六楼？"他暗忖：你该问，你咋在六楼？老板咋也在六楼？见她脸上无法掩饰的疲惫和虚脱，石峰问："你怎么了？"她娇嗔地说："跟你学喝茶喝的，这茶真要命。"他赶紧取出块巧克力说："你是低血糖啊，吃了就好。"她既意外又暖心地望着他，石峰说："我也有过这滋味。"言毕忙将巧克力剥好塞到她嘴里，这细节她接受得相当自然和熨帖。直到坐在车里她才缓过劲来说："峰哥，谢谢了，今晚我请你吃韩国料理吧！"共事多年她从没叫过他峰哥，当初王菲不就是这样称呼谢霆锋嘛，这使他有些莫名其妙的亢奋。

三

次日，石峰被老板召见立刻显得心神不定，他想林云不会乱讲吧？待他走进老板房间才发现，老板的情绪似乎澎湃高涨。老板的房间不算奢侈却很有韵味，乳白与暗绿相间的布艺沙发，吊兰瀑布般地从书柜顶端恣意流下，这抹流淌着的绿意给僵硬的摆设赋予了生命。石峰看到后遐想连篇，林云光顾时他们在沙发上还是在老板椅上亲近，还是在绿丛的墙脚下环腰抵息呢？他不敢想象那种不可言喻的场景。老板打理着茶事说："坐吧，据说你很懂茶，品品这茶如何。"石峰咂巴着嘴说："这是冻顶乌龙且价格不菲。"老板点着头说："最近业绩不错吧？"石峰似乎有点懵懂，老板说："你的短信呀。"于是石峰笑着说："马马虎虎，凑合吧。"石峰常在内部网上公布自己的原创，这只是为了混碗饭吃，他觉得这营生并非难事，倒是那些科班出身的"小鲜肉"们，绞尽脑汁也拉不出个像样的东西来。当然是否流行还得由市场来检验，毕竟"实践是检验真理的唯一标准"。石峰似乎把老板的话题给溜号了，慌忙对老板说："您指哪个作品啊？"老板说："进一步退一步权当没动，红萝卜白萝卜都不是葱。有朝一日住别墅，你做情来我做夫。"石峰嘿嘿笑道："就是个调侃短信，我想在调情与调侃之间创作，成年人尤其是不惑之人更能接受这种。当然类似短信就是个噱头，博人欢笑的心灵鸡汤而已。"老板显得很兴奋，取来把雨伞并拿出个红包递给他："拿着，拿着。"石峰见老板脸上不容推诿的表情就笑纳了。半晌老板又说："你认识晚报的边记者？"石峰说："是啊。""那就好，听说她要给咱爆料，就是创作短信的事。你请她喝两杯，告诉她最好别写，写了对谁都没好处。"老板沉着脸说道。边记者是个"凤凰女"，她有个好听的名字叫边缘，网名昵称为"边缘地带"，石峰如厕频频大概与她的骚扰有关。他叫她小边顺嘴改成了小便，她来电话时石峰就说："你来电话我就憋得慌。"她说："你就是闷骚啊。"他说："总比大便强，骚点无妨臭了就麻烦了。"石峰想了想对老板说"明白"，转身回去了。

回到座位上，石峰用余光瞄了瞄林云，见她专注在电脑前，于是把伞放好但手里还掐着那个红包。他原以为红包就是红纸包着的钱物，其实也就是个信封。他捏了捏觉得有点薄，不及他想象中的厚实。但是要是新钞票还算可观，说明自个儿可以"腐败"几回了，如果真是旧钞也就无甚意思了。

石峰按捺不住"花落知多少"的欲望，他知道同事们虽然都静坐在电脑前，其实他们都在暗中观察着你，太多的经验教训让他明白，当大家付出同样劳动而你独自获得补偿时，那你就是众矢之的了，正所谓"不患寡而患不均"。石峰算是个能稳住阵脚的人，于是他揣起信封匆匆去了厕所。

在走廊边缘，林云抬起头问："怎么了？今天还没喝茶呢。"石峰嘿嘿傻笑。倘若平时他绝不会放弃这搭讪良机，现在却无暇顾及，心里只有红包，见她脸上露出微妙的笑，他想，这事难道她也知道？于是他就说："我是有点意念，如果你不在这里意念就会消失。"她忽然笑道："有创意，意念厕所，还有意念情人吧？"他说："有啊，'遥知西湖一樽酒，能忆天涯万里人'。西湖就在一大碗水之间啊。"他特意改"湖上"为"西湖"，这话对她来说绝对是句堵嘴的料，她电脑桌面就是幅三潭印月的壁纸。

石峰窃喜如厕数钱是最稳妥的，但这不是他的御用厕所，总不能撅起屁股立马就数，于是摆好姿势拧开水龙头，在哗啦啦的冲水声里打开信封，数了几遍都是两千元，这结果让他兴致满满，觉着老板出手还算阔绰。石峰觉着林云似乎知道些什么，要不然就是她想起了前天读的契诃夫。

前天下班时正好落着雨，石峰和林云进了家韩国料理店，两人吃着牛尾喝着清酒，望着数不清的佐料碟子，他说："这清酒是个要命的玩意，本不拿它当回事它却总能把人搞晕乎。"记得被她搀扶着蹒跚而下，他扶着她夸张着自己的醉意，这样他就可以把她搂得更紧，而她似乎并不在意。石峰说："读过契诃夫吗？"她说："赶紧上车，啥时候啦，还想着契诃夫。"他继续进行他的契诃夫宣言，还借着契诃夫的嘴巴说："人呀喝醉了，世界就变得简单了。我看这话就是真理耶，单说下楼吧，平常人需要一步一个台阶地磨蹭，而我现在一步就下去啦。"她说："你醉了。"他嘟囔着说："再比如那个小林，就是另外一个林妹妹啊。"她诧异地望着他，他撇着嘴角说："就是林黛玉，她和贾宝玉忙活半天，结果呢？没上床，你说遗憾不遗憾？就是因为没喝酒啊，喝点酒好，那是相当地好，那是什么都有了，也不会成为千古憾事。"石峰记得说话间正好走到楼梯拐角处，他拥着她说，"咱们就来回简单的吧。"说着他猛地把她搂进怀里，她昂头挺胸期待着即将发生的一切，他却把脸埋在她的秀发里，然后跌跌撞撞地推开了她。当晚睡过半程，石峰酒醒后回想酒事种种，眼前诸事尽可历历数来，于是猛地抽着嘴巴骂道："没劲的男人。"

石峰揣着红包就觉得应该请客，磨蹭着在她桌前停下，她抬头看看却又爱搭不理，他觉得很是尴尬，自认为是那个雨夜惹的祸，非礼和骚扰都是种冒犯，他觉着她在埋怨他的粗俗和伤害。他琢磨女人咋就这副德行？刚才还有说有笑转眼就冷若冰霜了，可见女人心海底针。他在电脑前向她发出邀请："今天我请客，赏脸吧？"林云很快回复："好啊。"于是他回道："你选地方我做东。"她说："我知道你发红包了，鄙视一个先。"

石峰愣了半晌，果然不出所料，于是立马回道："一起请请晚报的边记者如何？就是我常说的那位小边。"她走过来笑着问："想不想叫小唐?"石峰干脆地说："不想。"她很是满意却嘴硬地问："为啥?""他在场我'压力山大'。"她咯咯笑着："那好吧，尊重你的选择，我让酒店给咱留个雅间，你赶紧通知小边吧。"石峰说："你去给老板说说，我们今天请边记者。"她忽地阴了脸："我去说不好，你也别说我在场。"石峰纳闷地问："怕啥?"她说："你不懂，台湾人还不全懂大陆世故。他曾看过小边写的文章，她傻乎乎地评论联通和移动公司，而晚报却依靠广告和赞助，另外报社也有咱们的内线，可惜内线只混了个副总编，老板为了保险起见，才叫你出马降住这丫头。"石峰"哦"了声怔在那里，沉默片刻说："那我得跟老板商量。"说着走进了老板办公室。她抿着嘴看着他远去，渐渐成为窗幔里的那幅剪影。

石峰回来时已变得信心满满，他兴高采烈地说："老板发话了，我们代他请客，标准要高、环境要妙，钱要花足、事要办好。"

四

车子停在报社楼前，林云催促说："小边不知道咱在哪，我看你还是去接她吧。"石峰说："我把车牌号告诉她啦。"正说着有人用指甲轻敲车窗，就有了雨袭窗棂发出的响声。石峰开了车门，有个浑身赘肉的女孩坐进来，她坐下后车胎下坠半截，有了关于美的不能承受之重。夜色阑珊几人才款款入座，小边满脸堆笑地对石峰说："我还真把这位姐当嫂子了。"林云连忙笑道："人家是大帅哥，咱可攀不起啊，边妹妹你想啊，从小鲜肉到大帅哥，得需要多少情感培养？"石峰咧嘴笑着对林云说："小林啊，你就不能默认？再说了，在这蓝色海湾有我在陪，咱俩扮回夫妻或情人啥的，那该是别番滋味在心头啊。"林云抿嘴没出声。小边说："峰哥真行啊，业绩不错吧？啥时候买的车？"他昂着头说："本想买辆好车，买辆劳斯莱斯能换满院子这个破车！凑合吧，谁叫咱命苦啊。"林云想：石峰你太过分了，就算你显摆也不该糟蹋我的车。她见小边满脸景仰就把话咽了回去，石峰猜出她想说什么，趁小边不注意时眨眼坏笑。于是林云给他上眼药说："石峰啊，你买的别墅啥时候装修啊？"他说："是这样，我和老婆为建个游泳池吵得厉害。你想啊，我那院子最多二百平方米，我想铺上草坪养条拉布拉多，无非是多点田园牧歌式的情调，可她非要建个游泳池。要是那样咱到乡下买个四合院，挖个池塘养鸭放鹅，栽几行柳树吟唱柳刺史种柳，或者看鹅鹅鹅向天歌大脚丫子拨清波，陶渊明过的也就是这等日子——咱非要花几百万买个别墅做甚？"石峰亢奋地观察着小边的变化，林云则是以女性心理猜着小边的心境，于是说："峰哥行了吧，赶紧点菜吧。"小边说："随便一点啊，我去洗手间。"小边走后石峰对林云说："你竖梯子太能耐了，你非把我撮上去你再撤梯子，我悬在半空啥事没办咋交差啊？"林云笑道："你自找的，事情本来没这么复杂，你偏说这车委屈了你，那你就牛啊，栓贼的扣儿自个儿系自个儿解吧。"石峰板着腰杆说："这个雌凤凰其实很自卑，刚参加工作很难超越，那我不得先吹吹。"林云说："就你这吹法谁信？"他会意地说："我没叫她信，我是叫她感受感受。"林云不无鄙夷地看着他没再言语。小边刚入座石峰就对她说："前些天我看见你写的文章了。"小边脸上涌着笑意："峰哥真会抬举人，我们就是流水线上的操作工，生产出来的哪是文章，无论喜欢与否都要写。大学那会对于写作的神圣感早已荡然无存啦，我刚进报社时还常谈读书码点心得，现在就想着买房买车，像你这样不用奢谈别墅就足够我眼羡心妒了。"石峰说："我是说你写的那篇言论，报社这地方也怪，评论写好了也算是杂文，为啥偏叫个言论？我看呀，晚报能写出好杂文的不多，能写出好杂文的女记者就更少了，你写的《咖啡女人与小资》就不错，还有那篇《论足球的女性化倾向》。"她说："我是有意刺激喜欢足球的人，这篇球评在外埠影响很好，咱这海滨小城虽然是'最具魅力城市'，职业联赛却还从未能引进来，大多数球迷也是些伪球迷，我不管别人从什么角度看，我只能从女性的方面来看待足球了。"林云显然对小边有了印象，于是端着杯子说："咱俩喝杯酒，为我们女性和你的高见。"石峰头回见女人喝酒如此爽快，便起身斟着酒说："我这人不会装，但却名副其实地会陪，你信不？"他说着就要干杯，小边用胖手捂住杯子说："就一杯啤酒啥意思？我看你这身板作陪还不够格，你也就是个写短信的货。我说这话你别不服，咱俩换瓶白酒对着吹，怎么哑巴了？尿裤裆了？你觉得挺能，惹火了我摆个姿势累死你。"

　　林云听她的话仿佛遇见了加勒比海盗，回头看着满脸无辜的石峰，他朝小边吐着舌头说："你的姿势的确很美，选美大赛肯定能获奖。"林云笑着打着圆场，这使得小边略显尴尬，但她不缺乏应酬尴尬的能力。谁要是能应酬自己或别人制造的尴尬，那这人造化就大了，想想被扔鞋的政客你就会懂得。石峰心想报社真能改造人，一个刚毕业说话都会脸红的"卡哇伊"，现在居然能端着架子摆个姿势说话了。他挥舞着筷子想岔开话题，小边眼晴雪亮地笑着说："想不到你果然不是个二尾子狼，佩服佩服，既然你很认真地对待我，那我就感觉到对我的尊重了，如果你眼里没我甚至无动于衷，那我感觉还没意思，看来咱这酒还没喝到数。"她招呼服务生说："拿酒。"石峰想着不喝还过不去这坎了。这时服务生已把瓶盖启开，两人推杯换盏酒瓶就见了底。小边酒意大醺地吵着："你请客的目的我很清楚，只要我不尽兴那篇稿子你就别想撤，我非把它发出来，只要你的表现令我满意，咱就是能获长江新闻奖，那稿子我也把它撤了。"小边话音未落，石峰搭着话说："要真是这样，那我可真谢谢您。"她瞥着眼说："真谢谢是啥意思？"他晃着酒杯说："那就是不仅上头谢下头也得谢。"她抓起酒杯泼过来喊着："你个闷骚货。"他躲闪着说："你净想歪的，我的意思是上头作揖下头叩拜。"林云和着稀泥说："边妹妹冰雪聪明，这事保准办得漂亮。"小边说："姐姐你别说话，咱感情上绝不能有偏差，他翘尾巴我就知道他往哪儿飞。这稿子是我对当前流行短信在文化意义上的看法，当诺基亚发现短信将在市场上肆虐的时候，都没想到文化圈里会如此泛黄，现在居然有了编辑信息的枪手。他的月薪我知道，可你们知道作家的稿酬是多少吗？我想你们不知道，当然也不愿意知道，写条被叫好的短信比作家写部中篇小说还赚钱，伟大的价值就这样被世俗颠覆了，记者要写赚钱的稿子也写良心的稿子。你们回去和你们那位老流氓说，这稿子能为我带来荣誉和鲜花，弄桌酒席就把我打发了，那也太小瞧我了，这就是我的态度，来来，咱们接着喝。"石峰苦笑着说："小边，我方便去了。"小边鄙视地说："真没劲，刚喝出点意思来他就跑啦。"见他走后小边立马笑着说："姐姐别笑话我，我这是没办法，我若没这能耐能叫这些人欺负死。"林云深情地说:"我知道。你怎么说俺老板是个老流氓啊?"小边说:"石峰亲口说的。"林云问:"他怎么知道?"小边说:"我俩常在文学沙龙聚会,你也知道他基本算是个情种,你说他风流吧他还没有本钱,你说他风雅吧他还不够格,你说他下流吧他又没张厚脸皮,你说他啥都不入流吧显然不公平,总之他算是有点做派。有次他说有个心仪的女同事,每次从老板屋里出来脸色都有变化,你猜,什么变化? 就是她芳唇上的颜色被人吃了,那个老流氓喜欢吃女人口红。"林云听着小边的说辞,内心仿佛打碎了调味瓶,有这只是外人嘴里传言的窃喜,也有对他生嚼舌根的怨恨,于是故作镇定地说:"他这人就是这么没劲。"

石峰见她俩窃窃私语就问:"在议论我吧?"林云说:"自作多情,谁还稀罕你"。然后从包里拿出纸巾给他。石峰对小边说:"瞧瞧,我妹妹对我够意思吧?"林云说:"我是对咱公司形象负责,就凭你?"他嘿嘿笑道:"和小边喝酒是我人生快事,咱不用拐弯抹角,啥事都心知肚明,喝完酒咱就去 KTV 当麦霸,你们同意就啥也别说,我就亲吻我的边妹妹。"他说着把小边揽过来,朝她脸上"吧唧"着。林云脸色"呱嗒"沉了下来。

五

刚进厕所石峰的手机响了,他对着电话说:"想我了吧?"林云说:"你总是在不断进步,都会忽悠人了。"他咯咯大笑:"你终于尝到有人思念的滋味了。"林云还在继续说着,他忽然觉着腹部鼓胀,暗想咱俩是在通话又不是如厕,凭啥让我憋得满脸通红遭罪,于是如厕时一边自如地和她聊着,一边琢磨着还是做男人好，方便时双手可以自由使唤。她在那边问："你在干什么？"他诡秘地笑道："我在唱歌啊。"他原以为这样能把她诱惑进来，现在看来只能算是亵渎她的耳朵了，就问，"你的耳朵有什么感觉？"她说："臭流氓。自己的事自己顶吧，你爱尿谁就尿谁。"说完把电话挂了。石峰觉得味道不对，赶紧把电话拨回去，林云生气地说："看看报纸吧，你那位奇葩捅娄子了，看你咋向老板交代。"

他跑到报刊栏，抓起份报纸在上边找着，三版头条《当前流行短信息在文化意义上的剖析》，有理有据铿锵有力。这个奇葩真是"麻子不叫麻子叫坑人"啊，当初她说就是能获长江新闻奖这稿子也给撤了，这咋就又伴着鲜花出来了？问题的关键是她有什么意图，究竟想要干什么石峰一概不知道，那他就不知道该怎样向老板交代。电话响了，老板有请。石峰晃了晃胀痛的脑袋，颓废地朝老板房间走去。

老板陶醉在绿丛中打理着花草，石峰暗忖老板太有情调太懂生活啦。老板随意指着沙发说："坐吧，咖啡还是茶？"石峰压着声线说："我还是喝茶。"老板顺手指了指："刚沏的茶，自己动手吧。"石峰琢磨这番冷遇早在意料之中，怕的是接下来的尴尬能有多少。稍后老板捧着个包裹过来，他揭开包裹露出两个很像释迦牟尼头颅的东西，他用水果刀比画着："喜欢吃吗？"石峰翕动着嘴唇说："不怕您笑话，我是头回见这东西。"老板抬脸说："这是台东盛产的释迦，我的挚爱我的菜。"他像切西瓜那样切成薄片，翘着兰花指捏着两片递过来，石峰连忙用夹着香烟的手挡回去，老板笑呵呵地说："大陆的男人要比女人矜持，假如是林云在场，那保准是缴获一个俘虏全部，我说的可是假如啊，假如。"他惬意地享受着，那样子谁敢相信他有糖尿病？他的理论是控制血糖就没有忌口，石峰对他既羡慕又嫉妒，还是感激他给自己留了些思考的空间。他吃完释迦抓起份报纸问："边记者的大作看了？"石峰扑哧笑出声来，老板把水果刀砰地摔在茶案上，撕扯着报纸说，"都火烧眉毛贼上墙啦，你还笑？客也请啦光也曝啦，总得有个说法吧？花钱打水漂也有点浪花吧，咋就被她给涮了？"石峰解释道："老板您消消气，她这篇东西就是炒作，她还不是为年薪职称做嫁妆。咱先不说这稿子有多少技术含量，也就是篇东拼西凑的垃圾。"老板品着茶说："你说得轻巧。"石峰说："咱没必要和她结怨，她能把稿子登出来，总有冠冕堂皇的理由，她是背着粪筐推磨转圈臭了，场面上的文化人谁不恨她？这奇葩是地上的祸不惹却把天捅漏了。"老板踱着步说："天缺一角有女娲，心缺一角无人补啊。刚才周董来电话就要对报社断奶。"石峰随和地说："这年头就这样，这帮记者没了赞助还不拿报纸擦脸啊。"石峰关注着老板的变化，老板又坐回茶案料理起茶事来。片刻后老板脸上带着笑说："公司里数你有能力，将来大有作为啊。"石峰笑着抻直脖子问："老板来大陆十年了吧？"老板不解地皱着眉头问："是啊，你这频道换得忒快了。"石峰顺着话题说："您来大陆是 1992 年，恰巧那年沃尔丰发明了短信。"老板笑逐颜开："不错，看不出来你蛮仔细嘛。"石峰神情专注地说："咱们都玩过 BP 机，台湾叫 CALL 机。它不就是个信息源吗？"老板抬手问道："你想说啥别绕弯子啦。"石峰头点得像鸡啄米："当年的 BP 机遍地开花，相互竞争也是忒残酷，最后 BP 机垮了又忙活商务通，这个过程就像个抛物线，整得人直翻跟头直迷糊。眼下咱这短信是公司的主业，客户算是个流动的解读器，他们闲着耳朵嘴巴却让手指发达啦。发信息成本低速度快互动灵活，可啥事都有它的短板，估计好景不长啦。"老板吃惊地问："何以见得?"石峰夸张地说："光凭人脉不是长久之计啊。"老板插话："我看你有想法就说出来，咱公司可是论功行赏。"石峰刺溜喝着茶水说："这些信息技术量太低，还有绑架意志强奸民意之嫌，骗财骗色的事弄得满天飞，其实人们早就嗤之以鼻了，'第五媒体''信生活'的下场肯定是老鼠过街人人喊打。"老板站起来掐着腰说："是啊，没想到这信息批发让我快活了好多年。"石峰也站起来却弯腰说："马丁·库珀发明了手机，遗憾的是二十年后才有短信，假如咱不率先推出点新花样，那所有的好事都被别人赚了，那咱不后悔?"老板兴奋地说："此话有理，我这半瓶醋都让你说服了，你提个文案咱再商量。"关键时刻石峰的电话嘟嘟乱叫，他顺手按了拒听键，可电话再次响起，老板大度地说："接个电话没关系啦，不然人家会不爽啊。"石峰难堪地唠叨着："是那个记者。"老板很感兴趣地说："那我更想知道她说些什么了。"石峰打开滑盖她就急不可待地说："峰哥，这阳光灿烂心情不错吧?"石峰接茬道："那是，要不就辜负了您的好心啦。"她揶揄道："可别是阳光灿烂猪八戒啊。"石峰恨恨地说："我好着哪，正和老板品茶聊天，要不您也来听听?"她笑嘻嘻地说："那可得注意啦，别让茶叶梗噎着你。我顺便告诉你，明天唐哥的影展开幕，哥们的事咋地也得捧场吧?"石峰果断地说："按说影展我也没兴趣，不过凭哥们感情我肯定去捧场。"她最后嘱咐："那说好了，不见不散。"石峰拉着长腔："老爷们吐口唾沫砸个坑。"说完就把电话挂了。石峰望着老板说："她还是个孩子，净瞎扯淡，刚才说到哪儿啦?"接着滑稽地拍着脑门说："瞧我这脑子。"老板竟笑着说："要注意这个奇葩，她很不简单啊。"

石峰惬意地吸着烟描述着："假如通过您的关系咱把手机拆解了，再研发出社交插件、群聊漂流瓶、短信平台，把语音、短信、视频、文字整明白，不仅少了流量消耗，就是零资费咱也赚个小河流水哗啦啦……"正说着，不争气的电话又响了，老板有点烦也就少了斯文："是林经理吧?"石峰抢着说："这事和她没关系，就怨我办事不力。"老板下颌的山羊胡子抖动着："难得你有这番苦心，回去拿个方案，如何运作再斟酌吧。"说罢老板坐了回去，一只手抓着文玩核桃转着圈，另只手把着念珠挨个抠弄着。石峰的微笑像风干的水泥贴在脸上，硬邦邦地退出了房间。

六

石峰回来就要去厕所，林云正在镜子前涂抹着，他想躲避就低头朝前走，没承想她横身把他挡住挑衅地说："加入 WTO 也没这么费劲吧?"他顺嘴应着："那你以为呢?"她表现得很有兴致："谈判卡壳了?"他摸着腮帮子说："你没看见我脸都憋成紫茄子了，替人受过我容易吗?"她不领情地争辩着："说清楚你替谁受过? 在我面前你装不了圣人。"石峰悻悻地说："那我就是二炮炊事班的伙夫，背着黑锅戴绿帽子还捞不着放炮。"她嘿嘿笑着说："那得看你有没有炮弹啦。"他捂着裤裆跺着脚说："求你别贫啦，我这膀胱可要爆炸啦。"说着钻进了厕所。石峰很惬意地哆嗦着撒完了尿，他提上裤子忽然发现，今天有景啊，林云平素里总是短裙裹腰长裙飘飘，今天竟然穿了条咖啡色的笔筒裤，对于这个发现他有些亢奋和期待。

　　林云却毫不理会他的欣喜，半晌他才感觉有阵清香袭来，暗自嘀咕难道是"范思哲"来了？他嗅着鼻子回头正是她在偷笑。她怪怪地说："日中则移地球照转，倒是奇葩让你出了彩啊。"他转身说："夸我还是骂我？这算啥，啥都不是，不像你专搞大手笔。"她不屑地说："切，八字还没一撇的事就拽啊？我加糖不甜加醋可酸啊。"他摇着头说："这事靠你才能上得了台面，到时候想不帮忙都难。"她撇着嘴："我也不是法海，关键得看你的造化，要不咱先庆贺庆贺？"他兴致颇高地说："好啊，不过……""不过什么？我就看不惯你掖着藏着。"石峰抻着腰说："明天小唐影展开幕你知道吗？"她随意地说："这我还能不知道？你也想去掺和掺和？"他憨笑着说："俺哥们倒无所谓，那唐哥还不偕夫人出席啊？"话音未落她有点恼："啥意思？"他顿感理亏打个哈哈说："我倒是想陪你啊，想白了毛也白搭，咱身板没有人鱼线、马甲线，伺候不了你这'高大上'啊。"她朝他恨恨地说："少废话，去不去给个痛快话。"他赶紧举起双手说："去！我为啥不去？我凭什么不去？"她满意地笑着扭着腰身走了。

　　市中心的黄金大厦热闹非凡，圆弧拱门彩旗飘飘，乐队在撒欢地折腾着。大厅里矗立着影展海报，海潮的背景下衬着"天人合一形影不离"八个花体大字，让石峰亢奋的是小唐"我是形，你是影，形影不离，相伴终生"的手书，很有意境很有内涵。石峰虽然觉得这话耳熟却又懒于费心思，顺便说了句："随他去吧。"石峰进了展厅忽然被人抱住，只见小边的满身赘肉被笑神经促使着颤抖不已，有股廉价的香味冲进他鼻腔。他讨厌这种低俗的品位，眼见她再次张着双臂扑来，石峰腾挪躲闪跑开了，她撒着娇喊："真吝啬，不就是个拥抱吗？"他调侃着："记者采访黄金万两啊。"她兴奋地说:"峰哥,唇枪舌剑有意思吗?换个频道来点和谐话题,譬如说说你对影展的感想。"他摇着手说:"就这影展都是新瓶装老酒,要我说,没劲。"她努着嘴:"我感觉很好啊,摄影界对唐哥可是好评如潮啊。"他瞥了她一眼说:"这满嘴甜兮兮的唐哥能腻死人,最起码尿糖加血糖直线蹿红,看不出来你也是'写尽人间事唱尽天下情'啊,就这么围着他、疼着他、爱着他?"她干脆说:"唐哥就是我的亲哥哥,是他把我领进了文化圈。""那你付出的代价是……?"她愣愣地说:"我付出?我不需要啊?"石峰咂着嘴说:"你整天找圈子、钻圈子、拉圈子、跳圈子,不累吗?"她乐此不疲地说:"你个圈外人体会不到。"他双手比画着说:"多大圈子才能把你兜住,就凭你那点智商?"她不服气地说:"那也未必,圈子里人脉广阔啊。"石峰耷拉着眼皮说:"别怨我吓唬你,就你的 EQ、IQ、AQ、FQ(财商)、WQ(意志智商)只能混饭吃。"她把头发拢了拢说:"整那么邪乎啊。"

　　大厅里人头攒动,姓唐的被人群簇拥着走来,见到石峰竟然毫无兄弟之情的激动,他优雅地摆着手说"谢谢光临"便裹在人群中消失了。小边满脸爆米花似的荡漾着喜悦:"我得为唐哥跑头条。"说完就钻进了花花绿绿的人流。石峰有点尴尬,便心不在焉地走出了展厅,他贪婪地呼吸着负氧离子,昂着脑袋叉开双腿像屠洪刚那样吼着:"我站在,猎猎风中……"电话响起,石峰问林云:"你在哪儿啊?"她生气地说:"赶紧来接我。"他耐心地问:"我在黄金大厦,你过来吗?"她哭着说:"不行。""出啥事了?""你先到我家再说。""那好,我随后就到。"他猜想她遇到大事了。

见到林云时石峰着实吃惊，她嘴巴噘着眼睛里满是怒气，瓜子脸上也没有了唇膏唇线的装饰。他想女人动怒比啥都可怕。石峰扶着她坐进车里，她往日骄傲的眼神带着无奈像混沌的河水，她缓慢地抬起头，抹着眼泪问："你去黄金大厦啦？"他侧着脸说："是啊，你这不明知故问吗？"她戳着他脑门说："我是问你见着他啦？"他歪着头说："看见啦，还被冷落了。""为啥去犯贱？""咱不是哥们吗？没想到人家根本不尿咱这壶。"她气愤地说："啥品行都能称得起哥们？"说完话她把手机递过来："瞧这短信，百思不得其解啊。"石峰忍不住说："谁敢关公面前耍大刀？"他瞅着屏幕上跳跃的句子："残席喧哗散，归鞍酩酊骑。酡颜乌帽侧，醉袖玉鞭垂。好戏将在 201 房间上演。"他摸着脖颈嘟囔："啥意思？这不是看事的不怕事大嘛！"林云就像受辱的孩子面对爹娘号啕着，石峰知道她的委屈太多太久了。她冷静地说："我必须去找姓唐的，一定去。"他没阻止只是提醒："别把事闹僵了，给孩子留点颜面。"她咬着牙恨恨地说："我就是想要他难堪。"说完急促地挥着手，帕萨特昂头嘶叫冲了出去。

七

小边来到 201 房间，这里是唐哥的工作室。

墙壁上挂着他的成名作，就是那幅灯光运用极妙、薄纱里女人蜷缩成花瓶状的作品。小边的思想却像花团锦簇般张扬，很自然专访就是从这里开始的。唐哥笑着问："大记者想采访些什么？"她不示弱地抬脸诘问："采访提纲都给你啦，你不会信手丢了吧？"他茫然地起身抖着双手，静静地瞅着她像是欣赏一件艺术品。她被弄得有些尴尬，瞪着眼睛天真地问："这咋办啊？主编让我今天必须提交小样啊。"小唐爽朗地笑了，这姑娘真是个能撒娇、能犯二、玩得了坏的哈士奇。他扑哧笑了："给你根棒槌就当真，屁大点事你非把它整得惊天动地。"侧身搂过她来安慰，"主编那里我去摆平。"她拧着脖子问："还有总编呢？"他慢条斯理地说："一只羊得赶一群羊也得放，这事交给我吧。"她蹿起身来问："真的？""那还有假？都是老朋友，他们还是会给我点面子。"她兴奋得手舞足蹈："那我可狂了，我非狂出朵花来气死那些个红眼狼。"她指着那幅成名作问："再说说这幅作品吧。"这时他瞅了瞅那作品，没有往日的炫耀，通透的阳光里他像尊雕像，眼噙着泪花说："按说我就是个挣钱机器，不该搞影展受这份洋罪，要知道这世上两种人是不能装的——穷人不能装富贵，文盲不能装文化，你要装就会混得很惨。可人都是有思想的啊，就是花团锦簇或仨瓜俩枣的差别。有些人骂我是看三国掉泪，其实我就是个郁闷的大傻帽。"说完他竟抖动双肩哭了起来，她似乎被他的真诚所感动，陪着掉泪。她满脑子都是这些年他的好，最后激动地扑过去说："那我就是你快乐的哈士奇。"女人的心是不会撒谎的。她这颗心就等待着他来焐热，她知道没有人能告诉她未来，只能靠自己默默地去寻找。接下来就是他跟进她礼让，他推脱她迎合，他冒险她疯狂，一场你堕落我陪你堕落的淋漓酣畅水到渠成，彼此被眼前的幸福陶醉了。

那幅成名作"呱唧"一声落地，仿佛羞于俯瞰眼前的一切。

明亮的光线从窗外流水般地灌进来，随即又爬上了她的脸颊，她眯着眼安详地依偎在他怀里，睫毛上挂着泪犹如久旱的花草淋过的露珠，脸蛋绯红滋润有了一种满足感。他从旁边摸出支录音笔才明白什么年纪的女人都不好惹，随即把玩着录音笔说："可别舍得说废话。"她努嘴说："我就是舍不得你，刚才被你折腾着，我五脏六腑筋骨肉都快散架了。"他趴在她耳边说："我恨不得把你折腾出个小唐来。"她翻着白眼说："谁愿意为你传宗接代啊？"两人坦然地回到外间里品茶，他惬意地吐着烟圈，她眼神背后充满战胜者的狂傲。

"叮咚"门铃声响起，她殷勤地开了房门，闯进来的林云径直朝他冲去。"砰"的一声脆响，茶杯伴着茶屑落地飞溅，茶渍瞬间流淌在地板上，泡久的茶叶像是被粘在地板上的死鱼，林云指着姓唐的开了腔："你要是个爷们，就玩点高雅的，别弄些下三烂的破货，就不怕脏了心情？""谁是下三烂？""我告诉你姓边的，这儿没你说话的份。"林云说着推了小边一个趔趄。小唐忽地站起来，把小边拽到身后对林云说："你好大的气势啊，来捉奸还是示威啊？我不明白捉奸在床你们能得到什么。你为啥不离不弃啊？"林云啐口唾沫骂道："你这个无赖流氓。"他用手抹着脸庞说："骂得对，我是流氓我怕谁，我知道他能来，说不准那个台湾老板也会来。"

石峰忍无可忍地问："姓唐的，我见过捡钱的，还没见过捡绿帽子的，你羞辱老婆是会有报应的。"小唐歪着脑袋踮着脚说："那是老天爷的事，咱俩都做不了主。"林云冲上来说："那我就成全你，咱们离婚吧。"小唐冷着脸说："这会儿想明白了？那你得把我给赎出去，还得看本大爷有没有心情。"石峰愤愤地说："这人简直是卑鄙下流，咱们走。"林云发疯似的挣扎着，石峰果断把她拖走了。

石峰心想这当口不能送她回家，否则非把她憋出毛病来，于是搀着她走进了临街的半岛咖啡厅。格子窗渗进些阳光，映着墙壁和他们的脸庞，即便是阳光灿烂，石峰也有种浸入骨髓的冷，两人尴尬地坐着，林云还沉浸在复杂的情绪中，石峰回味着刚才的场面，这幕后操盘手到底是谁？服务生送来两杯卡布奇诺，尽管石峰喜茶讨厌拿铁类的小资情怀，但不得不入乡随俗入境问禁，她要喝咖啡就由着她吧，只是这精致的杯子却盛不下这么多的无奈，再好的咖啡舌尖上只留下苦涩了。石峰谨慎地劝着："凡事咱得从长计议，再说了也没有过不去的火焰山。"她恨恨地说道："这日子我受够了，要论功劳苦劳我都有啊，咋就换不回他的良心？"说完把头埋在胸前哭泣着。石峰见她泪眼婆娑赶紧递上抽纸，她搓着鼻涕不遗余力地诉说："这些年才知道我就是个色盲，情感世界里只有黑白两色，总想以百分之百的忠诚换来百年好合的冠军，可是他就是改不了吃屎！我真傻，我问自己，谁能和我抱团取暖？没有啊。"石峰想起自己对她的猜忌和臆想，石峰感到浑身发怵真想找个地洞逃之夭夭。他递纸巾时握住了她的手，好在她没有拒绝，他赶忙把话题岔开："当今的人都很孤独，你读过马尔克斯的《百年孤独》吗？它不是描写马孔多而是表现孤独。问题是我们都处在这个孤独的年代，有首歌里唱'寂寞，是一个人的狂欢；狂欢，是一群人的寂寞'。"她有所感悟地说："我就是孤独，都说夫妻生火越烧越旺，两人添火越煮水越烫，火是热闹的是看得见摸得着的，那水才是孤独的，它的痛苦没有人能感受到。"石峰端起咖啡说："喜新厌旧是哺乳动物的本能，柯立芝说雄性动物一旦发现可交配的对象，就会分泌出大量多巴胺和血清素、荷尔蒙。再说了男人那玩意又不是哈根达斯，含在嘴里化不了。"这些她几乎震怒了，把眼瞪得滴溜圆，用手戳着他的额头说："那你那玩意怕化吗？"石峰拍着脑袋想：我提什么多巴胺？更不该扯哈根达斯啊。她却不依不饶地叫着："我现在就要吃，哈根达斯是草莓香还是绿豆沙！"她扑过来紧紧地抱住了他。恰在这时石峰的手机响了，他推开她说："是老板电话，哎，老板好，是啊，那我赶紧，交稿日期就在这两天。我们去过影展，她还好。"然后挂断电话长舒口气，他心存疑惑："老板咋知道大厦里的事？"她原先迸发出的热情瞬间消退了，她恨恨地盯着天花板，仿佛石峰是粒微不足道的尘埃，顿时两人之间有了堵无形的墙，时光顿时变得焦灼困苦地流淌着。

她忽然把咖啡杯"砰"地摔在地上，指着石峰说："十男九荒唐，心如花草朝秦暮楚，你们也算是男人？不过是些好酒无量好色无胆的行货，胳膊折了往袖里藏？还真不是那么回事。"随后她认真地说，"爱是瞬间的事，但也是我这辈子的事，别拿着送温暖当回事，这种恩赐让我恶心让我绝望，你爱谁谁，反正我不伺候。"说完拂袖而去，外边传来阵轰鸣的马达声，石峰知道她清醒了。

八

石峰见林云趴在电脑前，情急之下他在键盘上敲了些贴己话，也是杳无音信石沉大海，他深感从未有过的失落和郁闷。昨天自己都干了些什么？把自个儿折磨成这副德行，要是 WTO 谈判那还不得客死异乡啊，想着他便独自苦笑起来。

午餐过后，她上了天台休息，石峰心追目送，尾随跟了过去。他坐定说了几句无聊的寒暄，她捧着《契诃夫短篇小说选》

看得有滋有味，他却翻着本《普希金诗集》感到心猿意马般地焦躁难受。不知是阳光还是俄罗斯诗歌的力量，石峰晒得像块外焦里嫩的烤地瓜，忽然他腮下与脖颈处有些发痒，他摸着隐隐作痛的肉疙瘩，便起身朝她喊："快来啊。"她跑过来急切地问："怎么了？"他俏皮地摸着脖颈说："我毒火攻心啊。"她生气地摆着手说："就你这副德行我才懒得管，有你这样的同事是社会的不幸。"他服软地求饶："就算求你成不成？"她抿着嘴说："那你得有句好听的，还得看我心情如何。"石峰卡了壳只好真诚地说："我每天对你笑，不是因为你啥都好，而是我相信我的笑是为你好，至于你习惯了我对你的好，那我就把你当成手心里的宝。"她把头摇得像拨浪鼓："这短信编得像花篮啊，谁知道你是真情还是假意。"说着她伸手在他脖子上挤着那些粉刺，瞅着挤出来的幼蚕子似的米粒，咯咯笑着嘲讽他："都奔四的人啦，还有青春痘，不会是第二春吧？"他哼唧着："有你这上司我就'压力山大'啦，还有心思想女人？"她撇撇嘴没放声。

　　林云不厌其烦地挤着，仿佛是在恨恨地掐死这些不该有的生命，他感到有点疼便说："我说你温柔点，手下留情啊，我怕挤得满脸黑疤可就麻烦了，那还不如留片红小豆试验田。"她赌着气说："你刚才还说没空想女人，这会咋就知道漂亮啦？"他揉搓着脖子说："那你让我有点自信吧，患了忧郁症跳楼你可咋办？"她哈哈笑道："那你就使劲'憋着'。"她嘴里冒出"憋着"很有意思，藏着她不可言喻的心思。石峰借题发挥："俺爷爷是位老戏骨，那老爷子满头白发，'明眸皓齿'，平生就喜欢女人和西皮流水，我问他长寿的秘诀，你猜，老爷子咋说？他就说了四个字：不要憋着。他说凡是演艺圈或玩艺术的人，尤其是演员个个长寿，就因为这些人不憋着。他说你想啊，衙门里九品官都抢破天了，可做了官气不顺也不敢撒泼，那咱就演个皇亲国舅过把瘾，当个军长、局长也能让满肚子气云开雾散。作为爷们在家里没地位，累死累活也换不来女人的爱，又没点私房钱包个幺妹，那咱就当演员去拍影视剧，咱演个皇帝阿哥过把瘾，咱来个假作真时真亦假，一月念奴娇半年蝶恋花，爱情、艺术和身体咱是一举三得全丰收，不鸣则已一鸣惊人成了范爷明星儿，何等诱人的欢畅和销魂，换了谁他也会青春永驻心不老啊！"林云正着脸色说："我可没你这个福分，做不了角也成不了范，那就只能憋着。憋出个气功大师来就难为你啦？最起码也憋出首像样的歪诗来，不说流芳百世那也遗臭万年。"他叹气嘟囔着："我本可以成为百岁老仙，就因憋屈这头顶早就成了停机坪，我想那些伟大的科学家都忙活啥，赶紧发明种让我年轻永驻的'中华憋精'啊！"她说："'中华憋精'别贫了，再交不出文案来，老板该急眼了。"她撂下话独自走了。

老男人棋错一步满盘皆输，先是自作聪明编首诗给了林云，又暗中吩咐人去找姓唐的花钱买离婚，谁知姓唐的认钱不认人，指使猎头在台湾散播谣言放出狠话："等着宝岛飞来的大雁收拾你吧。"大雁是老男人在台东的妻子，她被家人视为掌上明珠，岳父情急之下断了老男人的资金链，老男人知道这局势谁也控制不住了。他在大陆多年从不敢越雷池半步，总是按时给他们父女俩汇报，就像女人每月必来的惯例。凌晨时分大雁下了最后通牒，他只能尽早返台顺水推舟自证清白。老男人没了斯文，暗自骂道：姓唐的就是个人渣、文痞、龌龊的家伙，竟把猎头业务做到了台湾。老男人这回是真败啦，被姓唐的给的直钩拳击中了软肋，心底的窝囊无处发泄生不如死，桌上的报表文件被他掀翻在地，珍爱的高尔夫球杆被他拦腰撅折，绿葱葱的吊兰被他摔得散裂在地，施暴乱发脾气后瘫坐在茶案前，茶海里那把心爱的紫砂壶，差点被他摔个粉身碎骨。紫砂壶是林云送的，两人相识结缘于瑜伽培训馆，这些年她在事业上鼎力相助，两人都有午后练习瑜伽的习惯，记得是个初春的午后，六楼的瑜伽室被阳光倾泻着，两人换好瑜伽服伴随着音乐，开始净心、控制呼吸、放松冥想，瑜伽做完后，他满脸通红地倚在窗幔前问林云："你有别墅吗？"她谦卑地说："没有。"他不依不饶地问："你每天能吃到悦性食物吗？譬如水果释迦。"她昂着头说："这对我太奢侈，想都不敢想。"他凑过身来问："那他爱你疼你吗？"她说："你知道他的做派。"他深情款款地叹息道："你是个贤惠聪明苦命的人，为什么不接纳我？"她微笑着说："我有不服输的天性，追求属于我的自由，而你是只飞不出来的金丝雀。"如今他才有所感悟，林云是在找那个终生为伴的人，在找那个永远完整的人，可他或多或少地伤害了她，她心灰意冷地游离在情感之外，他羞愧难当对不起她啊。他有些头昏脑涨，来到六楼瑜伽室静心练起了瑜伽。

忽听门外有人叫骂，老男人愠怒地打开门，那人犹如堵坍塌的墙踉跄着砸了进来，花架上的吊兰被他撞翻，碎土里露着白森森的根骨。老男人尽管憋着气，那酒臭味还是直往鼻孔里钻，姓唐的双腿僵硬地杵着，右膝盖上有片惹眼的污渍，胳膊打着结抱着膀就像揣着个炸弹，只是等待时机对老男人实施毁灭性的打击。姓唐的吐着烟雾："这瑜伽鸳鸯落单了？"说完用脚狠狠地碾着烟屁股，似乎把千仇万恨都碾在老男人的脸上，只见姓唐的朝他啐口唾沫："滨海市有多少女人，就凭你能拯救多少？再说啦，即使海啸地震也有党和政府撑腰，你算哪门子葱啊？有本事你捐款献爱心，还能混个脸熟上个头条，干吗狗拿耗子闲操心？我说你就是个神经病。"老男人忍不住冲过去，揪着衬衣领上那惹眼的红唇印问："你为啥作践她羞辱她？"姓唐的醉眼蒙眬地说："我愿意，你赎我的钱足够了，我包个少奶都行！""你该把银行卡还给我。""为什么还？""你简直就是流氓加无赖。""你该给我个解释。"说着就挥拳砸了过来。老男人躲闪不及，顿时捂着胸口瘫倒在地，姓唐的幸灾乐祸地瞅着，只见他脸色蜡黄浑身抽搐哆嗦着说："我心绞痛犯了，你把速效救心丸给我。"姓唐的满脸狞笑说："我不给你，能咋样？""那你就是谋杀。"姓唐的呸了声说："充其量是见死不救。"老男人嘶哑地叫着："我做鬼也不会放过你。"姓唐的从裤兜里掏出药瓶，拧开盖倒出几粒塞进老男人的嘴里，咬着牙恨恨地说："你个老东西，死都便宜了你，等着吧，我让你生不如死。"说完掏出电话叫了救护车，晃着脑袋开溜了。

医院里石峰和林云折腾了半宿，直到老男人病情稳定了才离开。天刚放亮，迎着扑面的海风，石峰觉得骨子里透着寒气：姓唐的狡诈狠毒，六楼瑜伽室、宝岛大雁、老男人，及所有的人与事对自己来说都不是秘密，自己只是更为林云的未来而焦虑不已。

公司会议室里坐满了人，唯独老板的位置是空的，极少露面的法律顾问杨达，成了本次会议的主持人，他代表老板致谢全体同人，并声明老板身体欠佳需要休养，接着宣布公司新的任命。谁都没想到老板让石峰来主持工作，在一片掌声过后，石峰做了精彩的就职演说。

会议结束后，石峰走进了老板的办公室，品着秘书泡好的乌龙茶，研读着老板留给他的委托书，体会着股权转让的兴奋。他琢磨着老板的用意竟然哭了，之后又莫名其妙地张开双臂自语道："我堕落了，我当不了作家啦，我成了资本家的走狗了。"

林云依旧笑意盈盈地走进来，仰脸显着紫罗兰色唇膏及描摹仔细的唇线，她那张极具表现力的脸满是期待。他顿感惶惑且不能自持，双手抱着头不解地问："为什么？这是为什么？"她把他的手拽下来，紧紧攥住并亲切地说："有鸡蛋吃，何必要问是哪个鸡下的？"

石峰怔怔地听着，竟对她说了句很扯淡的广告语："如果你知道要去哪儿，全世界都会为你让路。"

金 豆 子

注：采矿行为需获得相关资质，请勿非法采矿。

一

车站里人头攒动，没升起的太阳也没挡住人们出行的欲望。

老金被拥挤的人群裹挟着，忽然身上的背包带给拽断了，包里的手锤钢钎、扁铲扁錾散落在地，有位好事者停住脚步斜睨着嘲讽道："呵，这是砸墙抹灰还是凿石錾磨啊?"老金满脸不屑："瞎扯啥，俺才不做那种下三烂的营生，俺是专掏山窝里金豆子银疙瘩的好汉，那金豆子你做梦都没见过。"老卡过来呵斥道："瞎咧咧啥，就你属多嘴驴。"

老卡讨厌老金磨叽又卖弄的样子，对他又不能把话说得太绝，只好拽着他和"跑山鸡"赶到检票口，却眼瞅着通往金矿的班车，摇晃着满身的瓜皮绿，撅着屁股冒出股黑烟开走了。

老金恼怒地把背包摔过来，恰巧砸在跑山鸡瘪瘦的脚背上，跑山鸡蹲下来捂着："你发哪门子神经?"老金气急败坏地嘟囔：

"叽歪啥，死不了啊。"跑山鸡软中带硬地说："别说砸脚上，就是砸头上也没事。"老金揶揄着："跑山鸡你真是个娘炮，因为你啰唆俺们才起了个五更赶了个晚集。"

跑山鸡嘴里发出吸溜的咝咝声，老卡凑近说："让我瞧瞧。"伸手摸着那只向后退缩的脚，他对老卡说："疼死了。"老卡弯腰从背包里找出瓶碘酒，拧开瓶盖扣在手心说："来，抹上点。"跑山鸡惊奇地问："出门还带这玩意?"老卡咧嘴笑道："咱整天钻石头窝子，三块石头夹着块肉疙瘩，磕磕碰碰总是难免的。"跑山鸡脚上涂了碘酒好多了，总归没伤着骨头抻着筋，也实在没啥好担心的。

临行前老卡拉老金入伙："听说金牛山金矿有抠金豆子的，年前矿上采了保安矿柱，虽说掌子面和巷道废了，还是能找到又窄又薄的金矿体，粪便有了味屎壳郎就有了翅，抠金豆子的人蜂拥而上，几拨人你为抠罢我登场，再不去就来不及了。①"老金心里发毛打怵犯嘀咕：就这残羹剩饭还值得玩命?

就属跑山鸡死心塌地，快三十的人心眼活点子多，别看他矮黑瘦却瞧不起傻大白，肋巴条满是瘦骨嶙峋的样子，人们喜欢用跑山鸡来称呼他。老卡倒是赏识他的机灵大气，要不咋说对眼的蚯蚓变成了龙，即使瞅着老金慈眉善目，也是嘴上菩萨心里叠活的主，脑筋转着弯肚子里绕着花花肠子。

老金是个摆弄金矿的大明白，从划金线找金脉抠明金，到麸金（河沙淘金）拉流（流板选矿）石对辊，再到鹅毛刮金混汞烧（提金冶炼），十八般手艺样样都懂一点，混在行家里面绝不丢份，抠金豆子的人讲究金手银胳膊，所以道上的人干脆送他个外

---

① 对于矿山，废弃的矿井可采矿，然后卖给国家。

号：金大手。

老金感激祖师爷赏他个金饭碗，这些年这饭碗却被自己毁在财迷心窍上。那年夹皮沟金溜子里轧伙计，抠出的金豆子藏到屁眼里想独吞，被胡子发现给豁了屁眼缝了好几针，他就借故金盆洗手退出了江湖。这次老卡拉他入伙是发挥他的特长，要不然老卡心里空落落地没根基。

仨人赶早坐了辆过路车，赶到金矿就得多走几里土路。雨后的路面铺着层烂泥巴，双脚踩上去扑哧直响，直到把泥泞和肮脏甩在身后，老卡才弯腰捡起根树枝，把鞋上的淤泥刮净，催促他俩沿着山道赶赴金牛镇。

老卡望着天空独自苦笑，当今谁不是美滋滋地哼着小曲数钞票？唯独他的日子过得像鬼打墙，总是胡扯乱拽得不如意，医生说他是城市社交恐惧症，下岗待业非说是交流智障的结果。糟心的事一日多一日，老卡脸上的愁疙瘩越来越重，要不咋说马瘦毛长？可怜的劳改犯穷得尿醋，只能重操旧业赚点外快贴补些家用。

老卡心里有事自然走得就快，老金哑着嗓子："我说你急啥啊，前边有娘们等着你啊？"跑山鸡也捂着冒泡的肚子埋怨："老卡就这副德行，抠金豆子比啥都来劲。"

三岔口路边有个早餐摊，四根五厘米粗的钻杆顶着片泛白的帆布，矮桌子拾掇得还算干净，两个保温桶盛着米粥豆浆，跑山鸡饿得肚子咕噜咕噜叫，他呷巴着嘴吆喝着："喂饱饭吧。"老金也呼应着："也该歇歇脚了。"

他们走进去放下行囊，有位姑娘跑过来炫耀着："现包现蒸的肉包子，山麻楂馅的满嘴流油，皮薄褶美百年老字号。"跑山鸡朝她做着鬼脸："瞧这份能耐，还百年老字号？"她像叽叽喳喳的喜鹊："哥啊，你可别不信，《县志》上写着正宗陈家汤面包，这山麻楂掐根去尾专拣嫩芽芽，肉馅里绝没有槽子肉，你就使劲吃吧。"

跑山鸡嗅着包子撇着嘴说："来三碗粥五屉包子，给个折扣便宜点。"

女主人忙着低头擀皮，听到这话将抿头发扬起瓜子脸，浓黑的短发下大眼睛翘鼻子，满脸带笑地说道："买包子打折？俺还是头回听说。"

跑山鸡歪着脑袋接过话头："大姐，俺哥买你半吨包子，你能不给打个折？"女主人反问："把他卖了能值半吨包子钱？"这话冲着跑山鸡眼神却落在老卡脸上。

跑山鸡赖着脸皮耍贫嘴："就冲这馅大皮薄的肉包子，我怎么着也得来俩屉，要么咋对得起姐啊？"女主人用擀面杖敲着面板说："我这擀面杖可没长眼。"说罢喊了声，"巧儿啊，每屉五块，收钱。"老金催促着："跑山鸡，别亏着肚子耍贫啦。"巧儿听到跑山鸡仨字便哈哈笑道："你倒是不虚此名啊。"

她是巧儿？这穷乡僻壤还有这么闪眼的姑娘。虽说长相是各花入各眼，跑山鸡却很精准地夸道："巧儿也就是随意梳俩辫子，要是秀发高绾手执轻罗绣扇，再配身宽袖斜襟的锦丝绸缎，那就是个活脱脱的包子西施。"

老金开心地扯着嗓子："钱不够，就把跑山鸡押给你。"巧儿摆着手说："拉倒吧，我看这跑山鸡也是个草鸡货，更不是飞行器中的战斗机。"没想到跑山鸡觍着脸皮："要不你试试这鸡咋样？"她却猛地甩甩手说："把我惹急了，摆个姿势累死你。"

瞧这气势跑山鸡败下阵来说："俺给钱，三十元别找了。"巧儿抓过钱疑惑地望着他，旁边的老金拖着腔说："不对啊，你多给钱留念想啊。"跑山鸡把包子塞进老金嘴里："我不信，肉包子堵不住你的嘴。"

巧儿脸嘟噜得像串紫葡萄，赌着气把钞票扔回去："俺可不是见钱眼开，你还是留着吧。"她冲着跑山鸡却盯住老金说："你们抠金豆子的，吃的是阳间饭干的是阴间活，积点功德留点念想多好，要是哪天被石头包了饺子，俺也多给你烧炷香啊。"

听到此话老卡脸憋得通红吼道："俺钻石头窝子的人，守着太阳不说丧气话，为啥？这是忌讳。"老金怕老卡惹麻烦赶紧朝他使眼色，女主人不高兴地说："跟个孩子较啥劲，瞧把脸憋得跟猴腚似的，嘚瑟啥啊？"

老卡忽地站起来："好男不跟女斗。"女主人不含糊地问："就你们也算是好男？城里的猴死绝了耍俺乡下人？还是政府送温暖来啦？"老卡恼怒地把马扎踢飞了，好端端的马扎落地时被摔成了两截。

老卡呵斥道："走吧，还等菜啊？"老板娘没想到这人火气这么大，拿着擀面杖冲着他们背影喊："咱走着瞧，算账的日子还在后头啦。"

二

金牛镇前些年穷得让人疲疲沓沓，有了金矿人们才盘算着赚大钱，相邻街铺改成了旅馆饭店，到处是吆喝声和车鸣声交叠，喧闹声与喧嚣声同兴。

老卡嗅嗅发痒的鼻子，打个喷嚏后说："咱先分头找旅馆问清价，待会儿来这里会合。"

过了个把时辰，仨人抹着汗珠子失望地回来了，镇子之大令他们始料不及，旅馆的价钱同样令其囊中羞涩，老板们恨不得他们是唐僧，把他们剁碎了熬汤喝落个长生不老。

老金对老卡悄声地说："事到如今，老卡你得拿个主意。"老卡抹着腮帮子说："咱先住下再想别的。"跑山鸡拧着毛巾插话："咱别瞎闯荡啦，找人问问咱好心中有数。"老金立马卖起关子来："这事我找人问了。"老卡盯着他："结果咋样?"老金这回不敢卖弄，就说："这事得去找镇东头的敏子嫂，她人品不错，可就是个恨男人的主。"

老金神秘兮兮地说："关键是她家有这玩意。"说着掏出张斗方大的图纸："瞧瞧，这是矿上的中段地质图，她家和金矿的关系那是深不见底啊，保不准咱能用得着啊，就怕高攀不起啊。"跑山鸡急切地说："城用火烧人用钱攻，难道她还跟钱过不去?"老金摇着头："有些事钱不是万能的。"老卡抢白道："那咱也得试试。"说完就拽着他俩朝镇东头走去。

老卡他们走进院落，恰巧碰上这家人正在忙着糊纸缸。

糊纸缸是当地农户常做的营生。巧儿捂着头巾撕扯着旧书废纸，把些碎纸片扔进缸里泡着；敏子嫂穿着件碎花衫卷着袖子，满脸是汗，几绺头发垂在眼前，扭着腰身在大缸前晃动着木棍，不时传来木棍碰着缸沿的"叮当"声。旁边是倒扣着的瓷缸模型，直到泡水的纸片搅成糨糊状敏子嫂才把纸浆匀乎着抹上去，放在日头下晒成硬纸壳，再把它从模型里脱出来，外面糊上漂亮花纸内衬粘上油光纸，实惠的纸缸（纸盆）就做成了，用它可以盛米盛面盛干果。

跑山鸡喊了好几声大嫂，她只是眯眼睨着他们没吭声，老卡暗暗叫苦：咋又碰上她啦？这不是冤家路窄吗？老卡很担心她手里的木棍，随时会变成一杆利器朝他扔过来。

老卡立马走到缸前拿起木棍搅动着，敏子嫂赌着气转身进了屋，老金很有眼力地帮着巧儿泡纸浆，跑山鸡则蹲在废书废图纸堆前翻弄着。

老金扯着嗓子喊："敏子嫂，我们先赔礼后道歉，出门在外啥都难为，只想借你这块宝地住几天。"两扇屋门撞得"咣当"乱响，她在屋里说："我这庙小，盛不下大神啊。"

老金说："我们命根子里都是好人，只不过是穿着身抠金豆子的行头，再说你瞅瞅，搅这又厚又稠的满缸纸浆，俺们累得是口干舌燥，你就是慈禧在世，咋着还不给碗水喝？"

"男人就没有好东西……"骂声戛然而止，房门大开敏子嫂走出来，她拎着小矮桌放在院里吆喝，"巧儿，别愣着啦，给人家上茶水，落个慈禧的骂名我可受不起。"

巧儿欢快地跑进了厨房，拎着茶壶端出一摞茶碗，敏子嫂挨个斟着茶水。老卡的眼神被敏子嫂那浑圆厚实的屁股吸住了，他还纳闷穷乡僻壤竟有这般翘屁股？他很是讨厌城里人那肥塌塌的裤兜子，从不相信啥是魔鬼身材骨感美，呸！假如我个老爷们跨上去，那还不像骑着架破车子硌死个人。

老金抹着嘴巴说："敏子嫂，你眼眉里边跑火车别跟我们计较了。"她不冷不热地回了句："我说，这可是乡下，做啥事天上记得地下刻着，懂点规矩少给俺惹是非。"跑山鸡附和着："那是，那是。"她从腰间解下串钥匙，在眼前晃了晃盯着老卡问：

"这就先住下？"老卡的脑袋点得像鸡啄米，她把钥匙扔给巧儿吩咐："我东边那间房朝阳，你去帮着收拾收拾吧。"老金连忙问："那房价咋算？"她不紧不慢地说："先住着再说，惹我烦了，你们立马滚……"蛋没好意思说出口，她接着来了句，"立马滚筷子。"

有个男孩跑进了院子，小书包有节奏地拍打着屁股，男孩冲着老卡问："他是谁？"敏子嫂把他搂在怀里说："快问叔叔好。"他怯怯地嘟囔："叔叔好。"接着问巧儿，"姑姑，找你的吧？""不是啊，他们是抠金豆子的。""咱家还有金豆子？"巧儿摸着他那葫芦头说："宝儿，金豆子藏在山窝里。"他把指头含在嘴里吵吵："我都饿啦。"巧儿喜滋滋地招呼他："赶紧洗手吃饭。"

老卡拿着只烧鸡递给敏子嫂，有点冒失地问："大哥咋还没下班？"她接过烧鸡嘴上却说："他撇下俺娘俩走了。"跑山鸡拿起酒杯怯怯地说："那也给大哥添杯酒摆双筷子吧。"她不在乎地摆摆手："不用了，俺们没那么讲究。"

敏子嫂举起杯："这酒算是接风啦。"说罢浅浅地抿了一口。老金则捏住酒杯仰脖灌下，另一只手捂住双唇稍后才憋出口气："好酒，敏子嫂，敞亮。"老卡刚咽了口酒就咳嗽起来，敏子嫂拿着筷子比画："喝呛了？赶紧吃菜压压。"说着夹起条炸鱼放在他菜碟里。

宝儿的指头戳着烧鸡咽口水，巧儿瞧着鸡皮上线头般的绒毛对他说："别吃这鸡皮。"他就美滋滋地嚼着鸡骨头，嘴里发出"咯吧咯吧"的声响，丝瓜瓤状的骨髓被他有滋有味地消化了。宝儿打着饱嗝先说了话："娘，俺吃饱了，找小胖玩去了。"巧儿嘱咐他："早点回来。"

敏子嫂瞅着老卡思绪万千，不由自主地说："俺宝儿他爹这辈子活得就是窝囊。"旁边的巧儿辩道："俺哥咋个窝囊？当年也是全县的高考状元，来矿上三年就当了科长，就怨他替人卖命被人算计了。"跑山鸡鼓着腮帮子问："大哥叫陈文是不？""对啊，那是我哥，俺叫陈巧。"敏子嫂急着问："你认识他？""没有。""那你咋知道？""俺是从图纸上看到的。"她失望地说："他毕业后就知道干活，哪里有金豆子他都知道，矿长遇事也得让他三分，俺看他人好就嫁给了他。"巧儿抹着泪："老铁承包了330个坑口，撺掇俺哥入股联手开矿，起初俺们不答应他就下绊子，没法子俺哥以技术入股，转过年来俺哥碰上了槽子炮，连个囫囵尸首都没留下。可恨的是老铁和矿长推葫芦车，老铁说俺哥是为矿上卖了命，矿长说俺哥是捞黑钱干私活，结果俺们该得的抚恤金他们都不给，反欠了老铁两万元的份子钱。"

敏子嫂叹口气："别提这些陈糠烂谷子事，俺拖着小尾巴葫芦娃，多亏巧儿不嫌乎俺，冒三十的人都不娶不嫁，硬是帮着俺操持这个家。"巧儿被嫂子撩起了伤心事，心里是锁不住的酸甜苦辣，伤心地抹着泪说："我去找宝儿，叫他回来。"

没多久院门被"哐当"撞开了，巧儿冲进来惊恐地拽起了敏子嫂，脸上肌肉止不住地抖动，她有些惊慌失措，话都说不利索，老卡断定是宝儿出事了，就问："咋啦？"她结巴着说："宝儿肚子疼得直打滚。"没等她说完老卡就跑了出去。

场院上的孩子们喊喊喳喳，宝儿在地上疼得打滚翻白眼，老卡伸手摁着他的肚子右侧，他嗷嗷乱叫似乎疼得更厉害，老卡皱着眉头说："赶紧上医院。"

几人带着宝儿跑了十里山路才赶到铁路医院，大夫给做了检查诊断为急性阑尾炎，直到宝儿被送进手术室，老卡才累得瘫倒在地，大夫做完手术对敏子嫂说："假若再晚几步，恐怕这孩子就麻烦了，急性阑尾炎是会出人命的。"

经过这番折腾，几天后宝儿才被允许出院，老卡背着宝儿往回走，自个儿却鼻根处涌出股酸辣味，不争气的泪珠子淌在了脸上。敏子嫂替他抹了泪，不解地问："想啥了？眼泪都流出来了。"她调侃地笑着说，"人在外头漂，热乎炕头老婆的腰？"老卡揉搓着眼睛说："俺哪撑得起个家啊！"她仿佛来了兴致："说来听听。"老卡说："俺那点破事说出来都寒碜人。"

三

冶炼厂是个大企业，选冶车间主任老金煞是威风，手下有三员大将，徒弟老卡人高马大憨厚肯干，白菜是全厂公认的技术能手，还有个聪明的大学生岳钢。谁都知道白菜是老金的人，唯独岳钢装糊涂恋着白菜不甘心，老卡受夹板子气很为难，不单得罪了岳钢就连白菜也没原谅他。

白菜到底还是让老金给拱了，匆忙中奉子成婚年底就生了儿子阳阳。过了两年冶炼厂亏损不景气，竟然被岳钢壮着胆承包了，老金和老卡不愿伺候就选择了下岗，可万把元的买断费哪经得起折腾？老金暗地里鼓动老卡："咱俩到夹皮沟闯闯金溜子，说不定咱就赚个胆儿肥。"老卡担心地问："我光棍汉横竖都行，你把师娘撂家里你放心？"老金拍着胸脯说："没问题。"其实老卡知道，老金是跪着求白菜才获准成行。

转眼三年后，老金摸黑回到了家，白菜正在炕上喝小酒，炕下履舄交错炕桌上杯盘狼藉，蛤皮堆上歪着些啤酒瓶子，她喝得尽兴连吃蛤都用手抓，小拇指外翘都成了兰花指。

实际上她知道老金回来，阳阳灰头土脸地进来问："你是谁？"她半晌才憋出句话来："他是你爹。"阳阳反驳道："你不是说他死了吗？"老金摸着阳阳的刺猬头说："我的确是你爹。"阳阳梗着脖子说："又是个爹。"她把酒瓶摔过来喊道："瞎说啥哪？"

阳阳狠狠地盯着她，老金从包里拿出个奥特曼，他却扔在地上跑了，老金难堪地捡回来拍打着。她好像不在意他的归来，老金倒是盼着她扑过来狠狠地咬自己几口，她没事似的哼着《何日君再来》，脑袋和着节奏摇得像拨浪鼓。她端着酒杯的姿态很夸张，两条大腿舒服地朝前伸着。

"啪嗒"一声，有颗金豆子弹落在她两腿间，哼唧声戛然而止像是断了电的马达。

又是"啪嗒"声，又有颗金豆子顺着她的胸脯滚下来，她扬起头露出贪婪的眼神。

老金用手捏着金豆子，歪着脖子用舌尖舔着，她含混地骂了句："三年啦。没用的东西。"

"没用的东西。"这句话老金听过无数遍，眼下却听着倍感熨帖受用，他的手在兜里摸索着，眼见她喉咙滚动咽着口水，这才掏出颗金豆子，就见她撅起屁股蹿过来叫着："咱发财啦。"她见老金转身撩起背包，急忙瞪着圆乎乎的眼睛问："没用的东西，还有啊？"

白菜拢着炕上散落的金豆子，挨个把玩着仔细地瞅着，吧嗒着嘴唇自我陶醉着："要是再有十颗就好啦。"她的脸笑开了花，鼻尖上渗出层细小的汗珠，她的双眼像两枚铜钱迸发着金光问：

"你笑什么？笑话我没出息？我就是喜欢金豆子，有它就可以狂，有它腰杆子就硬，有了它就不再受人欺负。"

老金掏出烟袋锅哆嗦着抽了几口，步履蹒跚地坐在炕沿上努着嘴问："家里还好吧？"

她仰着脸咯咯地笑了起来，老金的心被她笑乱了，他忽然变成了个闷茶壶，有嘴吐不出半句话来，那是因为他想起了阳阳。

老金冲到门口喊："阳阳。""甭管他，跑野了。"白菜若无其事地嘟囔着。他转过身来到她背后，浑身的燥热在骨子里乱窜，裤裆里的物件孤傲地挺着，他双手从她腋下伸过去捂住她的胸脯，手指抽筋似的敲打着她那对肉疙瘩。

老金自以为白菜默许啦，蛮横地抱起她把她摁在炕上，她仰着脖子满嘴喷着酒气，他像哭泣似的叫着："白菜，我的好白菜。"他挑逗着她，"我解你奶兜啦。"他拽住她的奶兜望着她的脸说，"我可真解了。"这会儿她却腾地把脚蹬出去，没有防备的老金捂着裤裆滚到地上，就见白菜起身整理着奶兜，不恼不火带着笑说："我怀了岳钢的孩子，没用的东西。"

老金浑身乱颤嘴巴里吼着："你生啥都没屁眼。""哐当"有个物件砸在门上，白菜脸色骤变凄厉地叫着"阳阳"，甩下老金朝外边跑去。

老金苦笑着自言自语："家门不幸啊，我厌了。"他找到老卡，两人喝酒到天亮，他在酒精的燃烧中醉了。老卡倒是清醒，本想找岳钢拼个鱼死网破，愤怒中却改变了主意。

老卡鼓着嘴巴劝他："师傅啊，甭再生气啦，你咋跟她较劲？咋着也得为阳阳着想啊。"

老金脸色铁青哆嗦着嘴唇："你别说啦，理是这么个理，可事就不是这么个事。这就像家常便饭，人吃得畜生吃得，人吃剩了畜生不嫌乎，畜生吃剩下谁都嫌乎。"说罢指着老卡鼻子问，"你愿意啃畜生剩下的东西？"老卡吓得没再敢言语。

离婚手续办完后，净身出户的老金没了主张，老卡只好安置老金爷俩回到他的老家，嘱咐老金替他照顾好老娘。

中秋节的晚上，老卡把岳钢堵在了办公室，老卡呼地蹿进去掐住他脖子，把他狠狠地甩在地上暴揍一顿，岳钢爬起来梗着脖子不服气地说："知道你不会放过我。"岳钢也知道老卡虽然性子烈脾气躁，但事情弄不清楚他绝不会下狠手。

老卡极力让心态平稳些，再大的事权当憋在嗓子眼里的浓痰，憋足劲就"咕噜"咽回去了，五脏六腑还能舒坦地运转，可为了师傅他却做不到，要是憋着他还不如死。

岳钢瞪着泛黄的细眼，招风耳塌鼻梁连着副厚嘴唇，人们暗地里叫他老阴天，说他是横起来不要命，动辄就是操家伙玩命的主。

老卡自觉着是理直气壮，却像只瘪瘪的破麻袋，岳钢有愧却像个无名英雄，老卡忍受着他的不屑："说说吧，师娘你是咋照顾的？"岳钢摇头晃脑地说："师娘？师兄你咋还这么傻？这明事明理地摆着，我情她愿就滚到床上啦，我还说得不仔细吗？"这话像截闷棍砸在老卡头上，老卡反问："那麻雀还有指甲盖大小的脸面，你那脸皮让狗给吃啦？"岳钢不温不火地说："你问我？我倒是问问，你们躲在山里装啥狗熊？他们娘俩能喝西北风啊？"老卡知道呛不过他，但岳钢做王八算是公开的秘密，老卡便拿这事戳他的软肋："你也算是个爷们，戴着绿帽子拉偏套你累不累？"他不以为意地说："新欢旧爱那是我的事，用不着你操这份闲心。"老卡愤愤地骂道："为师傅我能放过你？"他满不在乎地嚷着："我替师傅供她吃供她花，她伺候我还不应该吗？"

老卡气得破口大骂："该你个茄子。"话音未落他便抓起茶杯朝岳钢砸去，"哎哟"一声岳钢捂着脸蹲在地上。岳钢忽地掏出把匕首扑了过来，老卡躲闪不及抬手挡回去。那匕首反倒是戳在了岳钢自己的胸脯上，他踉跄着退了几步摔倒在地。

老卡在岳钢的脖颈处摸了摸，喘着粗气自语道："还有口气。"他脑袋里一片茫然，便抓起桌上的电话报了警。

敏子嫂眨着眼睛问："后来呢？"老卡叹口气："我被判故意伤害罪蹲了监，没了后来。"她抹着眼泪说："你觉着值吗？"老卡说："有啥值不值？"说完他就望着天断了片，没了后话。

四

老卡背着宝儿回了家，巧儿已经做好了饭，老卡被敏子嫂拽着坐下来，矮桌上摆着肉丝炒豇豆、茭白炒虾仁、韭菜炒鸡蛋和青椒炒巴蛸，红黄绿蓝搭配得有模有样，每个人都为宝儿的劫后余生感到高兴。

老金从怀里掏出酒瓶咂巴着嘴说："这么好的菜，不滋啦两口多可惜。"敏子嫂笑着："宝儿的病好啦，多亏老卡帮衬着，我替他先敬杯酒。"所有的人兴奋地端起了酒杯。

酒喝半醺有人不请自来，当首的是个胖乎乎的女人，旁边是她的哼哈二将，年轻的黄毛个子高挑，戴墨镜的个头矮胖。黄毛进门就吵吵："我说，这花天酒地多舒坦啊。"巧儿的回话嘎嘣脆："臭酒篓子你咋没人话？"他顺嘴说："你家放空汤都炸油锅，香味飘出三里地，就不兴俺来蹭杯酒喝？"巧儿抢白道："钱是俺挣的，谁也管不着。"黄毛酸溜溜地说："这么漂亮的巧儿，咋就张嘴呛人啊？"墨镜瞅着老卡坏笑："裤裆里多出四两肉，感情待遇可不同啊。"

在一片嘈杂的狗叫和谩骂声中，老卡才听明白：是跑山鸡和巧儿到矿井踩点，猛地蹿出条黑狗来嗷嗷乱扑，跑山鸡护着巧儿没躲开，被那恶狗扑了个趔趄，实在没招就捡了根铁钎子抡过去，那狗嗷嗷叫着瘸着腿溜了，现在那狗主人找上门来了，她就是眼前撒泼的矿长老婆许大辫。

大辫有副粉白大脸，扎着条与年龄不相称的粗辫子，她瞅人的眼神像刀子，嘴唇涂得鲜红满嘴的骚腥味。俗话说新开茅房三日香，却没人听她说过人耳的话，更没人敢在她面前说半个不字。

老卡不露声色地进了厨房，感觉自己现在有点像医生说的那样：肾上腺素分泌过度，有股受刺激心跳加快的冲动。

看热闹的人越凑越多，大辫抱着那条瘸狗胡噜着叫骂："大敏子，赶紧拿钱为俺乖乖治腿。"敏子嫂坦然地说："咋回事？你得说清楚。"大辫顺手指着跑山鸡："都是你招惹来的。别说没关系，没关系咋就搂着脖子喝酒？"敏子嫂气愤地说："你别血口喷人，你再瞎说我就撕你的嘴。"大辫对着邻居揶揄道："她倒会结外人缘，咋不跟着进城开花结果啊？"跑山鸡跳出来："我砸的，与人家没关系，你的狗瞎咬人谁不知道？"大辫跺着脚说："好啊，够爷们，那就赔钱吧，乖乖的医药费、营养费、精神损失费……"

老卡咬着舌头，嘴里咸哄哄的，带着血腥味，闪着风拎着菜刀从厨房里冲过来："费你娘的费，如果你被风噎死，我是不是还得赔你丧葬费啊？"

大辫猛地蹿过来要挠老卡的脸，嘴里恨恨地骂着："我挠你个满脸开花，你也不问问我是谁，跑这儿来撒野，你们这些抠金豆子的不得好死。"听到这番诅咒老卡真火了，他抬手扭住她的胳膊抓过那条狗，手起刀落给它抹了脖，一股热乎乎的狗血喷溅出来，顿时所有人竖起的耳朵清静了。

大辫疯了似的拍着屁股跑了，围观的人都为敏子嫂打抱不平。

那双狗眼圆鼓鼓地瞪着，老卡不禁心里发怵：可怜的狗啊，谁让你连个眼力都没有，你千万别死不瞑目啊。

巧儿扶着敏子嫂进了屋，老卡有些胆怯地蹲在地上，发现狗血溅满了衣裳，于是脱下来卷成长团扔给跑山鸡，又嘱咐老金说："赶紧把它埋了吧。"老金在院落旮旯里找来块草苫子，把死狗裹好抄着镐头和跑山鸡上山了。

老卡拎了两桶水才把狗血冲净，稍后从头到脚洗了个遍，蹲在地上心里冷飕飕地后悔，他不该由着性情做蠢事，他是后悔还是为她担心？

隔壁传来敏子嫂的哭泣声，愧疚和悔恨压得老卡喘不过气来，本想抽烟解闷却找不到火柴，他犯了烟瘾实在难受。

他无意中发现墙上有个茶盘大的窗洞，镶着块磨砂玻璃被遮住，他抡起胳膊"咚咚咚"敲着，敏子嫂问："都这么晚了，擂墙干啥？""我想借个火。"她打开窗洞暗门扔过盒火柴来，随即按下了暗门的插销。

老卡点燃烟闷头吸着，忍不住问："没吓着宝儿吧？"她止住抽泣说："他跟着她姑姑呢，再说宝儿没那么娇气。"他真诚地说："给你惹麻烦了。"她叹着气："是福不是祸，是祸躲不过。依老铁的为人他不会善罢甘休，不知道又琢磨啥幺蛾子。"老卡清着嗓子说："我倒要瞧瞧他的能耐。"她担心地说："说啥也没用，最后倒霉的还是俺。"他理直气壮地说："不用怕，有事我顶着。"她叹息道："你顶过初一能熬过十五吗？到时候拍拍屁股溜啦，有家的回家没家的奔庙，俺们还得在这里住半辈子。"他又说："你放心，我这辈子不走啦。"她笑道："说得轻巧顶根灯草。"他敲打着暗门说："那我就起誓，如果……"她打断他的话："别，千万别，抠金豆子的都忌讳这个。"老卡压低了声线说："等我赚了钱就娶你。"她不以为意地说："别睁着眼说醉话了。"老卡没有更好的办法让她相信，只好不断地重复着："我赚了钱就娶你。"她悄声地安慰说："你以为抠金豆子是捡钱啊，发财那是哪个驴年马月的光景？赶紧歇着吧，明天还得忙活。"

老卡没啥缘由再说了，只是松耷着眼皮吧嗒着嘴唇，倚在床上唉声叹气，似乎这堵墙就是把无形的刀，把他憧憬的人生劈成了永久的苦涩。

老卡对进屋的跑山鸡发了火："不就是上山挖个坑吗？咋还这么费劲？"跑山鸡抠着裤腿上的泥巴说："俺俩搂草打兔子，跑到矿区遛了遛。"

老金在床上摊开图纸说："到330中段俺们只能从主井下去，溜过运输大巷闯过旋风顶才能到掌子面，沿脉巷里有条鸡拉屎的小金线，捋着金线才能抠着金豆子。"跑山鸡紧锁眉头说："老铁已经放出狠话，要特别关照咱们的人头费，假若谁不服就往死里整，出了啥事由他担着。"老卡戳着图纸说："咱得找条通道。"

隔壁的敏子嫂说："别瞎琢磨了，不摸透金牛山的脾气，跳不过去婆婆顶还能抠着金豆子？到时候吹灯拔蜡卷炕席吧。"跑山鸡不甘心地说："都说掐着豆饼喂驴，吃多少是那么点心意，你就不想帮俺出个招？"她"啪嗒"一声熄了灯："要我说，别折腾了，琢磨点正道比啥都强。"

老卡听着没了动静就打着手势说："咱来个傻子拜年，到时候见机行事吧。"另俩点头都说好，老卡心事重重地嘱咐："天不早了，明天咱得踩滩干活，都歇了吧。"

五

太阳爬上树梢敏子嫂才收了摊，她和巧儿把锅碗瓢盆装在车上，敏子嫂驾着辕，巧儿在旁边推着往家走，有人故意调侃："没找人来帮个忙，城里人就会耍酒疯吗？"嘲讽说事的应有尽有。敏子嫂想起老卡就闹心：啥事他都非闹个鸡飞狗跳血肉横飞。地排车"嘎吱嘎吱"碾着她的心事回到了家。

老卡听着动静跑来帮忙，敏子嫂问："滩踩好了？"老卡回话："没啥，是坑是水总得蹚啊。"她拿出些包子嘱咐着："拿上当干粮，千万别死脑筋。"说完转身进屋拿出些熟鸡蛋，老卡愣怔怔地问："敏子嫂，这是干什么？"她笑着说："不就是些鸡蛋嘛，老爷们都得吃。"跑山鸡闻声凑热闹："为啥？"敏子嫂叨咕着："老爷们血亏，鸡蛋养气血，我们女人血气旺，少吃点没关系。"老卡又说："留着给宝儿吧。"敏子嫂："宝儿有的是，你别弄得这么生分。"老卡叮嘱老金说："咱铺锅底的金子多留点。"她急忙摆着手说："你们平平安安的，比啥都强。"

巧儿带着老卡他们进了矿区，这里虽不见金牛山开肠破肚，堆砌的矿石和主井架子却差不多，主井架子上拇指粗的钢丝绳扎着天轮"嘎吱"作响，甩出些黏糊糊的黄油惹人嫌。

几人绕过井架钻进了井口房，这是矿工们换工服的地方，屋里很埋汰也很沉闷，矿工们脱得精光换工服和雨靴。老卡知道这是行规，下井前规规矩矩回到井上才可造次，扯起娘们来保准是肆无忌惮。

"嘟——嘟——嘟"三声信号，锈迹斑斑的罐笼"哐当"停住，人们默默地进了罐笼，落下安全门挂好安全钩，罐笼咣里咣当乱响后，以每秒十米的速度往深处行进，到了330中段马头门，人们打开安全门尾随出来，雨靴踩在泥水里发出"扑哧扑哧"的声响，尾随的老卡悄悄地问："下井前祭拜了吗？"老金塞过张纸条："三炷高香磕了三个响头，外加瓶老烧酒，总共花了十多块，回去给钱啊。""没问题。"老卡说着把纸条搓成团扔进了排水沟。

回风巷废弃多年，像条灌满黑色和霉味的时空隧道，老卡上前拽住跑山鸡，仨人躲进侧旁的水泵房，老卡不无担心地问："前边就是回风巷啦，你敢肯定咱能冲过去？"跑山鸡擤着鼻涕打个喷嚏："这回风巷是必经之路，咱沿着穿脉巷找着溜井，再爬过旋风顶就到了。"旁边的老金插话："可别让老铁的人逮着，咱还是看看图吧。"说着三束灯光交织着，确定线路没错仨人才快速朝前走去。

老铁的人按部就班地巡逻，老卡他们只好挨到老铁的人人困马乏时借着采区炸响的炮烟才能冲过去。

"嘟——嘟——嘟"警戒哨响后，采区里依次炸响了排子炮，夹杂着霉臭的炮烟扑面而来，飞扬的粉尘直往嘴巴里钻，粘在眉毛胡子上粘在脸上，叩动牙齿会发出"咯噌"的声响，老卡不时"呸，呸"地吐着嘴里的粉尘。

老卡见时辰已到就吩咐跑山鸡："你蹲在三岔口放风，巡逻队一过你就发信号。"跑山鸡搓着手说："没问题。"老卡拍着老金的肩膀："只要冲过三岔口，咱就不是尿包蛋。"

矿灯忽明忽暗地闪着信号，他俩弓着腰跑着蛇字形冲了过去。进了猫耳洞算是安全了，老卡瞅着老金满是皱纹的脸庞，稀疏的胡子抖动着兴奋，安全帽上晃动着跳荡的灯光，老卡思忖着对他说："把灯关了省些电吧。"随着话音落下灯亮尽然消失。老卡凡事总是皱着眉头想些为什么，特点是刚才说荷花转眼换成牡丹，他说这叫跳跃性多向思维。

猫耳洞里死寂般地沉静，忽然传来阵"砰砰"的声响，老金知道是老卡在撬着溜井槽帮，虽说老金是个沉默寡言的人，但眼前的用意不言自明。

老卡拿着钢钎捅着，碎石哗啦落下，他仔细听着碎石落地的声响，抬起头用肯定的语气说："这里往下大概有十多米，咱们还是按老规矩往下跳。"老金把指头粗的麻绳抛过来，老卡拴在腰间系个老婆扣，用胳膊量着距离再拴住跑山鸡，最后拴在老金身上，老卡顿口气说："旋风顶上又滑又陡，底下还刮着转圈风，咱们要紧拽住绳子别出溜了。"看着他俩都收拾利索就拽着绳子说，"给我拽稳了，我先跳。"说罢他便噌地蹿了下去，一个蛤蟆蹲落在了黑黝黝的石硼上，紧接着是机灵的跑山鸡，来了个金鸡步帐稳稳地落住了，轮到老金往下跳时，眼瞅着差点被背包拽着滑下去。

仨人来到掌子面前，老卡弯下腰大声地咳嗽着，把灌进嗓子眼里的粉尘咳出来，这时老金露着坏笑铆足劲放了个响屁，熏得跑山鸡捂着鼻子踹了老金两脚。

炽热的岩浆富含大量金、银元素，在古造山运动中冲破地幔的束缚，吞噬着围岩沿着裂隙充填形成了蚀变带，经过多少亿年的演变成了金矿体，工程师找矿凭的是对矿床赋存规律的认识。抠金豆子则跟找矿是两码事，厚大矿体那是属于矿山开采的，漏下的薄矿体采矿不安全，这残羹剩饭就是抠金豆子的活，这活好比就是庄稼人的小秋收，就像麦收后捡麦穗秋收后翻地瓜，别看金豆子没腿脚它们却跑得比啥都利索，忽隐忽现就是逮不住找不见。这会儿老卡急得像是热锅上的蚂蚁，围着巷道上蹿下跳，更不用说找着金豆子的影啦。

老卡倚在块石头上犯了愁，眼前除了坍塌的碎石就是废弃的枕木，旁边还歪着几辆废掉的矿车，巷道壁全是花岗岩溜净水滑，蚀变带藏得见不着边抠不着沿。

老卡又来到另一条穿脉，老金踩着干瘪瘪的猫盖屎，瞅着巷道瞎琢磨，老卡不解地问："有猫腻？"老金摸着头皮反问："这里图上是独头巷，这会儿咋觉着有风啊？"老卡嗅着鼻子感觉有道理，连忙招呼跑山鸡过来，老金说出疑问，跑山鸡却指着图纸说："瞧瞧日期，新开的溜井没落到图上，要不然残采能憋死人。"老卡搓着手说："要是这样就好。"

老卡很自信地说："要想找着金线，就必须找着蚀变带，这蚀变带时窄时宽还算有规律，硅化程度也强，金矿体或金线就在这周围。"他钻进巷道壁的窄缝里抠着敲着，弓着身子急得像老哮喘似的瞎哼哼，仨人再次碰面后老卡嘀咕："再瞧瞧图纸，咱是不是弄反方向了。"老金摇着头："不可能，虽说逢沟必断（断

裂），这里没断层矿体不会移位，有点错动也不会太远，再仔细
找找吧。"

老卡瞎忙活半天毫无收获，疲惫的仨人恹恹地围在堆篝火
旁，闷着头嚼着鸡蛋啃着包子，老卡掏出瓶二锅头拧开盖，仰起
脖灌了一口转给老金："石头窝子里寒气重，灌两口祛祛湿气。"
老金对着瓶嘴咕噜了两口，递给跑山鸡。跑山鸡没动嘴，竖着酒
瓶泼洒在火堆上，微弱的篝火噗地溅起些火花来，腾起的火苗变
成鬼魅的蓝色，他好像窥测到了金豆子。于是他发疯似的喊：
"老天爷饿不死瞎眼的雀。"老金心痛地说："这孩子的魔怔又犯
了，可惜这酒啊喝了我不心疼洒了疼。"

老金赶紧扶着跑山鸡躺下，让他稍微稳定稳定神气，不然这
孩子犯了癔症可就麻烦啦。

六

敏子嫂丢魂似的心烦意乱，老卡的到来仿佛是她企盼已久的
幸福，她有足够的理由喜欢老卡，这是多少天深思熟虑的结果。

那年老陈遇难后，老铁对敏子嫂就动了歪心思，他不仅为她
调换了工种，还冬送棉衣夏送单地忙活着，就差找红头大媒来提
亲啦，敏子嫂摸透了他的为人，明确地让他死了这份心思，他才
恼羞成怒地摔门走了，他气得眼睛鼓鼓圆无奈地闭着嘴巴，鼻子
里却哼出几声古怪吓人的动静。

矿山服务公司连年亏损要撤销，敏子嫂和巧儿等人都是遣散
人员，每人补贴五千元就与矿山没了关系，她们不情愿也不甘心
被遗弃，就由敏子嫂牵头找矿长理论。她们跪在矿长面前抹着眼

泪求情，还捧着那五千元钱哭喊着："俺们愿意用这些钱救活服务公司。"这里边就数敏子嫂最积极最天真，最后的结果让她们心寒，敏子嫂就带着姊妹们开始了自救创业，她们开饭店、办旅馆、做家政、当小贩，没出两年就变了样有了转机，当年敏子嫂还被镇里推选为创业模范。

后来敏子嫂和巧儿从那些事业里退了出来，她们在婆婆顶上承包了山地养鸡养猪种菜，利用积攒的钱开了旅馆，眼瞅着要办个饲料厂，就是愁没个实在人做帮手，用敏子嫂的话就是"守着满筐的木头砍不出个橛来"。这老卡倒是个有主意的好把式，她觉得自个儿是爬在篱笆上的藤，老卡才是棵根深叶茂的树。

敏子嫂把盆猪肉放在砧板上，熟练地把肉分割成块再剔去筋头，手起刀落砰砰咖咖地剁着，想着老卡自己竟笑出了声。

前天坐在院里闲聊，她劝老卡琢磨点别的路子，老卡却冒出句令她费解的话："这是俺娘的嘱托。"她就刨根问到底："这咋还扯到她老人家啦？"

老卡打开话匣子，慢悠悠地说出了事情的由来。

自打闯入夹皮沟那天起，老卡就认定这辈子单打独斗了，五年劳改的经历更让他默认了这种生活，他甚至忘不了自己的监号，这监号就像古时候罪犯脸上的黥纹，提醒自己是个不入流的下等公民。

出狱几番折腾后他感觉力不从心了，做事的节奏慢了心也胆怯了，直到回老家见到老金爷俩，知道了阳阳和老娘的那番对话，他才有了活下去的勇气。

回家时天空正飘着雨，老卡走进村头看见老金拽着阳阳正撑着把雨伞向路口眺望着，裹在雨水中的老卡被感动了。

这样的见面不需寒暄，阳阳问："干爹回来了？"他说："哎。"阳阳又问："干爹，你饿不饿？"老卡点着头心里发颤，多少年没人这样疼过自己了。

阳阳做的是疙瘩汤，他仰着稚嫩的脸说："奶奶说你最爱吃疙瘩汤，我也爱吃，但是我做的不如她做的好吃。"老卡点着头说："好吃，奶奶做的就是这个味。"老金从床底下掏出瓶酒说："兄弟，喝两口祛祛寒吧。"老卡说："我戒酒啦。"老金看着他决绝的样子，忍不住抱着他哭得像个孩子。

吃完饭雨也小多了，老金、阳阳陪着老卡来到了老卡老娘的坟前，在坟茔前阳阳哭着说："奶奶临死前嘱咐我，让咱们相互照顾。我问她'就他那劳改犯，还能照顾我？'奶奶攥着我的手说'他肯定能'。我拧着脖子不服问凭啥，奶奶就欣慰地说'因为他是个孝顺仗义的人'。然后我就扑进奶奶的怀里哭着喊着'奶奶你别走，我信，我信啊'。"

老卡跪在雨雾里颤抖着，浑身湿漉漉地黏着，难受极了，他咬着牙暗自发誓：为了娘的承诺，他也得混出个样来。

通过这事敏子嫂更佩服老卡的为人，觉着他就是梦寐以求的男人：有着似水般温柔的善良心，有着石头般厚实的疙瘩肉，有着铁塔般魁梧的身子骨，有着狼青般旺盛的精神头。

老铁走过来笑出了声，她忽地站起来："吓死我啦，你咋像草上飞的蛇没动静？"他笑着说："你美滋滋地想心事，能把俺放眼里？"她嗤之以鼻："你就是块铁疙瘩，搁眼里也成不了金豆子。"

敏子嫂围裙上擦着手递着茶："你是为昨晚上的事？"他赖皮兮兮地说："是，也不全是。俺姐那德行你也别见怪。""这话不全对，俺赔她点钱，你捎个话就算翻篇了。"他满不在乎地说："人生在世三门亲，姐夫舅子加连襟，她家的事包在我身上。"两人心知肚明这都是些过年的场面话。

老铁放下茶杯抹着嘴说："这些天俺忙得脚打后脑勺，你的事都撂下了。"她明知故问："你说啥事？我倒是给忘啦。"

老铁笑着恭维道："大气，敞亮，你的份子钱都懒得跟我计较。"她摇着手说："别价，钱都不是大风刮来的。"老铁抽着烟惬意地说："我斗着胆把份子钱给拿回来了。"说着从胳肢窝里掏出个塑料袋，"你收下吧。"敏子嫂顾不上擦手就接过来："这事咋就简单了？俺寻思瞎黑影里啦。"

瞧着她喜滋滋的，老铁就思量：她就像守着座金山银山似的，即使再难的事笑也挂在脸上，难怪她能养鸡养猪又办旅馆。

敏子嫂不笑不说话，心说俺家的饲料厂有着落了。她转脸虔诚地问："不用写个字据？"他催促着："赶紧收好吧。"其实他正盘算着怎样才能把话题引到老卡身上。

老铁故作神秘地问："这些年发了吧？"她谦逊地回着："这发财梦俺可不敢想。"他诡秘地问："别的不说，就说这每天的肉馅……"她搓着手说："估摸着百十斤吧，咋的想吃包子啦？"他哭穷装酸摇着头："俺的人都是些吃啥啥不剩的货，就差进过孙二娘的包子铺了，别把肉包子当成人肉馅。"敏子嫂机灵地问："你吃过人肉包子？"他诡异地说："不知道你敢不敢做？"她说："今天是不赶趟啦，等我做好了吆喝你。"

老铁咧着满是毛楂子的嘴巴，把烟屁股摁在脚下说："听说你和抠金豆子的对上了？"她气呼呼地说："嚼舌根子会遭报应啊，那我就跟你说实话，可能还有点光景。"他满脸煞气地说：

"咱吹牛可别闪着舌头。"她不甘示弱地回道："那总比闪着腰强，他们就是些爷们，不像你歪着心思坑别人。"他拧着脖子不服气："你俩咋闹我不管，可别丢了俺兄弟的脸面。""那我问你脸面值多少钱？"他恨恨地说："谁让俺丢面跌份，俺就把他搋在裤裆里当球踢。"这话透着让人心战的寒气。

然而老铁错了，他没料到敏子嫂会双手掐腰地抢白道："我和谁好我说了算，你能管得着？"他翻着白眼："这话过分啦，俺们采金的汉子还没死绝。"他注视着案板上的两把菜刀，断电似的断了话头。

老铁知道她的秉性，再多的话都是浪费唾沫，只有想法挤对走老卡，否则谁也惹不起，临走时放出句狠话："好自为之吧，咱后会有期。"敏子嫂跺着脚说："俺可不是吓唬吓唬就飞的雀，再欺负俺就叨瞎你的狗眼。"

巧儿蔫蔫地想着心事往家走，有人招呼她"干啥去啦？"她都是东边秧子西边垄地应付。她觉着跑山鸡不是个普通人，记得那天他在书堆前捧着本书嘀咕："宝贝啊。"巧儿问："啥宝贝？"他兴奋地说："这本书太好了，送给我吧？"她不以为意地说："随便你挑。"稍后她揶揄道，"俺听说爷们看《红楼》，媚眼对着瞅，忘了妻和儿，跟着妹妹走。"他却腼腆地笑着说："俺可不是那样的人。"

尽管巧儿喜欢读书人也还是纳闷：钻石窝子是件玩命的活，跑山鸡却能攥着本书不撒手倒也稀奇。

想起敏子嫂独自在家，好些事还得赶紧做，巧儿便急匆匆地回来家。

七

忽然老卡嗷嗷乱叫，老金知道他踩着金线啦，他招呼着跑山鸡把老卡从井底下拽上来，仨人你推我撬把矿车挪到边上，老卡掐着钢钎戳着溜井壁上的蚀变带说："往这儿瞧瞧，老天饿不死瞎眼的雀啊。"老金拿着锤子仔细地敲着，"哗啦"一声明晃晃的金线就露出来了，仨人齐刷刷地磕头烧香，老卡跪着用舌头舔着金线："好滩啊，芝麻开门吧。"

话音未落，老卡兴奋地吐着满嘴的粉沫子，直到露出那颗金灿灿的大槽牙。

漆黑的溜井里三束矿灯碰撞着，老卡佝偻着身子抠着金线，老金跪着趴着仰着变换着姿势用錾子抠着细小的金脉。老金这绝活得益于他下乡时为生产队錾磨，那年月只为填饱肚子，没想到今天派上了用场。

老金的手和脖子累得直哆嗦，老卡招呼他："别舍命不舍财，悠着点。"跑山鸡凑过来问："那哈狗山又近又安全，咱图啥偏来这鬼地方？"老金抢过话头："不懂了吧，这金牛矿是蝎子粑粑独一份，矿石都是石英脉型的，那些矿都是蚀变岩型或角砾岩型，金品位或成色差远了，这金线像鸡拉屎可就是品位高，你问有多少？千把克少说也得几百克，让国营大矿来采就犯难为啦，当官的不愿操心矿工舍不得出力，所以这该丢的丢不该丢的也没人管，反正都躺在金牛山的怀抱里，这才成了咱们抠金豆子的好地场。"

老金接着说："这地方就像赶海人过大年，早晚能碰上海螺床，捞起的海螺得用麻袋装。"跑山鸡拧着脖子："破海螺值几个钱？"老卡耐心地说："那大海参值钱吧，开春时碰海人到了海底，礁石缝里专找晒太阳的大海参，那参肥得像个小棒槌，冬天蜗居才出来游得贼慢，碰海人抓得住抓得稳，搂满网兜回到沙滩上，围着篝火灌猫尿才叫个舒坦啊。"

老金继续卖弄着："老卡踩线踩得准踩得绝，你知道扁錾錾金的动静吗？"跑山鸡不屑地说："叮咚复叮咚，像是弹棉花似的闹心。"老金抹着鼻涕说："土鳖了吧，我告诉你，手持錾子握住锤，锤子落得点重花轻，錾子是竖还是斜？斜的角度是多少？学问全在脑瓜里，那錾子凿在火石上实打实敲，錾尖凿在金线里轻凿细敲，錾尖除了冒青烟还溅火星子，还有股厚实的臭香味，抠下的矿石裹着金豆子，有造型好的有成色差的，成色再好都不如咱弄出来的艺术品。这东西也算是原生态啊，随便弄个造型就值万把块，再有些好事者收藏镇宅，那往上蹿的价格你拦都拦不住。"

仨人铆足劲干了半天，老卡拽住老金说："这回咱别贪多嚼不烂，能不能碰着老铁的人咱还没数。"跑山鸡不情愿地嘟囔："好不容易弄趟肥缺。"老金拿起烟袋锅敲着他："攥住点芝麻非得捏出油来？"说罢磕磕烟灰喷喷嘴啐出口唾沫来。

老卡问他俩："咱顺原路返回？"老金抱着蛇皮袋子瞪着眼珠子说："那可不行啊，老铁的人肯定眼红，弄好了见面劈半，弄不好咱就亏死啦。"跑山鸡着急地问："你说咋整？"老卡挠着头皮说："敏子嫂不是说过婆婆顶吗，咱瞅瞅那地方有没有出口。咱必须有条暗道，不然的话那帮山炮保准瞧不起咱。"

老卡嘱咐着老金："你别瞎跑啊，俺俩待会就回来。"老金吧嗒着烟袋努着嘴："早去早回啊。"

两人转眼不见了，老金搂着蛇皮袋子像是抱着阿拉伯飞毯，他伸着脖子瞪着红肿的眼睛，舔着舌头像饿狗那样焦躁不安。无法抵御的想法吞噬着他，他最终还是把手伸进了蛇皮袋子，这个盛着妖魔鬼怪的潘多拉秘盒。

婆婆顶果然有个暗洞，半山腰间的洞口罩着浓雾，仨人像泥猴似的爬了出来，山风像狗舌头似的在仨人脸上乱舔，老卡摸着被粉尘弄痒的鼻子，使劲搓着鼻子终于打了个喷嚏。

暮色里雾珠滴在脸上很是透凉，老金磕磕绊绊地扛着蛇皮袋子，老卡抢过来背在身上，老金掏出烟袋锅子感激地说："我正好过把烟瘾。"

仨人甩开大步雄赳赳气昂昂地往回赶，就连老卡的破夹克都像是兜满了风的船帆。

摸着黑到了家老卡愣住了，四白落地的院墙上涂着红油漆写着"拆"字。跑山鸡摸着墙面疑惑地说："还粘手，是谁干的?"还没等他们醒过神来，敏子嫂就从院门里闪了出来，她平静地说："都回来啦，快进家吧。"说罢她便抽身进了家门，把更多的疑惑留给了他们。

老卡心想此事蹊跷，疑惑的是老铁咋就这么卑鄙。

进院后敏子嫂从厨房里端出锅招呼着："喝点绿豆汤解火。"老金接过来就嘟囔："我觉着嘴里馋些嚼头。"她满脸笑着说："酒虫子作乱了吧，我弄点菜咱庆贺庆贺。"仨人知道有肉吃有酒喝都亢奋得快醉了。

敏子嫂端出圆葱拌烧肉、油炸花生米，另外是辣炒豆皮和蛤肉拌黄瓜，四人围在矮桌旁喝酒吃菜，难耐的燥热抵不过这收获的喜悦。跑山鸡冒失地问："巧儿咋没来啊?"敏子嫂回话说："带着宝儿回爹娘家啦。"

老卡清着嗓子端起杯说："有您这块宝地撑着,这趟踩了个肥滩,俺们给你留八颗铺锅底的金豆子,别嫌少啊。"敏子嫂连忙摇着手:"太多了。"她很认真地推辞着。

老卡瞟着老金说："俺们是铁定的规矩流水的财。"旁边的老金像牙疼似的吸着气说:"我肚子有点不舒服。"说着就往茅坑里钻,跑山鸡戳着老金的脊梁:"他净玩些裤裆里拉胡琴的把戏,这毛病难改啊。"不知为啥老卡总是给老金留些面子,总觉着捅破了脸皮对不起他师傅。

老金后悔得像猫爪挠心,落座后菩萨脸换作了苦瓜脸,转念想脚上的泡都是自个磨的,于是强笑着打圆场:"来,来,咱喝个同心酒。"他暗地里塞给老卡一个塑料袋,两人心知肚明都没放声,老卡耐心地劝着:"咱喝酒图个痛快,都少扯些没用的。"奇怪的是谁都没有再提这件事,就连眼见马上来临的拆墙事件,也像与他们毫无瓜葛或者是没有存在过一样。

八

院门"咣当"一声开了,老铁摇着胖乎乎的脑袋,眯着贼亮的细眼似乎是寻宝来了,转眼间笑眯眯地说:"嗬,兄弟们喝上了,敏子嫂啊,添双筷子我也凑个热闹。"他把拎着的两瓶酒放在桌上,摊开荷叶包着的烧鸡。老金打趣地问:"这哪能让您老破费啊?"老铁"咔哧"一声咬开瓶酒盖说:"这也算破费?"说着豪爽地把酒添满,他划根火柴扔在溢出的酒里,蓝色的火苗随即跳跃起来，他端起杯说："瞧瞧，多好的酒啊。"

敏子嫂挪开马扎起身说："我失陪了。"说着进屋"砰"地关上了屋门。

老铁有些尴尬却笑着说："你说大锅里边搅马勺，咋能没个磕磕碰碰？我都不顾脸皮啦，城里人就更得给面子啦。"说着撅着屁股敬酒，老金连忙打着手势说"安腔（定）团结"，所有人笑着端起了杯。

跑山鸡吆五喝六跟老铁猜拳，老铁输多赢少就吐着酒气耍赖："你太精明啦，我哪是你的对手？"跑山鸡做着顺坡驴摇晃着身子进了屋，老铁转脸对老金嘀咕："我是故意的，留点酒量咱俩喝。"

老金抢着胳膊说："好啊，那咱就比画比画。"谁知三杯过后，老金喷着酒气就开了骂："你算啥爷们，就会跟娘们较劲。"老铁拧着脖子问："你说谁？"老金忽然拍着膝盖指着老铁："我就说你咋啦？你是玉皇大帝还是灵山老母？没人敢说，我敢说，那拆院墙是咋回事……？"没说完自个倒像堵墙似的歪倒了，那张蛤蟆嘴像匮乏的堤坝，吐出些带着酒臭的垢物来。

老卡打着酒嗝说："再喝两杯，还行不？"老铁耷拉着眼皮嘟囔："喝死也值，但你得帮我。不就是抠金豆子嘛，于己方便大家都方便。"老卡琢磨着点点头："有财大家发，这还不好说。"老铁眼睛雪亮，像条等着老卡扔块骨头的饿狗。

老卡又问："那拆院墙是咋回事？"老铁啃着鸡脖子说："镇上搞规划，规划不就是鬼话吗？我立马找人把它拆了。""咱俩空口无凭，还是立个字据吧。"老卡拍着老铁的肩膀说，"你的地盘你做主，借我十个胆子我也不敢造次啊。"

敏子嫂这当口出来了，朝着老卡就吆喝："这酒比爹娘都亲啊？"老铁撇着嘴气呼呼地走了。

老卡瘫坐着有点恍惚，敏子嫂薅着胳膊把他弄到床上，为他擦了把脸灌了杯水，拽着他的肩膀说："这醉话说给谁听啊？你沾惹老铁可别后悔。"他含混地说："我这还不是为你好？拆墙的事我摆平啦。"她非但不领情却赌着气说："我看是找借口为自个儿铺道吧。"他睁开眼睛委屈地看着她，似乎满腹的话都卡在喉咙里，顿时脑袋发胀眼里滚出串泪水来。

半个月的日子对于老卡来说是真难熬，他们连续多次踩滩都放了空，眼瞅着金豆子像歇伏的老母鸡，光抱窝撩人就是不下蛋，老卡急得心里长草，他知道再放空滩谁都对不起。

老铁骂他是拔根眼眉当哨吹的牛皮匠，老卡索性跟老铁翻了脸，大路朝天各走各边，谁也别惹谁。

夕阳并没把如烟的暑气带走，空气里依旧闷热得密不透风，连针鼻大的窟窿都不放过。

这顿晚饭敏子嫂做的是饸汤面，添了盘鲅鱼咸菜和凉拌黄瓜。敏子嫂盯着新的蒜臼子问："巧儿，这玩意谁弄的？"巧儿回身朝老卡挤挤眼。老卡走过来拿过蒜臼子说："旧蒜臼子都裂纹掉渣啦，我有块云雾石就给錾出来了。"他拿着粗头长把的蒜锤比画着，"这蒜锤就得磨合严实，它可以凑合，这人不能将就。"敏子嫂笑着说："啥事不是凑合？"他点着头说："万物通理，磨合久了才好使。"她撇着嘴角说："你可真会琢磨，竟拿着蒜臼子说事。"她夺过蒜臼子捣好蒜泥加了些麻汁酱，巧儿打趣地问："嫂子，你咋不心疼麻汁酱了？"

人们闷头吃饭有了些味溜声，还是老卡打破沉默说："敏子嫂，俺们这些天踩空走漏，没你们的好心接济，俺们早该卷铺盖走人啦，明天还得麻烦嫂子给备些干粮，俺们再下去碰碰运气，假如老天爷不开眼，瞎眼的雀也该飞啦。"她撂下饭碗说："扎空上火俺知道，可别把身子急出毛病来。""心强命不强啊。"老卡说完撂下饭碗站了起来。

敏子嫂挑着眉眼说："你们换条路试试，譬如说咱合伙办个饲料厂，说不准咱就阳光灿烂了。"老卡搓着手叹着气说："我半辈子就会这点营生，如今连个家都没赚出来。"没等敏子嫂再说什么，老卡背着手怏怏地走啦。

老卡糗在床上越想越烦，老金蹲在墙角吧嗒着烟袋锅，火星子鬼火似的忽闪着，跑山鸡懒散地看闲书，挂在嘴边的俏皮话不见了。老卡摔着汗珠子又被溽热激出些火气，干脆抓起件汗衫下河凉快去了。

石板街是镇上的通天主街，入夜后却铺满帆布、人造革和苇编的凉席，男女老少抵着脚闲聊着，图的就是说笑祛烦解闷，老卡瞅着河里放逐的孩子，他们不时露出湿漉漉的脑袋来，随着爹娘的呵斥声，撅着屁股钻进河里不见了。

老卡扎进河里游过一个水湾，芦苇丛中惊起些水鸟，传来巧舌如簧般的啼啭，他心里顿时荡起种欣悦的水花。

待他爬上岸后双腿有些沉重，他揉着痉挛的腿肚子自语道："老了，身不由己啦。""敢说自己老了？"老卡闻声噌地站起来问："谁啊？"大树后边的敏子嫂笑呵呵地说："你可真会找地啊。""天热心烦睡不着来的，你咋来了？"她开着小玩笑说："兴你来俺就得憋着？""那倒不是，快坐。"敏子嫂掏出鸡蛋利索地剥着皮问："饿了吧？"他瞅着嫩白的蛋清咽着口水，她将鸡蛋掰开塞进他的嘴里，这细节他接受得相当自然和熨帖。他哑巴着嘴说："你咋对俺这么好？她只是羞涩地望着他。"

青石板被灼晒得余温还在，烙着屁股有种说不尽的惬意，老卡见她满脸像花瓜似的淌着汗，逗趣地说："咱到河里凉快凉快？"她胆怯地说："俺自小就是个旱鸭子。"他拍着隆起的胸脯炫耀着说："怕啥？有我呢。"

她欢快地跑到树林里，转眼间身上剩下个奶兜和花裤衩，老卡抱着她走下了河，或许她怕水就紧搂住他的脖子，老卡往她身上撩着水，稍后才把她驮在后背上。她双腿夹住他的腰惬意地扑棱着，他把她转到脸前突然撒手没了踪影，吓得她扑腾着连呼救命，他又忽地从水里把她驮起来，她骑在他脖子上调皮地两脚乱蹬。

两人嬉闹着回到岸上，躺在青石板上凝视着对方，当她充满弹性的肌肤贴近他时，老卡仿佛觉得自己像挺歪把子机枪，成串的子弹就要飞出弹膛，一旦卡壳就会把枪膛炸得稀碎。

敏子嫂愣愣地望着他："我问你，抠金豆子比啥都金贵？"老卡沉寂许久才说："俺们赚的都是舍命钱，想娶的不敢娶，想嫁的不敢嫁，跟着我遭罪你愿意？"她羞涩地抱住他："只要你待俺好，就比守着尊金菩萨强。""遇见你是俺命好，我命好啊，我的好敏子。"说罢他摸着她那对圆乎乎的肉疙瘩，浑身充满了饥渴的欲望。

她冷不丁冒出一句话："别再去抠金豆子啦，咱有养鸡场有养猪场，豆饼麦麸鱼骨粉都有现成的，饲料厂不愁赚不到钱，眼下缺个主心骨，你咋还不帮我？"有些露珠沁凉地落下来，老卡吸溜着鼻子摇着头："我肯定能帮你，但不是现在。"她晃着他的胳膊问："为啥？"老卡接着说："我实在舍不下他俩，老金拼命给儿子攒点钱，头上那道疤就是钻头石窝子砸的，跑山鸡也是身不由己，你再让俺碰把运气。""抱着一根筋走到黑的玩意，我都懒得管你。"她说着蹿起身来不理人啦。

老卡委屈地把脸颊顶在膝盖上，凝视着河面上翻滚的水花。过了好久她才说："我不拦你啦，老陈说过爬上双线天，66 号溜井有金豆子。因为他就是在那里被槽子炮崩了，所以这事我不愿提，是你逼得我没办法。我不给你身子也是你们的规矩，所以你也别委屈，怪就怪你自个儿死脑筋吧。"

老卡满腔的委屈获得了释放，说出的话像是被热水焯过，湿漉漉的，带着些暖意："好敏子啊，这番话对我大过天，回来我就娶你。"她眼睛里衬怨含娇连恨带情，老卡望着她心里浑然涌起阵阵萌动。

九

老卡从河堤回来，眼眶里憋着的泪水才释放出来，他觉得只有这样才对得起敏子嫂。

屋里空荡荡地没动静，老卡哗地拽亮了电灯，光晕裹着满是邋遢的一切，床铺上有张跑山鸡写的纸条："老哥，知道你被卡住了，俺俩再去趟旋风顶，等着我们回来喝酒吧。"

老卡拍着脑门自语："这孩子傻劲十足，钻石窝子哪像写诗那么简单，丢下我就显你们的能耐？离开我怎俩啥也干不成。"

隔壁的敏子嫂问："咋没动静啊？""他俩撇下我去踩滩啦。我咋能瞅着不管？"他闷着气回答，"你咋又哭了？""俺没哭，俺是担心。"敏子嫂说着又抽泣起来。他能想象出她啜泣时的模样，便安慰说："有啥好担心的？"她恢复了常态说："俺知道，俺也高兴，反正俺等着你。"老卡信誓旦旦："那你等着我吧，明个还得忙活，早点睡吧。"隔壁的她嘿嘿笑着把灯灭了。

老卡知道应该赶到旋风顶，闯过双线天弄出点名堂来，证明自己不是嚼烂大山不泄土的尿货；再选个黄道吉日娶了敏子嫂，绝不能辜负她的一片苦心。

"砰砰"的敲窗声响起，是敏子嫂在叫他吃早饭。老卡的右眼皮怦怦乱跳，他朝枕头底下啐了几口就洗了把脸，晃荡着走出来和敏子嫂打过招呼，熟稔地走到矮桌前坐下来。敏子嫂端过来一盘热气腾腾的肉火烧，这火烧显然是刚从鏊子上取下来，滋滋地冒着热气透着油香，薄薄的皮儿被烙得焦黄透亮，隐约还能瞅着油滋滋的肉馅。敏子嫂满是柔情地说："小心烫啊，吃饱啦不想家。"委婉的声调里她把火烧递给老卡，他接过来大口地嚼着，嘴角流油，说出的话里都带着股肉香味，只见他鼓着腮帮子说："吃饱啦我就走。"她搓搓粘着油面的双手说："早去早回吧。"她嘴上说着眼睛却盯着老卡好阵子端详，他点着头，有了种牵肠挂肚的酸楚。

敏子嫂顺手把包袱递给老卡："这些火烧留着吃。""哪用这么多啊？""抠金豆子俺不懂，可总得吃饱有力气啊。"老卡激动地说："踩完这趟滩，俺就回来娶你。"她脸色绯红地说："你都说八百遍啦，别再耽误了。"老卡乖乖地背起行囊撅撅屁股走了。

依着跑山鸡干脆就放空回城，老金却愧疚没给阳阳一个完整的家，更怕让人瞧不起，就很想再赌一把。他极力说服跑山鸡留了张纸条，两人能不能捞着点金就看运气了。

这些天老金就想，井掏三遍肯定会出水，只要肯下功夫就能见着点光景，到了旋风顶后瞅着跑山鸡说："你先把粗绳放下，今天我带你玩把刺激的。"咋个刺激法？老金指画着图纸说："这个老钻孔，有些矿化个别样品化验结果却很准，要知道它岁数比你还大，那年月钻探质量是用人头担保的，我想咱就摸摸这个底？""你都敢闯我怕啥，再说咱冲啥来的？"说完跑山鸡伸出大拇指给老金鼓劲。

两人跳过旋风顶愣住了：偌大的采空区被一堵花岗岩墙截死了，墙体顶端有两层斜闪片麻岩脉，因多年风化而连崩带塌落成两条窄缝隙，光溜溜的岩墙上凿着些槽。难道这窄窄的通道就是双线天？

瞅着老金失望的眼神，跑山鸡紧张得膀胱无比胀疼，他调节情绪的办法就是撒尿，哪怕是装模作样都能放松神经。

跑山鸡没能挤出尿来，来到僻静处仰面朝东跪在那里，虔诚地祈祷："山神、地神各路神仙，求您保佑俺吧。"他盘算月底就跟老卡摊牌，他刚通过了韩资企业的招聘考试，回城后随便找个差事都比这强，最起码能多晒太阳不折寿。

老金坐在黑黢黢的石头上，脸被烟袋锅子闪现的火星映照着，氤氲的嘴巴像是湿柴烧透的烟筒，焦急的眼神被缭绕的烟雾遮掩住，但他的唉声叹气不时地传过来。

跑山鸡拽过背包掏出萝卜干还有俩臭了的咸鸭蛋，朝老金眨着眼睛，又拿出瓶老烧酒，老金惊诧地问："你牙帮子疼咋还敢喝？""我不喝你喝啊，再说这压箱底的货还背回去吗？"其实老金也是邪火上攻瞳孔胀疼，火急火燎地问："这酒有说道吧？你不说我也猜得到。你别舍不得我们，人这辈子总不能瞎混，人家咋说咱？就连老铁都说咱是夕阳产业，这抠金豆子的日子没啥混头啦。"

虽说跑山鸡平日里对老金恭敬不足，这番话却把跑山鸡的傲气说没了，他拍着老金的肩膀红着眼圈说："多亏哥哥们没嫌弃我。"老金说了句实在话："俺们也不是法海，全靠你自个的造化啦。狗富贵……咋说来？""苟富贵，勿相忘。"跑山鸡常说这句话，老金却怎么也记不完全。

老金饶有兴趣地说："你别小心眼子，敏子嫂能拴住老卡是他的福分，巧儿也喜欢你这个'童子功'。"跑山鸡底气不足："俺俩倒是对脾气，可我没能耐给她个好前景。""只要你吩咐，我这红头大媒做定了。"老金吧嗒完烟袋锅牙齿咬得咯嘣响，捉摸着怎样才能闯过双线天。

老金吩咐跑山鸡拿出粗绳系好软梯，他较着劲在凿岩做锚杆，忽然有声口哨传过来，跑山鸡跳起来喊道："老卡来啦，老卡来啦。"

仨人在旋风顶会合后，老卡大着嗓子吆喝："这回完活后，让老金保个红头大媒，把敏子嫂八抬大轿给娶了。"老金捅着他屁股说："昨晚恁俩没干好事吧？"老卡摇着头说："她可是个懂规矩人。"老金撇着嘴角："那好，那好。"最终老卡还是把老陈的原话说了，两人都竖起拇指佩服敏子嫂的为人。

锚杆做好了，八节长溜软梯也妥了，仨人爬过了双线天，老金吩咐跑山鸡："我瞅着旋风顶就晕，干脆撤掉软梯，咱直接从66号溜井撤退。"老卡没同意，说："咱别拆了，留给后边抠金豆子的兄弟，权当做点好事积点德吧。"

十

少了老卡，敏子嫂比平常安静多了。

傍晌的太阳火辣辣的，敏子嫂抬起脸说："咱明天去赶个夏甸集吧。"巧儿掰着指头摇着脑袋说："我的好嫂子，你咋过糊涂啦，夏甸集逢五逢十，明天才初九啊。"敏子嫂拍着额头说："瞧我都给热蒙了。"巧儿抿着嘴逗乐："我看不是吧，自打老卡哥来啦，你都变了。""咋变了？""你看脸也滋润了，腰也细了屁股也跩啦，连说话的声调都变腻歪啦。""净瞎说，你不瞅瞅自个。""我咋的啦？"敏子嫂笑嘻嘻地说："就你盯跑山鸡的眼神，八头牛都拽不住啊。"敏子嫂心疼地说，"老辈讲，梳头洗脸好赖半天，嫁人随汉三代相传，你可把他瞅准了。"巧儿仰着脸说："人家还能瞧得起咱？胳膊腿不缺就比他强，我看他人倒是实在，不像老卡整天东边荷花西边柳地没正形。我不管，到时候俺让嫂子给俺做主。"说着她羞红了脸跑进了屋。

这天闷热得出奇。敏子嫂用手遮住额头望着：憋了这些天，也该下场透雨了。她暗里思忖：老卡他们啥时候回来？

天空有阵轰隆隆的闷雷滚过，黑乎乎的乌云铺天盖地压过来，骤风乍起吞噬着镇里的一切，老人们站在屋檐下呼唤着孩子，觉得燥热的男人脱得只剩条裤衩，女人们不顾羞涩敞怀露肚，孩子身上的红痱子不痒了，凉风刮过极为舒坦和惬意。

有条毒蛇般的闪电在空中划过，顿时水帘像瀑布一般倾泻下来。

敏子嫂两肘托腮瞅着天："老天爷啊，来点风雨就行了，这好像是捅漏了天，政府刚成立的抗旱指挥部，转眼就成了防汛办吗？这天气咋就跟俺过不去？"

直到傍晚才雨过天晴，好些树被风雨刮得斜歪在地，折断的树枝像条胳膊吊在空中，有人拾掇着倒在路面上的树干，忽然有辆救护车轧着泥水驶过，车体宽大得像个白纸盒子，车顶那盏瓜皮帽似的车灯忽闪着，唯有敏子嫂很仔细地关注着它。她驻足眺望着它飞驰而去，粗粗的腿上被溅了些泥渍，她的头发被风吹得像个支篷。敏子嫂碰见人就问矿上出啥事了，直到有人告诉她"婆婆顶灌包①死人了"，她才像只惊悚的刺猬朝着婆婆顶跑去，破损的裤脚撕扯、抽打着她的脚踝。

婆婆顶山腰上那个黑洞，像个猛兽的大嘴吞噬着进出的人们，她挣脱跑山鸡的阻拦朝黑洞冲去，身后是人们狼嚎般的叫声，她预感到老卡出事了，恐怕连具尸首都没留下，因为这回不是槽子炮而是灌包了。为什么我的命这么苦啊？

过了半个时辰，护矿队搀扶着敏子嫂出来了，她愣愣地唏嘘着瘫坐在地上，双手不停地撕拽着头发，脑袋里滚过阵阵轰隆的雷鸣。几年前她抱着丈夫哭号的时候，脑袋里也有过同样的感觉，她对任何人不再有埋怨，她知道这就是人的命，如钢钉天注定，啥也换不回来老卡的命啦。

老铁像煞有介事地对老金说："说吧，咋回事？小林做个笔录。"说完吆五喝六地呵斥着自己的手下。

尽管老金说得有些颠三倒四，但还是把事情说明白了。

爬过双线天老卡心里就犯嘀咕，他知道66号溜井隔壁就是五采区，从老铁眼皮底下抠金子难保没有闪失，凡事多留条后路

---

① 灌包：指坑道被泥水淹没。

才是老卡的性格。

"嘟——嘟——嘟"警戒哨响起，五采区里依次炸响了排炮，老卡把耳朵贴在石壁上，分辨着是梅花炮还是掏槽眼。五采区怎么全是梅花炮？老卡便踢了踢趴在地上的跑山鸡："五采区换人了？"跑山鸡清清嗓子说："还是老铁，咋的啦？""不对劲啊，应该是掘进炮，咋会是梅花炮？"跑山鸡怪笑着说："这你就不懂啦。梅花炮响黄金万两，运气好还有狗头金，再说是亲三分向，肥水不流外人田，老板撺掇着他多捞点他也好有自己的份。"

炮声减退，仨人围在篝火旁吃着火烧，老金的烟袋锅也鼓捣得烧烫了，每个人都缓过劲来了，开始抠金豆子了。

听着老金和跑山鸡兴奋地喊叫着，老卡湿着眼睛，打心里感激敏子嫂，他抹着泪死盯着金线怕它溜了，手里的扁头錾使劲地敲着。他满眼是条明晃晃的金线，太幸运啦终于踩到富滩啦。他深深地吸了口气，这些天忐忑的心终于落地啦。

老金咬着嘴唇贪婪地凿着，手腕子被震得生疼却全然不顾，熬不住了就侧着身爬出来，蹲在那里掏出烟袋锅过把瘾，他习惯性地吸吸鼻子自语道："咋会有凉风穿巷？是暗道返潮吗？"他挥挥手把老卡叫了过来。

两人正嘀咕着这事，有群老鼠叽叽喳喳地排着队、哧溜哧溜地从石头缝里钻出来，有只硕大的老鼠皮毛非黑非灰，是那种罕见的锃明油亮的黑红色，它肚子滚圆拖着条长长的尾巴，看上去有点失落憨痴，绝不像往常那样狡狯，它在石硼上蹿来跳去地乱叫，有时死死地盯着老卡，却对扔过去的食物没兴趣，很玄乎地急不可待地哧溜不见了。

不对，暗道返潮不是好事！老卡舔舔干裂的嘴唇，果断地朝老金吆喝："赶快收山，撤。"

仨人刚准备撤离，就见有股泥水泄了进来，老金诧异地喊："不好，要灌包。"老卡惊恐地朝他俩喊道："顺原路撤回。"说着跑到岩墙下蹲着身子，拽过跑山鸡的腿吆喝："你先撤，接应我们。"跑山鸡踩住他的肩膀，噌地跃起攀上了双线天，老金拎着背包迈不动步腿。老卡骂着"快扔啊"，说着跑过来拽住他，抱着他的腿使劲地撑起来，跑山鸡拖拽着老金爬上了双线天。

老卡的腿像灌铅似的沉重，感到所有的肌肉被撕裂般地疼，淤沙渐渐埋过了他的前胸，他被憋得满脸发紫嘴里涌出些血沫子，顺着嘴角拉成些黏稠猩红的丝线流了下来，刹那间老卡像条被抛上岸的鱼，翻着白眼没了动静。

老卡的死砸碎了跑山鸡的梦，丧事上扯白布买纸钱打幡抱罐，跑山鸡不让别人插手全都是自己做，剩下的事由老金帮着分担。巧儿扶着敏子嫂里出外进，谁都没想到敏子嫂坚持在婆婆顶选了块墓地，把老卡留在了她的婆婆顶上。

跑山鸡和老金瞅着那堆不显眼的坟茔，敏子嫂把墓碑揽在怀里，自言自语地说："俺就不信他走啦，说不准哪天他就回来婆俺。啥也别说啦，俺就在婆婆顶等他。"任凭巧儿苦劝都无济于事。

老金和跑山鸡跪在祭台前，摆上供品燃起三炷高香，老金拿出瓶酒斟满杯，在渺渺的烟雾里磕头祭拜，起身后换过来敏子嫂，她席地而坐对着坟茔："俺们来看你啦，巧儿也要走了，他们死活要带俺娘们走，俺舍不得你可咋整啊？你有话就托个梦给俺吧。"

不知是烟熏火燎还是情到深处，她的泪滴在祭奠过的纸灰上，惹得它们像群飞蛾似的扑向了天穹。

敏子嫂泪珠簌簌地落下来，她趴在坟头上哭喊着："我后悔啊，我咋就没给你留点念想啊？"

临行前跑山鸡哭叫着："敏子嫂，多保重啊，为俺们你也得好好活着。"她捂着胸口说："放心吧，你们常回来看看。"转过身来叮嘱说，"可别欺负巧儿。"他低声地说："我不敢，那我们走啦。"敏子嫂说："等等，这是我给老卡煮的鸡蛋，你们拿着在路上吃，在城里混好了就别回来，待不下去了就回来，俺养不活你们这婆婆顶也养得起。"跑山鸡跪着像个孩子那样号啕大哭，然后，他牵着巧儿走了。

老卡再也没有回来，敏子嫂在婆婆顶上陪着他，坟头旁边摆着双筷子，还有斟满酒的酒盅，她流着泪喃喃地说："俺哥，你喝。俺哥，你吃。"

说毕，她便搂住墓碑啜啜地哭个不停。

活　法

在胶东屋脊绵延百里的山峰间，有久负盛名"隔天一步"的崮山，有情仇神话广为流传的艾山，唯独金斗山是因为盛产黄金而"一业成名"。

谁都知道黄金白银不能再生，几年过后资源枯竭闭了坑，留下的只是堆破砖烂瓦。眺望金斗山，山峰依旧突兀，绿翠环绕却消失了，陡峭如削的山坡上多了些扎眼的矿洞，泛白的矿渣就像开膛破肚挂在体外的六腑小肠。金斗山无奈地探着蔫了的脑袋，诉说着满腹的不幸和冤屈。

金斗山就坐落在山脚下，两座山峰夹着片狭长的坡地，百十户人家隐没在灰蒙蒙的坡地上，形成了胶东典型的"夼"型村落。夜幕下的金斗山白草凉烟、荒寒古淡，唯有远处传来的阵阵狗吠，像利剑在寂寥的夜空中划出道闪烁的光亮，照耀在这条连接远方的山路上。

这时，蜿蜒的山路上走来个汉子，他昂着头憋着劲步履带风，身后只留下呼哧呼哧的喘息声。

这个人叫红奎，因爹娘死得早他就成了个孤儿，跑野山喝泉水吃遍百家饭，自生自长出息成条汉子，十八岁参军修铁路凿隧道，三年前入党复员回了乡。红奎是五短身材像个碾砣子，穿着褪色的军装背着小铺盖卷，脸上的红光血色重得吓人，咋看都不像地道的山里人。前年正是他血气方刚，举报了村支书林子坤贪污受贿。可恨的是林子坤百般抵赖，井水硬是倒在河水里，谁都说不清楚道不明白，红奎捉贼不成反变贼，背了黑锅还被村里开除了党籍。红奎窝囊得没脸见人，再也不能挺直腰杆做人了，他也记住了这个耻辱的日子：一九九〇年阴历二月初八。

最后的结果是林子坤入狱服刑，红奎却成了猪八戒照镜子，做的好事再多也没人响应，而他又是个注重活法的人，那种游离在党组织之外的耻辱感与日俱增，于是他有了种强烈的雪耻愿望。除了帮着村里铺路修桥，力所能及地照顾鳏寡老人外，闲暇之余就忙着从镇政府再到行业纠风办，以《中国共产党章程》的条款为依据，认定自己是履行了党员的义务和责任，赔着笑脸说了几箩筐好话。老实说，红奎对《中国共产党章程》能够熟记在心，也是临时抱佛脚笃定自己没错。镇办的张主任竟然说出这样的话："你这个犟眼子，不听劝。这下好了，落毛的凤凰不如鸡啊。"红奎三百个不服气，梗着脖颈昂着头喊："那我下的也是凤凰蛋，我也不是打败的鹌鹑斗败的鸡。"

红奎愤怒却不后悔，痛苦却又哭不出来，他想骂娘又不知道该骂谁，只是觉着活得窝囊，于是他就铁了心想换个活法。

跛二爷姓白，当地话里"白"发的是"跛"的音，因他受过枪伤瘸了腿，乡亲们管他叫成了跛二爷。他曾扔下镢头扛大枪，随军南下打到广州，因吃不惯甜辣清淡受不了酷暑炎热，就跑回家乡闹革命了。如今的跛二爷身板硬朗，疏眉朗目心慈面善，满脑子天下大事，从不论及家长里短，怕是闪着舌头跌了份。这天穿着对襟褂宽腰裤，抖动着山羊胡子拽住红奎，爆豆儿似的开了腔："咋的，听说要跑到山外？"红奎蹲在地上呷巴旱烟袋，紧锁眉头齉着鼻子说："跛二爷，天上下雨路上滑，我跌倒了我自己爬。眼不见心不烦，我想出去换个活法。"跛二爷撇着嘴说："啥活法？你瞅瞅，多好的金斗山被掏心挖肺，地里的庄稼还没有野草高，村里人都像你跑出去赚大钱的话，落在村里的七老八小能有个好？"红奎叹口气说："这年头，我是抱着猪头烧香找不着庙门，有多少劲也使不出来，窝心的事接二连三，就像鬼打墙。"跛二爷剜了他两眼，挥舞着拳头说："这点委屈算啥？我还是那句话，共产党的胳膊肘不会往外拐。即使天塌下来，共产党的龙墩也垮不了。"

　　稍后，蹲在地上的红奎仰脸说道："人都有个活法。当初你为啥从广州跑回来？你穿着四个兜回来多神气，也不会让'后沟里的'为你守活寡。""后沟里的"指的是寡妇烈属林老太，比跛二爷年轻几岁，村里人都知道她对跛二爷是真的好。烟袋锅里燃得"吱啦"乱响，跛二爷用大拇指捏着烟袋锅，狠吸了两口冲着红奎眨眨眼："我咋从部队回来了，跟你说不清也说不着，你不懂俺的活法。"红奎这些年都听跛二爷的"谆谆教导"，现在还得在执行中加以理解，赌着气厌烦地说："啥活法？你也不了解俺的活法。"跛二爷磕了磕烟袋锅子，满脸怒气目光如炬地瞪着他，忽地站起来扯开对襟褂，拍着胸脯上的伤疤说："俺就是这个活法，俺为他们好好地活着，俺能活着就得对得起他们。"红奎瞅着情绪近乎失控的老人，知道有所冒犯，羞愧地垂下了头，他知道那些当兵的人就跛二爷活着回来了，他也知道，"后沟里的"

家里宠着林子坤，跛二爷才和林老太闹别扭。

红奎对跛二爷不敢顶撞乱言语，谁都知道没等你张嘴，跛二爷就会给你嘴里塞个大蚂蚱，红奎干脆蹲在地上不吭声了。

跛二爷是看着红奎长大的，知道这小子认准的事自己说破天也白搭，于是摸着红奎的刺猬头叹了口气，软中带硬地说："道理千万但咱还得穿衣吃饭，可咱活着又不是光为这口饭。人生百年天地间，你出得去就要回得来，除非你是个孬种。"说完，甩甩手气呼呼地走了。

红奎在"倒春寒"的日子出山了，他知道山外是个撩人的"万花筒"。如今的世事到底是啥样子？红奎渴望迎接属于自己的未来。

凭着敦厚朴实的勤奋劲，红奎从泥瓦匠到有了自己的建筑公司，钞票收入翻着跟头往上蹿，不到十年就过上了令人羡慕的生活。有了活钱，他就翻新了老宅，还帮着村里办了个养猪场。按理说他应该知足了，跛二爷的话却像裹在他头上的紧箍："咱吃饭是为了活着，可活着不是只为了吃饭。"为此红奎心里郁闷人都想拧巴了。红奎决心再换个活法，抽个空闲再回金斗山看看，故地重游未尝不是件好事，说不定还会有些惊喜。

阳光沉甸甸地铺散着，映照着杂乱的山峦和潮湿的灌木丛，热腾腾的雾气从它们的毛孔中升起来。红奎走在蜿蜒的山路上，有了种"宁恋本乡金斗山，不爱他乡万贯财"的感触。

正是麦子灌浆、泛黄的季节，红奎回到了金斗山。

他回到金斗山已是傍晌时分，村子笼罩在炊烟的纱幔里。红奎直接去见跛二爷，这是红奎自设的规矩，多年未变也就成了习惯。只有这样他才会有种不可言喻的慰藉和舒坦。

　　跛二爷住在后坡上，院里有棵两人牵手才能抱拢的老槐树，树干斑点疮痍被蛀了洞脱了皮，却掩不住夏日里它那茂密的树荫，巨大篷盖成了棵枝繁叶茂的老树精。当人们在绿荫下乘凉时，跛二爷就摆好烟笸箩和茶水，也拿出些瓜果梨桃犒赏他们。跛二爷心甘情愿地做这些事情，是他对这些琐事运筹帷幄的同时，证明他不仅是村里颇受尊敬的长辈，还是村里有地位的干部的角色。

　　此时，炕上的跛二爷摇着脑袋，眼睛明亮，伸着舌头舔嘴唇，他哼起了熟悉的吕剧小调，看来言笑晏晏貌似自我打趣，却让红奎觉得跛二爷有些话非说不可。矮桌上的小鸡炖蘑菇冒着热气，韭菜炒蛋也格外鲜亮。跛二爷磕打着烟袋锅子问：“这时候咋回来送温暖了？你没把媳妇和娃给俺带回来，倒是把城里的超市给搬来了。”红奎笑着解释：“媳妇伺候娃上学。”随后又嘱咐道，“这些不都是给您的，还得劳驾您给‘后沟里的’送去。”跛二爷笑呵呵地说：“看来没白疼你啊，算你还有点人情味。”红奎“咔哧”咬开瓶酒说：“尝尝这瓶古城老烧。”跛二爷见酒好比馋猫见了腥，爬满红斑的喉咙上下直咕噜，手捂酒盅就等着红奎为自己斟酒。红奎斟满两个酒盅，顺手划根火柴扔在溢出的酒里，矮桌上随即舞起了蓝莹莹的火苗。“瞧瞧，好酒，我陪您喝两杯。”红奎说着举起酒盅仰脖见了底。跛二爷勾起身子，拿起酒盅灌入嘴中，另只手迅速捂住双唇，稍后才舒服地憋出口气：“好酒，好酒，劲头足有品头，是人（酿）造的，不是狗（勾）兑的。”

　　虽说跛二爷喝酒不在行，时常闹酒让他成了个不爱凑热闹的人，但他却把喝酒当作项事业，因为这是他难得的消遣，好像过了当下就没了明天，始终充斥着口舌之欲衍生出来的幽默。当舌尖味蕾成为他对幸福的全部理解，可以想象他活得该是多么有味道。

红奎猜到跛二爷有话要说，可跛二爷是话到嘴边看火候的人，时机不到他啥话也得咽回去，宁愿沤在肚里绝不透露半句。跛二爷眯着眼端着酒盅，笑呵呵地说："咱爷俩喝酒唠嗑，是缘分也算对眼。为啥？大锅里边搅马勺，咋能没个磕碰？多句少句谁也甭矫情。"红奎听着尴尬却不以为意地说："放心吧，您老的话我听。"随即撅起屁股给跛二爷敬酒，跛二爷连忙挡回去打着手势说："我说你也别拿自个儿当根葱，也就是我看着你长大，对眼的蚯蚓算条龙，还有就是乡亲们惦记着你。给我换个人试试，他要能入我法眼也得用个驴年马月。"跛二爷说得激动脸上竟然有了抽搐，喃喃地说，"你当真听，我就说。这些年你心思用在赚钱上，腿脚用在转圈子跑关系上，牵挂用在老婆孩子身上，这没错，谁也不敢嘀咕你。我是恨你没了当年那股子心劲，没了为村里奔命着想的志向，也忘了你吃过的百家饭，也忘了救你命的'后沟里的'。"红奎看到跛二爷的嘴唇有些抖动，自己的内心也在痛苦颤抖着。红奎还在纠结后半生的活法，却没想到跛二爷"咔嚓"掐断话题不说了。跛二爷笑眯眯地说："牛腿扯到了马胯上，不唠叨了。咱们也得安腔（定）团结，社会才能和谐嘛。"随后拍着屁股起身，自我解嘲地说，"'后沟里的'待俺不薄。这些好东西，俺得让她尝尝，她可是念着你这些年的好。"

据说跛二爷和这座老宅同岁，为这事红奎曾和跛二爷吵得沸反盈天。老宅的梁、檩和椽子都被熏得乌黑透亮，只有屋笆、门窗是前年新换的。

阳光爬过窗棂照在炕上，裹着阳光的红奎就像个"被缚的人"，他烦躁地驱赶着额头上的苍蝇，懊恼地吸了吸鼻子，撩起汗衫擦着眼窝自问："咋的啦？"好像蠓虫飞进了眼里，他的神态像只败阵的公鸡。

第二天，豁嘴就张罗着给红奎接风，再三说这是猪八戒啃猪蹄子——自己请自己。红奎在外闯荡多年，迎来送往、吃饭喝酒本是稀松平常，觉着这不算啥伟大的事就答应了。

豁嘴是现任村支书，虽说是人高马大匀称壮实，但他头发整天弄得像个老鸹窝，国字脸盘上浓眉大眼，更遗憾的是他半拉脸破了相——那是他带着乡亲们劈山修路，被崩裂的石头戳破了脸。他唇上那道紫色疤痕，是手术缝得粗糙也很不成功的结果，现在他说起话来透风撒气吐字不清，但碍不着他朴实豪爽仗义。连跛二爷都说："多亏有豁嘴这个当家的，乡亲们才有了吃喝不愁的好日子。"

豁嘴家在村东头，街门大开，乔燕在厨房里忙活着。豁嘴看见红奎来了，满脸堆笑拽着他入席打招呼，令红奎意外的是见到了些久违的面孔，村东头的小诸葛，山前、山后的大喇叭和秀才，唯独没见跛二爷，红奎纳闷地问："你没叫跛二爷？""我请他了，他没答应。"豁嘴摊着双手。红奎犯了嘀咕：今晚这酒，恐怕喝不安生。

红奎瞅着桌上的家乡菜，胃口大开口水倒灌，禁不住埋怨："豁嘴，你也忒隆重了。"旁边的乔燕端着盘菜插了嘴："你看看这藏香猪、蘑菇炖小鸡和红烧鲤鱼，哪样没有你奎哥的功劳？"

乔燕是豁嘴参军那年嫁到金斗山的，虽说是个乡村姑娘，也算是珠润玉圆别有风韵，与城里姑娘简直是大差不差。她身段匀称高挑，秀发烫成了无数个小卷卷，裹着个喜庆的瓜子脸，就是小时候受惊吓落下个眨巴眼的毛病。好在她办事懂礼数，家里家外干活麻利，林家人横竖挑不出毛病来，这些年也就凑合着过了。唯独豁嘴这两年对她难言如意，自打他当了村支书乔燕眨巴眼的毛病对他来说也成了问题，只许她在厨房里侍弄饭菜，不准她到台前斟茶敬酒。虽说乔燕不顶嘴买豁嘴的账，但也是个重脸面的人，心里烦了嘴巴就没了把门的，也会冷不丁地呛豁嘴："谁都有个活法，我眨巴眼碍你啥事了。"气得豁嘴干瞪眼没脾气。

三巡过后，酒酣耳热。豁嘴坐直身板亮着嗓子喊："当年跟着奎哥钻窝棚的，都给我站起来。"酒桌上"呼啦"站起来四五个。红奎惊奇地啧啧称赞："当年的小屁孩都当家了，不简单啊。尤其是秀才。"在山窝子里"秀才"可不是对人的褒奖，是对眼高手低、好吃懒做之徒的嘲弄。豁嘴立马炫耀道："小诸葛的果树苗子畅销全国，大喇叭的建筑队走南闯北，秀才的葡萄园和鱼塘远近闻名，他们是八仙过海各显其能啊。"这话显然是说给红奎听的。看来村里瞧不起泥腿子的年代一去不复返了。大喇叭亮着嗓门吆喝："奎哥，你有主意有见识，我们不吃秤砣也是铁心跟你干，你就回来吧。"话音未落就摇晃着酒杯说，"我再弄个小高潮，这杯酒先欢迎后欣赏，喝完酒咱们再鼓掌。"所有人把酒杯举过了头。恰在此时，"哐当"一声屋门被撞开，跛二爷挥着拐棍闯进来，大喇叭像是断电似的没声了。乔燕上前扶住跛二爷："谁惹着您了？"红奎赶紧把跛二爷让在了客位上。

跛二爷坐稳后环顾几眼，满脸罩着吓人的云彩，随时都会爆发雷电霹雳。他用拐棍敲打着酒桌开了腔："虮子大的能耐，说起话来倒是风雨彩虹铿锵玫瑰，就不怕闪着舌头折了腰。大喇叭，几十号人在山上搞复垦，你倒是在这里喝大酒？还有你，秀才，刚放的鱼苗咋就漂肚白了，你赶紧去给俺瞅瞅。"

豁嘴立马吼道："咋整的？赶紧去看看，秀才——亮子。""虮子大的官，吼什么吼？吼能解决问题牵头驴来就行了。"跛二爷瞪着眼嘲讽道。酒桌上的人见不妙都开溜了，乔燕也被豁嘴撵进了厨房。

跛二爷手握拐杖正襟危坐，脸色铁青嘟着嘴，翻转着浑浊的眼球。过了许久，没承想他喊道："燕儿，饿死我了，吃个饭咋这么费劲？"乔燕踮着脚端着碗走进来说："给您老炖的豆腐，我再去煮碗疙瘩汤。""呵呵，还是燕儿疼我。"跛二爷说着鼓着腮帮子只顾吃喝，直到抻着脖子响起串饱嗝，脸色才有了些红晕和光泽。跛二爷喝了杯茶水吐出撮茶梗，随即又掏出旱烟袋，在腰上的烟荷包里挖来挖去。红奎趁机递上支中华烟，却被跛二爷用烟袋杆给挡了回来。跛二爷翻动着白眼仁撇着嘴说："怎么都哑巴了？说话。"豁嘴顺过话茬："复垦的树苗子，早就准备妥了，有点闪失我绝不轻饶。""屁话，啥态度？你就会马后炮。"跛二爷绷着脸颊说，"复垦的进度慢了，树苗子又娇嫩，迟一步，险一招。你得想个法子。还有，鱼塘也不能以包代管，秀才没这能耐。俺知道秀才两手会写字，双手拨拉算盘，嘴上的能耐赛神仙，可他隔山打牛遭不了这份罪。你手下那些人，满筐的木头砍不出几个橛来，我都替你愁得慌。"跛二爷说得语重心长，目光像个吊起答案的大钩子。豁嘴愧疚地低着头，嗫嚅半天没敢吱声。

跛二爷转过脸来说："红奎，你看看，村里这么大摊子事，咋让我省心消停?"说着扭头问，"你咋琢磨的?"红奎顺势递上支中华烟，跛二爷捻在手里打趣地说："这么高贵，咱可消费不起，这玩意光撩嘴儿不提神，软塌塌的，烧钱还耽误事，倒不如我这旱烟袋顺嘴痛快。"红奎听出是话里带刺，略带愧疚地说："我还没想好。"跛二爷敲打着拐杖说："别不知好歹，都替你铺道，你不迈步谁也推不动你。你不应该给自己留退路，而是应该给自己找活路。"说这话的时候，跛二爷瞬间竟像个满怀期待的孩子，脸上有种亲切柔弱的东西。豁嘴支棱着头，拍打着红奎说："别跛啦，给句痛快话。"红奎认真地说："亏你还是党的人，咱们得讲程序，总得让我先找着组织吧。"

"找不着组织就不回来?肚子疼还不生孩子了?"跛二爷吼道，这话像沙泵里喷出的泥沙冲力十足，接着又端着茶杯说，"红奎，你也用不着激将法，咋的啦?你给村里建个养猪场就翘尾巴?办个蘑菇基地就神气了?鸦有反哺之义羊知跪乳之恩，做这点事是应该的，乡亲们对你那是恩重如山，你咋就这么轻薄?还有你豁嘴，虱子大的官就别去充大个了，我问你，村里企业赚了钱该怎么发展?全民小康咱走的是啥路子?没你想的那么简单，要从心窝里把这个根扶正才能解决。甭不服气，咱们的差距和软肋是秃头上的虱子，你们也都是心知肚明，你们不嫌寒碜我还嫌丢人。咱别不在乎，消除这些差距还得多少年?五年还是十年?不会让我等白了毛吧。你们总得有个章程吧。"跛二爷与土坷垃结缘半辈子，五脏六腑受尽烟酒的熏染，这番话说得却是情真意切，眼窝里含着泪花。跛二爷竟然为这事流泪了，红奎的内心备受冲击和震撼。

豁嘴拍着胸脯打包票："五年，没问题。"谁知跛二爷不买他的账，啐了口浓痰讥讽道："我看你的问题就是没问题。"跛二爷瞅着豁嘴揶揄，转脸又拿起烟袋指着红奎的鼻子说："你那点心思瞒不了我，灰溜溜地回来不甘心，受点委屈就是天大的事。那能咋的？你还得三顾茅庐才回来，光宗耀祖给谁耍威风？"跛二爷马起脸来问豁嘴，"镇上的批文咋这么拖沓？"豁嘴连忙解释："镇里换届，班子调整给耽搁了。"气得跛二爷摩挲着拐杖骂道："都是些好经，总少不了歪嘴和尚。"

忽然，屋门"吱呦"被推开，乔燕搀着"后沟里的"走进来。林老太弓着腰拄着拐棍挪着碎步，花白的发髻挽在脑后，清瘦慈祥的脸庞上爬满了皱纹，凹陷的眼窝里透着股清气，翘起的鼻子两侧点着几颗雀斑，平瘪的嘴角像是被唾液浸泡久了泛着白，她就是老林家的当家人，当年送郎参军成了烈属。跛二爷惊讶地喊："老嫂子，你咋来了？"她哑着嗓回应："俺来凑个热闹。"跛二爷扶住她嘱咐："先别急，坐下再说。"红奎闻声搬来把椅子，顺势扶着她坐下。她抬脸盯着红奎问："这是田家大奎吧？"跛二爷连忙搭话："是啊，你的奶水救了他。""哪年哪月的事，俺都给忘了。俺听燕说都在这儿，就撺过来撂句话。"她说完是阵子难耐的咳嗽。"老嫂子，有啥吩咐，慢慢说。"跛二爷说着坐在了她的身旁，红奎和豁嘴也往前凑了凑。

老太太用拐棍指着门外，沙哑地喊："林子坤，给俺进来。"屋门实际上是开着的，有个高个子男人闪身走进来，在灯光下这人显得踟蹰木讷。

这不是刑满释放的林子坤吗？疑惑中豁嘴给他拉过把椅子，却被老太太用拐棍给制止了，她不容置疑说："就该罚他下跪请罪，俺都替他臊得慌。"她叹口气接着说，"为女本弱，为母则刚。俺偏偏生了这么个东西，对不起他死去的爹啊。可话又说回来，他再不济也是俺的心头肉，说不准哪天俺就蹬腿归西了，可俺心不甘闭不了眼啊。大兄弟，咱们啥都经历过，倒是后辈们让俺为难了。所以啊，我来求个情，给他个活法让他重新做人。别让街坊邻居戳脊梁骨，那帮孙儿们还得要个脸面吧？你说俺图个啥，还不是让他们有脸面地活着。"跛二爷赶紧打断她的话："老嫂子，话说得齁重了，我知道咋办。""后沟里的"脸上有了笑容，颤巍巍地牵过林子坤的手说："让你跛二爷做个见证，过去的事错了就是错了，俺从心里认罚了。你们腾出心思来为村里做点大事，咱们金斗山兴旺了啥都有了。"她又抱拳鞠躬，"我替老林家有礼啦。剩下的事俺也不掺和，让燕再扶我回去。"跛二爷亲自送她们走出了街门。

灯光下的林子坤眼神慌乱，似乎是在逃避着什么，额头上有几道很深的皱纹，脸上肌肉松弛汗涔涔地泛着光，那双眼睛总是怔怔地瞪着，生怕自己犯错会有什么闪失。红奎暗自揣摩，也许他是这些年受管教的缘故，才不见了昔日的张狂，然而他的穿戴却极其细致，这种干净利索露出些刻意装扮的痕迹。

跛二爷磕巴磕巴烟袋锅子，指着椅子说："坐吧。"话音未落林子坤凑前几步，惶惑和忧郁的眼神忽然明亮了许多，从怀里掏出个信封在手上掂了掂，递到了跛二爷面前说："这是俺娘让我交给您的。"他说这话时，黯然的眼睛里泛着光亮。跛二爷接着喊："豁嘴，快来瞧瞧是啥东西。"豁嘴打开信封："哎呀，镇上的批文。"豁嘴抢问道，"王书记和你家啥亲戚？"林子坤诺诺地说："报告村支书，没有啥亲戚。是俺娘带着我到镇上几趟，让我写了份证明交代材料，他们根据当年的实际情况，开会研究后就给批了。"跛二爷情不自禁地夸奖道："还是老嫂子有道行啊。"红奎噌地起身，弄得桌椅碰撞乱响，俯身凑过来盯着《关于撤销对田奎同志党籍处分的决定》，尤其是那个鲜红的疙瘩印章格外闪亮。豁嘴纳闷地问："跛二爷，这是咋回事？""傻孩子，解铃还得系铃人。"说完跛二爷就嘿嘿地笑出声来。豁嘴拍着屁股高兴得直嚷嚷："燕，弄俩菜烫壶酒，我们得喝两盅。"送完老太太的乔燕跑出来，对着豁嘴低声说："啥菜都好弄，你赶紧去买酒吧。"豁嘴尴尬地解释"好酒的人存不住酒"，就屁颠屁颠朝村里的超市跑去。

林子坤走了，走得灰溜溜的，悄无声息。跛二爷发现后叮嘱红奎："不能让他这么走了，过后找他说道说道。"随后又哈哈笑道，"我饭也吃了，事也办了，我该回家歇着了。"在红奎的挽留声中，跛二爷迈过门槛消失在昏黄的灯影里。

送走跛二爷，红奎琢磨着文件上"原决定撤销并恢复党籍，并且连续计算党龄"的批复，眼里顿时亮起层水光。他的泪水凝聚了多少期盼，这种等待的煎熬只有自己知道，给他解除等待的竟然是林子坤。老天爷可真是会捉弄人，搅得红奎心事重重凝成了团，不断地相互纠结撕扯着，他就想找个地方畅快地哭一场。没有顾及豁嘴回来，在乔燕不解的眨巴眼中，红奎迈着又重又急的脚步走了。

"我的爹娘——我的跛二爷——我的乡亲们！"红奎大声地呼喊着，毫不掩饰眼里淌下的泪水。红奎感激平凡的他们，他们负载着那么多的责任，归根结底就是为了乡村的荣辱兴衰，义无反顾地奉献着他们的一切。作为后辈的我们应该做些什么？我们只需做些让他们感到幸运的事，他们就会闪烁出赞许的目光。遗憾的是，被他们哺育成人的我，总是陷在自我天地里瞻前顾后，囿于世俗成见而患得患失，在意那些"一朝之患"，就连让他们自豪的资格，我都没能尽力地去成全他们。这时的红奎顿感羞愧无地自容，似乎找到了属于自己的一切，如同即将奔赴沙场的老兵，浑身有股子使不完的劲头，因为他知道黑夜即将消失，山坳里的太阳又会升腾起来，金斗山沐浴在金色的霞光里，袒露胸襟地张开双臂，那是欢迎归来的姿态，就像父母迎接他们归巢的儿女，就像这片热土再次拥抱着春回大地。

我的子丑寅卯

知道愚人节的不少，可这天出生的人不多，像我一样在这天出生又傻乎乎的人，那就更为稀罕了。

想当年我是名震一方的蔡彪，麾下有几百号人资产千万，如今败落成耍手艺挣饭吃的司机，跌份到"太学馒头"——谁都敢称呼声蔡大包子，再不中听就是蔡大彪子。

都说无巧不成书，你们不信我可信，蹊跷事就发生在愚人节这天夜里。

从凌晨忙活到傍晌，双手像僵硬的枯枝在方向盘上毫无节奏地扭动着，我把客人接送到指定宾馆后，又把灰头土脸的轿车洗刷干净，摸着隐隐作痛的老寒腿和咕咕叫的肚子，抹把臭汗来到隔三岔五就会光顾的小饭店，依老规矩凑合一顿后赶紧眯会觉儿，过晌说不准又有啥幺蛾子。

我应聘到这家公司十年了，综合部除我外净是些高富帅、土豪、二奶，我把着方向盘脏活不怕、累活不吝地奉献着，稍有不慎就会有人甩脸子甚至告黑状，见了公司肖总（肖阴天）也是热脸贴人家的冷屁股，九十度鞠躬也换不来个微笑。而这段时间肖

179

阴天帅位不稳，新换经理就要来交接整顿，肖阴天私下里成了三九天，手头的活干起来特拧巴，要不俗话咋说"落毛的凤凰不如鸡"。

我刚躺下手机扭着嘟嘟乱叫，还真吃惊有余大奶子的三四条短信传来，不就是去滨海市仙桥机场接肖总吗？又不是大闺女上轿头一回，何必拿着鸡毛当令箭，就怨那个背后被人戳脊梁骨，"一双玉臂人人枕，半点朱唇个个尝"的余大奶子，整天觍着脸像煞有介事地向主子献殷勤。

时间还算宽裕，心情反倒平静了，接下来我只需加满油直奔仙桥机场，要知道伏在方向盘上，心思就集中在这飞驰的瞬间，一旦进入这种状态我就会忘记一切忧愁，只有眼前闪现而过的车辆和绿化带，只有灌满双耳轰鸣悦耳的马达声。

一、子 时

我到达滨海市的仙桥机场已是深夜。

远处是黑黢黢的荒野，灯光把巴掌大的停车场勉强照亮，机场年吞吐量有限，我费力才在偏僻处找到一个车位。

车刚停稳，几个趿拉着鞋、墨镜遮面的人就围过来，一个五大三粗、剃了个秃瓢的汉子手敲车窗，粗金链子在我眼前晃悠："嘿，兄弟瞪眼瞧瞧，这是机场出租车专用通道，违者留下买路钱。"

不就是开黑车接私活吗？仗着是个地头蛇有啥可牛的？想当年我耍威风时你兔崽子还没成形呢！我懒得搭理他们，翻个白眼儿扭身想消停会。

人可真怪。想当年脾气暴躁、霸道的我，如今五十挂零却蔫成了个大面瓜。

"有眼就不瞎，瞅瞅现在啥点儿？"我指着标识牌标注出的时间，不客气地回敬了一句。这帮人看我不识相也不较劲，做了回下坡驴，吆三喝四、前呼后拥跑着甩牌耍钱去了，唯有走在最后的人嚼着口香糖有节奏地晃动着脑袋，手里捻串长长的佛珠，倒是异常淡定。

深夜里只有匝道边上的路灯泻下惨淡的白光，像深秋枝丫上的柿子包裹着一层白霜，也许此时人的心思格外灵动跳脱，这副做派倒让我想起久违的四眼兄弟，勾起我对家乡往事翻腾不息的思量。

我家住夼家沟，几十户人家沿母猪河两岸散居，离县城少说得百十里山路，到大夼镇也得半个时辰——连镇上最差的村都不如。可老辈儿认准这地场风水旺，五谷丰登，前几年地质队还在西山发现了个小金矿，为夼家沟增加不少知名度，在周遭十里八乡算是讨了个好彩头。

村支书郭建国由着乡里话叫成了活见鬼，无疑是村里富裕的带头人，随后是四眼他爹大麻子，按说这两人应该抱团铆劲奔小康，可两人相差六岁刚好"六冲"，走路碰面谁也懒得搭理谁。据说当年活见鬼整天叫卖"清清白白灰膏，乌七八糟麻刀"，生意是火了大麻子也起了嫉妒心，私底下可劲儿地嘲笑活见鬼"大丑老婆是元宝，又无子孙撵着跑，挣钱有啥用？还不知道便宜谁！"两人结怨多年，见面就往死里掐。

大麻子坚守着祖传手艺，甘心做个"提起刀人人没发，低下头个个下水"的剃头匠，凭脑瓜聪明和不服输的嘎劲，理发铺私下成了周围粮票、布票、油票的交易地，大麻子动动嘴就能捻着手指头数钱。有年冬天，理发铺招祸般地被人举报插了窝，大麻子差点被政府以投机倒把罪收了监，他恼火地揣摩就是死对头活见鬼这个多嘴驴作的孽，只是手头无凭无据只好吃了个哑巴亏。两人的梁子越结越深，就有了后续的麻烦事。

活见鬼早年发家后野心膨胀，咬牙吐血为村里铺路修桥办好事，最后捐了个村支书三年来了个三级跳，从骑车吆喝到拖拉机上耍威风，前年又坐着轿车耍本事，过足官瘾也给家里添了实惠。他的日子是每天琢磨出来的，有点猝然降之而不惊、无故加之而不怒的村支书味道，村里的人、财、物权在手，还隔三岔五请些领导来美美地撮顿酒，村委会屋里金闪闪红彤彤的奖状、奖旗挂满了墙。

后来我和活见鬼的二闺女玉叶、大麻子的儿子四眼考上了镇中学，不知为啥我总比他俩矮半截，瞅着他俩那黏糊劲我只能甘心做回电灯泡，遇事都得听玉叶拍板出主意，刚开学她就瞅我邋遢不顺眼，逼着俺娘为我抠鸡腔卖鸡蛋凑钱，把身上肥塌塌的老婆裤换成了瘦溜溜的学生装。

时光飞逝，我们仨都如期毕业了，四眼和我身板健壮，玉叶也出落得格外俊俏，就是学问没见长多少，他俩的情事倒成了村里公开的秘密。活见鬼瞅着闺女觉得闹心不痛快："四眼家穷得连耗子都养不住，闺女你往后的日子可咋个活法？"他和媳妇大丑对闺女施威无果，玉叶以死要挟，做爹娘的就随她去啦。

人生不如意常八九，活见鬼也不例外，大闺女金枝婆家有势力他惹不起，就想给玉叶找个女婿倒插门，觉得不能在自个儿身上断香火，生个后生姓霍也算留条根。再说麻家出来的人能有啥出息？大麻子早年身心受损撒手人寰，撒下的孤儿寡母过的那也叫日子？四眼除了脾气犟、力气大也没啥好章程。

"哎，可怜的四眼啊。"航站楼传来航班抵港通告，甜美的声音打断了我糟糕的回忆，我双手揉搓着脸打起精神，生怕见了肖总被数落。

公告板上滚动着中英双语放送的信息，看到肖总乘坐的航班晚点，我蔫蔫地走出了候机楼。

"住宿吧，国营三星级大宾馆，便宜实惠啊。"漂亮女人戴副眼镜，手拍着鼓起的胸脯、举着诱人的牌子，冲着走过来的旅客喊着。

我侧身瞧见大秃瓢那伙哥们围着旅客叽叽喳喳，就他大秃瓢嗷嗷叫得欢，临秋末晚谁都想揽点生意，好对得起这苦熬半宿的辛苦。

"彪哥，彪哥。"有人张开双臂从包围圈里冲出来，昂头挺胸地向我呼喊着。

我心不在焉地没听清，就见有人朝我跑来，身后的人群像是黑乎乎的菜团子。

我睁大眼睛打量着他，大高个子和秃顶的脑壳，铁丝网般的几缕头发邪乎地保护着头顶，鼻梁上架着副大眼镜，价格不菲的西装裹着发福的肚子，暗红格羊绒围脖显得颇有灵气，也许是想极力摆脱人群的围堵，他慌不择路竟摔了个屁股蹲，引来身后嘲弄般的嬉笑。

"啊，是四眼兄弟，你咋冒出来了？"我赶忙上前扶住他，只见他满脸堆笑地双手拍打着屁股。

"彪哥，咋在这儿碰上你啊？"四眼没等说完就抱着我原地转了三百六十度。

"山不转水转啊，这地球也忒小了吧。"我轻松地跟他开着玩笑。

"那是，那是。"话音未落，大秃瓢已呼呼走过来，"啪"的一声将那只大手搭在四眼肩膀上，粗大的嗓门吆喝着："老板啊，打八折够意思吧？"

"哥们，省省吧，他是俺老板，你就别淡吃萝卜闲操心啦。"我顺势掰开那只搭在肩上的手，大秃瓢恶狠狠地瞪了我几眼。

"好啊，咱就走吧。"四眼倒蛮机灵，顺手把行李箱拉杆交给我，那家伙眼见到手的活飞了，干生气没办法，私底下倒是没忘骂几句脏话。

"彪哥，搂草打兔子赚钱啊。"看四眼这"老板"多幽默。

记得有位哲人说"幽默是聪明的最佳表现"，我刚替他解围他反过来就拿我开涮。

"哪里，我要接下个航班的客人。"我随意搭着话。

他松松脖子上的领带，凑过来滑稽地说："要不是天气原因改飞，我秘书有事留在京城，手机又没电啦，咱俩还见不着呢，还是哥们有缘分啊。"

"兄弟归兄弟，我还有事要办。"我沉着脸记恨这个吝啬鬼，略微停顿后接着说，"咱俩是两股道上跑的车。"

"别价，彪哥算我多嘴放屁没味，再说咱俩多年不见，得好好唠唠。"四眼深知我的脾性，自感话多伤人赶紧给我赔着笑脸套近乎。

"有啥可唠的，大老爷们说话绝对好使。"真的，我从内心没瞧得起眼前这个戾货。

"那我听大哥的，如果没记错的话，今天是大哥的生日，兄弟表份心意呗。"说着，他从包里掏出个饰品盒硬塞到我手心里。

"你啥也别说，说也没用，以前的规矩咱不能破。"四眼看我发愣，两只手来回地在胸前揉搓着松了口气。

今天是我生日，四眼心知肚明地掐住了我的人生软肋。

有趣的是，我不赌、不嫖、不坑、不骗，唯独对家人和朋友的生日情有独钟，不管是呼风唤雨的大侠年少，还是日落西山的大衍之年，无论是散生日还是大庆、正庆类生日我都铭记在心，自己总这么想："人生自有命，但恨生日稀。"尽管我的生活总处于令人眩晕的急速变化中。

"嘿嘿，祝哥生日快乐。我去宾馆凑合啦。"诡异的笑和这番客套话，多少年后又从四眼的嘴巴里冒了出来。

"你别跟我装蒜，这些年也改不了这酸臭气。"我打开后备厢把他的旅行箱放进去，他早就屁股蹲在车上哼着小调犯得意了。

二、丑时

荒鸡丑时，夜深风寒使人格外想家，两人异地意外相遇也就想起三人的过往，欣喜和屈辱的日子仿佛仍在嘲讽着叛逆的岁月，酸胀的青春和滑稽的事件混合发酵成为热流在肠胃里折腾着。

眼见玉叶过了破瓜年华，活见鬼瞅着四眼心烦，捉摸着你躲过初一还能熬过十五？手里煮熟的鸭子还能飞了？

活见鬼变着法玩花样难为四眼，半天盘算出个馊主意，先把院东边老麻家那块自留地整过来，这霍家老宅才能规矩见方补齐风水。姓麻的本是外来户家里又没撑腰的，再说嫁女收礼天经地义到哪都不犯天条，至于结婚成亲那得看我心情，想着想着活见鬼满脸褶子堆出些得意的诡笑来。

第五天啦，大麻子家好歹也该回话了，大清早太阳刚升起半竿子，年过半百的活见鬼坐在院里端着杯子品茶，侧面看去他透着汗渍的帽子比脑袋小，扣在头上凸显出后脑勺的肉疙瘩，同样粗的脖子和头将背压得有些微驼，大概是新剃的秃瓢鬓角处的头皮显出段微白来，肥硕的耳朵轮廓映着褐红色的脸，双眼微眯着，眼角的鱼尾纹几乎连到耳根，嘴巴里正衔着半拉烟卷有滋有味地吧嗒着。

"哐当"，四眼娘推门进来，活见鬼努努嘴使个眼色给大丑，抬腿走进了屋里。

"大妹子来啦，快坐，快坐。"大丑挪着碎步迎过来，嘴里叨咕着、寒暄着。

"嫂子你也坐，我来是……"四眼娘双手搓着前襟，眼瞅着主人不待见便唯唯诺诺地说话。

"大妹子见外了。儿女亲家连着心，砸断骨头连着筋，咱做长辈的还不是为他们好，给个痛快话就行啦，剩下的事咱好商量。"大丑把盛满花生果的箩筐推过来乐呵呵地说。

"这事没跟孩子商量，我心里直打鼓……"手里的花生送到嘴边又停住了，四眼娘心情忐忑。

话音未落，大丑抢过话头："大妹子，咱为啥？咱还不是为他们瞎忙活，盼着他们有个好光景，那地契带来啦？"

"在这哪，总共就这些我都带来了。"四眼娘颤巍巍地把黄布包揭开，揭开几层后是张泛黄带有红色斑迹的地契。

大丑扯着嗓子喊："掌柜的，亲家母来了，你也不出来迎迎场。"双簧戏演到当下，掌柜的也该出面了。

"嚎啥哪，刚忙完不是。哎，大妹子可好啊？"随话音活见鬼已站在她俩面前。

四眼娘刚想起身却被大丑摁住，抢过黄布包殷勤地递到"掌柜"面前，大丑手抓泛着白霜的柿饼塞到四眼娘的怀里，四眼娘刚到嘴边的话又给噎回去了。

"哎呀，都在啊，村支书可真忙啊，这不是现场办公吗？"进来的是村里的会计霍大奎，边说着大屁股就蹲在凳子上，拿起桌上的烟就抽，剥开的花生果登时塞满了嘴。

活见鬼翻了个白眼，把地契给霍大奎厌烦地说："瞧你这副吃相！地契的事你得办利索，办明白啊。"

"你看看呢，我怕耽误事连夜都搞好了，你们谈妥按个手印就行。"说着，霍大奎把两份契约和红色印泥盒都堆在了桌子上。

"我要到镇上开会，大奎也不是外人，大妹子同意了就把事结了吧，大奎干脆给做个证人。"活见鬼搓把鼻头，清清嗓子把话撂这儿。

"我也没啥章程，你们张罗着办吧，顺便把孩子结婚的日子选了，趁着大年光景咱把他俩的婚事给办了。"四眼娘把自己心思说出来，两眼露出乞求的目光。

"那咋行啊，结婚可是件大事，咱办就办得风光体面，十里八乡有头有脸的还要来讨杯喜酒哪。地契这事就算走个过场，按吧，不就是个手印吗？咱生不带来死不带走，还不都是留给孩子们。"大丑晃着满身肥肉拍着她的肩膀安慰着。

"那就听您的，我先把这手印按了。"四眼娘满脸疑惑地叹了口气。

"哎，这不就结了，都是痛快人啊。"大奎"啪啪"盖好公章，拎起地契放到嘴边吹了吹，才心满意足地收了起来。

"砰"的一声，四眼满脸汗水趔趄着闯进来，站稳后在前襟上擦着眼镜，眼前的一幕使他震惊。他明知道是活见鬼设套算计人，迟疑片刻还是满脸堆笑地说："大爷、大娘，霍大叔也在，我筹了些钱俺们先回家商量商量吧。""慢着，给我听好了，自留地的事办妥了，彩礼就算我开恩免了。"活见鬼歪着脑袋，嘴里衔着半截香烟含糊不清地说着。

"啥？你说啥？娘你好糊涂啊，再说现今户主是我，俺娘的手印不好使。你就是盖房子我也给放天灯烧了。"四眼瞥着大奎手里的契约，满脸不在乎似的扯着嗓子喊。

"好大的胆子，我说好使就好使，没教养的东西，还翻天啦。大奎听好了，通知施工队老马明儿动工，多买几挂鞭袪袪这股邪气。"活见鬼脚踩凳子狠狠地把烟屁股扔在地下。

四眼侧身朝大奎扑去想把那份地契夺回来，哪知大奎早有防备闪身躲过还把四眼按在了墙上。

"放肆，我看谁敢在这里耍泼？屁话说着轻松可没那么受用，我也说了我的闺女不嫁啦，我在家里养着她，也不便宜你个浑蛋。"活见鬼蹦着高咆哮着，引来了乡亲们围在墙外瞧热闹。

"你不嫁我还不娶了，反正她早就是我的人啦，你不怕丢人就搁家里供着。"四眼得意地吐着口水。

"你个畜生，我和你没完。"活见鬼操起板凳砸过来。

四眼娘用手臂挡住，胳膊肘子见了血，她顺手甩给四眼一巴掌："浑蛋，净放些没味的屁，赶紧跪下赔罪认错。"

她转身对大丑抱拳作揖，嘴里唠叨着："亲家母别见怪，他还是个孩子，大人不记小人过饶他这回吧。"

四眼捂着火辣辣的腮帮子，自感受辱，转身朝着门外跑去……

"又在想夼家沟的事了？过去的事从此就翻篇吧，咱去路边商店买几袋吃的，顺便喝几杯。"我乖巧地对四眼说。

我俩走出商店信步溜达着，我边走边掏出烟来，火机打得"砰砰"作响愣是没点着，脚下不知被啥东西绊住了，低头细看惊呆了：好家伙，棉被下是个被我踢醒的孩子，与他并排横躺着的孩子也懵懂地瞪着双眼，朝着我就说："你瞎啊，眼睛让驴子踢啦。"我暗笑这不是我当年的贯口吗，再看两个大约七八岁的孩子，可怜的身板像两根豆芽菜，黑乎乎的脸蛋上忽闪着玻璃球似的眼睛，透着股机灵和不服输的光亮，紧攥着拳头提防着我的一举一动。

"咋说话哪，是夼家沟的孩子吧，咋这么没教养。"我笑着揶揄道。

"哎，奇了怪了，你咋知道俺是夼家沟的？"被我踢醒的孩子疑惑地说，又看着身后的女人。

女人抬起头，把散落的花白头发拢到耳后，缓缓地双手抱拳说："大全、小全，别那么没礼貌啊。"那沙哑声如同破旧的牛皮鼓。

"别这么说，孩子还小，你们离夼家沟不远吧？"四眼凑步向前弯腰问。

"夼家沟"仨字仿佛是从她头顶上飞过的惊鸟，她诺诺地说："俺是地道的夼家沟人，咋在这地场也能遇到老乡？"

我打开瓶矿泉水递给她说："是啊，俺也是乔家沟的后生，您咋走这么远？"

"说来不怕笑话，该死的爷们撇下俺不管啦，城里头管得严撺得紧，只好跑到这旮旯地讨口吃的。谁不想回家啊，不然祖坟地里可没俺的地场啦。"她发黄的脸颊有些茫然，从鼻尖渗出的汗珠沿着脸上的皱纹滑了下来。

她把矿泉水倒在身旁的瓷缸里，小心地捧着瓷缸子低头不语，过了会儿才猛地喝了两口。

这时孩子们偷摸地伸出脚，淘气地夹住塑料袋往身边钩过去，尽管他们垂涎欲滴脸上却洋溢着甜蜜的笑，他们的手里贪婪地抚摸着香肠和面包，傻傻地期待着母亲的恩准。

"又没规矩了，俩叔叔还没吭声你们就敢瞎作。"她貌似威严地说着，尽管是说给我俩听，但也猜出她心思的缜密和生活的不易。

俩孩子挺起胸膛，跑到她身边扮着鬼脸笑着，灯光斜照在他们的脸上，使我心里酥痒痒的，深有感触：多像我当年乞尾讨吃调皮的模样！四眼愣愣地看着似乎发现了什么。

"哎呀，快吃吧，就算我请客啦。"我催促着，又把食品袋放在他们娘仨面前。

我吸了半截烟，俩孩子咂着嘴，脏乎乎的手拍着肚皮，手举着半瓶矿泉水，另一只手举着半截火腿肠，露出异常满足的憨笑。

"两个吃货，现在告诉我你爹是谁？家住乔家沟啥地方？"我吐出串优美的烟圈。

"那我说吧，我是郭大全，他是我弟弟郭小全，俺俩是对双胞胎。"大全双眼眯成缝，眼前的景致全被这缝给吸收着，豆芽菜般的身段瘦得皮包骨头，好像是身上的骨头永远比肉多，那双与身高不符的脚丫子趿拉着黑乎乎的破皮鞋，两条长腿像木棍一样杵在瘪塌塌的屁股上。

"俺爷爷就是夯齐沟的郭建国，听俺娘说他还当过官呢。"小全用手抹着嘴，抢到我面前臭显摆地嚷嚷着。

"是活见鬼……俺爹、俺娘……那把火咋就没烧起来？要不是我被彪哥推下山崖，俺家里就得断子绝孙啊。"四眼双手抱紧脑袋，屁股"扑"地钉在了地上。

"叔啊，俺都告诉你啦，你家住村东头，要不就是住池塘边，俺光腚摸鱼、逮虾……"孩子没注意到我俩的变化，还在手舞足蹈地比画着。

"大全，带着你弟弟再去买瓶矿泉水，叔叔都渴了。"四眼塞给大全十元钱催促着。

俩孩子牵着手蹦着高走了，我站起来对着她说："睁开眼看看，俺俩是谁吧。"

"不睁眼也知道啊，这是报应。"她说完将弯曲的腰背转过来，略微抬起偏转的脸，眼里传出许多精神来，仿佛浑身的血液加速循环，心跳得有些过速。

"狗日的，就算我去劳教那是我的事，全村几十户人家没有跟老蔡家过不去，单单就是活见鬼不依不饶欺负我们家。"我嘴唇哆嗦，似乎有点背气。

"还有，当年你爹骗俺娘，耍着威风把自留地给霸占了，逼着俺娘跳进了母猪河，老天爷早就该报应啦。"四眼哽咽着死盯着这个被遗弃的女人，头皮发麻由愤怒到惊恐，其实对她说再多的话也没啥意义啦。

鄙视的目光定格在她瑟瑟发抖的躯体上，干瘦松弛的眼皮半眯着，嘴唇上残留着零星的面包渣，只有那黑红突显的面庞和喉咙，传出急促、干涩和尖细的喘息声。

"罪过啊，造孽啊。"蚊子般的声音从她嘴里飞出来，与那双饱含光亮的眼睛形成了强烈的反差。

"这些年都便宜了你们，还是老天爷开恩有眼，今个儿在这里碰见了。"我憋着气，拳头时紧时松骨节攥得嘣嘣响，火气凝固许久又开始活跃起来，我使劲揪住她的衣领，她的脸倔强地扭曲着。

"早年我家害怕你们来寻仇，后来俺嫁了个包工头，爹就鼓动俺们夫妻去承包金矿，前年坑道冒顶就把孩儿他爹和两名矿工给砸死啦，俺卖房子卖地赔个精光人家还不算完，爹娘得了重病甩手走了，剩下俺和俩孩子，连躲带藏的，也没心气啦，是杀是剐也就无所谓啦。"女人抬起头，一股绝望的气息扑面而来。

我的手无力地松开，抹把手心里的汗吁出口气，再看四眼双膝跪地泪流满面地叫着："爹啊，娘啊，我该咋办哪？"

空气顿时凝结了，她眯着眼想到回来的孩子显得越发焦急。

我起身，颤抖的手又点上烟狠狠地吸着。

只见她猛地伸手抱住我的腿，仰起那张瑟缩的脸："彪哥，咋个收拾我都行，别伤害了无辜的孩子，他们啥也不知道，求求你饶了我们吧，我给你磕头啦。"

说罢她佝偻着单薄的后背，用她那经得住煎熬的脑袋朝着我一边磕头一边作揖，脑门和地面碰得"砰砰"响。

我奋力推开她，把她身旁的瓷缸一脚踢飞，蹲下身去将半截烟蒂拧在那只干枯的手背上，只听她惨叫一声。

"你个浑蛋，别对她这样。"四眼把我狠狠地踢开，上前扶起瘫倒在地的女人。

只见她转过身来，猛地挣脱四眼的双手喊着："求求你们，快走吧，我给你俩磕头啦。"

如同泄气的皮球，我俩灰溜溜地离开了。

我深信在俺俩的内心里，青花瓷般的青春是不可磨灭的记忆，忽明忽暗的仇恨随着时光由浓转淡，留在心底的亲情始终有缕惆怅，和着对亲人的呼唤跌落在那片熊熊燃烧的火光里，多少片烟花犹如夕照里摇曳、飞舞的蝴蝶，安详、恬静得让人再也不忍心去打搅她。

航站楼那边传来航班抵港的通告，我独自来到 A 区出口，弧形位置前已聚集了很多接机人，我移到有利位置时，立马挺直腰杆留神看着过往的乘客，引得人们不解地匆匆离去，直到最后的乘客出闸我还是没见肖总的身影，没办法只能给他老人家通话问个究竟。

"您好，肖总好，我是司机蔡彪啊……"电话刚接通，我赶紧卑微地通名报姓，想弄清楚到底是咋回事。

"噢，有事明天讲吧，深更半夜发哪门子神经啊？"听这话有些蹊跷，咋像是睡得迷迷糊糊的？

"肖总啊，机场安排好了吗？"这边我大气不敢喘，捏着嗓子低声试探着。

"什么鸡场、猪场的，夜游症犯了吧。嘟——嘟。"随着电话"啪"地挂掉，我的面部表情就像同步开关给拉了下来。

瞬间，我想起了余大奶子，是她整的恶作剧还是故意调理我？要真是这样看我非扒她的皮不可，我立马给她打电话。

电话通了，几遍下来无人接听，仔细想平常余大奶子被老公盯得像个惯偷，这般时分哪有她说话的胆啊。

有短信："蔡大哥，对不起，今天是愚人节，姊妹几个互相调理逗乐，发给大盖子的短信按错键就发给你了。"我的天哪，哪有这样的事？气死人不偿命啊。

"你也忒实在了，不问清楚就……好大哥，求求你千万别让肖总知道，不然咱俩都完蛋。"我双手哆嗦自认倒霉，免得生气搞垮身子骨。

咋办，打道回府吧。我权当给鬼烧报纸糊弄了半宿吧。

三 、寅 时

倒霉的滋味有时不会害人致命，却总有使人懈怠沮丧的滋味，我是半脑袋面粉加上半脑袋水——整个糨糊脑袋。

发动车，挂挡提速，方向盘画个圆弧，我又回到了停车场。

四眼迷惑地望着我，不知为何又不愿多嘴，我瞅见灰暗的路灯下，半堵矮墙下那个女人双手搂着孩子缩在一起，我把车靠近路边停下。

四眼拍着我的肩膀轻盈地跳下车，映入眼帘的是意料中的女人的惊诧，她刚毅和无所畏惧的神态使四眼自愧不如，他弯下腰慢慢地说："玉叶啊，咱们回家吧。"

玉叶一开始是副俨然拒绝的神态，再瞅瞅俩孩子消瘦的面庞，她无力地低下头。

无语，一片难耐的寂静，我俩耐心地等待着。俩孩子瞪着惊恐的黑色玻璃球，躲在玉叶的怀里蜷缩着。

突然，玉叶号啕大哭："好人啊，你们是好人啊。"四眼也流泪但绝不劝她，待她释放发泄后大家的心情都会变得轻松。

"娘，咱回家吧，俺俩要饭也能养活你。"俩孩子劝着她。

"走吧，这异地他乡的，回家啥事都好说啊，再说孩子也该上学了，不能耽误他俩的前程。"四眼真心实意地说，连我自己都纳闷他会想得如此周到。

玉叶慢慢起身，拽着孩子齐刷刷地跪在我们面前。

有时候心痛是种神奇的力量，它能把有些模糊的东西逐渐化为清晰，也能把有些迟钝的东西逐渐化为清凉，就是通过被伤害的爱也能使人感觉既温馨又甜蜜。

"哎，快起来，这不是折我们寿吗？来吧，上车回家喽。"四眼扶起玉叶，我回身应和着两个孩子。

我平稳地踩着油门，脑海里闪现出昔日年少时的欢快，虽然途经一次次微凉的错过，还是把所有的邂逅暂且化作路边的碣石，静候一个精心彻骨的雕刻吧。

折腾半天才踏上归乡的路，尽管路况熟悉如数家珍，可想起那帮人的狡诈眼神，总觉得有些事情要发生。

怕啥？是福不是祸，是祸躲不过，凭我这些年飘荡江湖，这点事还能翻了船？

车里静得出奇，甚至连疲惫的话都无兴趣，我知道四眼闭目养神在盘算着如何解开我心中许多疑惑，估计待会儿他的话匣子就会放电般收不住。

街灯映着摇曳的树叶给地面留下斑驳的光影，指示牌表明不远处是收费站。

恰在这当口公路上蹿出四个人，其中穿制服的仨人双手掐腰，一字排开，还有个小伙比画着停车检查指示牌。这是公安缉查逃犯还是稽查养路费？深更半夜的，还在瞎折腾，没办法我只好摘挡、减速、靠边停车，小伙上步敲开车窗儒雅施礼，要求检查驾驶证和行驶证，我很不情愿地取出来交给他，小伙扫了眼便吩咐下车检查，我依他所言下车等待询问。

他们好一阵嘀咕，那个没戴大盖帽的偏分头晃荡着走来，"呸"的一口将半截烟屁股吐在我面前，猴声猴气地说："我说兄弟，有人举报你开黑车私自载客，出租车条例和处罚就不用说了吧，你看咋整？"

"领导，我是来接老板的，航班晚点才……"我卑躬屈膝地应和着。

"少废话，人家实名举报还有假，快说是公了还是私了。"小伙没深浅地叫嚣着。

"还敢犟嘴，车上的人都是你单位的吗？"偏分头嘿嘿奸笑着吩咐边上的人掏出了罚款单。

"不是一个单位就是黑车载客？再说我们也没有交易啊。"不知咋的我心虚气不壮，据理力争想让他们开恩放行。

"没交易能证明什么？我们执法就是抓现行找证据。"小伙不依不饶地吆喝着。

"哎，我证明，他的确是来接老板的……"四眼手里举着身份证，嘴里嘟囔着急火火跑过来。

"就是他，捉贼抓赃，这下可人赃俱获。"小伙子得意地叫唤。

我明白事情远非那么简单，那帮哥们静心下了个套，等着我们这伙傻狍子往里钻哪。

"我错啦，场面上的规矩咱也懂，您看这点钱给兄弟们吃个消夜，我们还急着赶路。"我拽拽偏分头的手把钱塞给他，赔着笑脸想息事宁人。

哪知偏分头顺势扬起胳膊，生硬的巴掌恰巧打在我腮帮子上，阴阳怪气地吆喝着："怪事情，傍大款就不识好歹了，你是打发要饭的吗？这也太瞧不起人了吧？"

"这里既不是检查站，你们也不出示相关证件，这是哪家的王法？"我看这家伙是不得不来硬的啦。

"我就是规矩，管不着天管不着地，在这儿就能管你。少啰唆，交两千元罚款了事……"偏分头搓把鼻涕叫嚣着。

"多少？你这是要钱还是要命啊？我这条命也不值这些钱。"好个狮子大开口，这伙人忒狠了吧？多年的规矩守不住了，我暗地里给四眼使了个眼色。

"那就先扣车，车钥匙交出来。"小伙狂傲地蹦着高叫着。

"想得美，不看看大爷我是谁，今天我看山山歪看路路斜，算你们倒霉撞我手上啦。"我猛地来个力劈华山，右手臂朝那小子脖子上砍去，后边的人齐刷刷朝我扑来，我躲闪不及身子趔趄挨了几拳。当我掐住偏分头脖子、猛烈攻击他的脸部胸部和下三路时，我后背也遭受着类似的攻击，两个反架住我的家伙似乎觉得我只挨揍不过瘾，便把我按倒在地，三双皮鞋如同机器人般朝我开火。我先是满嘴的血腥味和无法忍受的痛感，往后疼痛感就逐渐消失了，我抱着头闷哼起来，二十年前我也是这般……

那晚上，俺仨人在西河套里见面后，我气不过活见鬼家做的缺德事，早就有意要他家出丑难堪，下半夜天刚擦边亮时就把装满煤油的瓶子偷放在他家料场里，偷偷顺着捻芯给点上啦。

我跑回来告诉四眼表功邀赏，谁知他拽着我就奔向玉叶家，拐过弯看见烟火四起，他趴在地上瞅着："完了，完了，快跑啊。"

俺俩沿着山路拼命地跑，稍后就有人举着火把追赶过来，漆黑的夜里吱吱燃烧的火把像条长长的火龙晃动着。

本想翻过青崖顶斜插到 215 国道上，谁知我俩竟然慌不择路跑进了条岔道，一路被追赶着逼到了青山崖的后山崖上。

刹那间这里成了古罗马斗兽场，眼瞅着人群慢慢地拢过来，我俩傻傻地站在那儿，犹如两个疲惫的困兽，被对面半圆形的人群紧紧地围住。

四眼借着火把的光亮恐慌地凝视着对面的大奎：丈八的身高佝偻着像个煮熟的大虾，原本乱蓬蓬的头发覆盖在脑袋上，扭曲的五官极力地抖动着，被汗水浸透的汗衫子紧紧地裹在身上。

半圆形人群中为首的是活见鬼，大丑和大奎是他身边的哼哈二将，他们龇着牙、咧着嘴，吆喝着死死地盯着我俩，那些眼睛组成了邪恶、骚动和不规则的圆密密匝匝地把我俩淹没了。

活见鬼把火把和半截木棍交给了大奎，往前走几步摆个姿势站着，伸手示意安静后傲慢地说："臭小子，地上有路你不走，偏跑到悬崖边上。现在我给你们指两条路，一是你们乖乖跟我回去听候处置，二是被五花大绑押送政府蹲大牢。"接着就是片刺耳的呼叫声。

我大口喘着粗气，用力推开四眼扶在我肩上的双手，脸上凝聚着愤怒："是男人，咱就说道说道，火是我放的与他没关系，再说他和玉叶好了、爱了，你们这些做长辈的更应该成全他们，凭啥欺负人家孤儿寡母？"

"这对尿货，还敢光天化日下纵火，咋的也要蹲监狱吃牢饭，还敢在这里较劲，哎哟，你四眼还敢给俺闺女扣屎盆子，我都替你臊得慌……"大丑仰着饼子脸撇着嘴叫喊。

"你俩给我闭嘴，我也懒得听你们瞎叫唤，都给我绑了押回去。"活见鬼身子一弓一弓地扯着脖子吩咐。

我木讷地站着，双眼机警地注视着四周，用双手擦把脸上的汗水，紧闭双唇凝神静气地想着。

我突然听到一声哭叫："爹，求求你放了他们吧。"这喊叫的人是玉叶吧？

"给我住嘴，丢人现眼的东西。"活见鬼气急败坏地吼着。

眼看无奈，我转身推着四眼朝悬崖边跑去，边跑边喊："你要好好活着，不但要活着，而且要永远记着我。"身后传来阵呐喊声，举着火把的人群向前走了几步就呆住了。

我觉得后脑勺挨了一闷棍，双腿发软瘫倒在地，紧闭双眼四肢游荡，是风声还是咆哮的怒骂声灌满了双耳？我好想再看看眼前发生的一切，可双眼似乎被什么东西硬生生地糊住了，怎么也睁不开……

又听见"噗噗"两声，我猜是四眼赶过来从背后下手了。

"快跑啊，要不然就来不及了。"四眼挥舞着半截棍子叫唤着。

我知道是来不及啦，当我醒后，身边也没有人，眼睛模糊似乎见到点光亮，脑子里没有任何意识。听说人死时就只剩下片段回忆，其实我真不愿惹是生非。

四 、卯 时

又痛，又渴，又饿，又累……该是太阳露脸的时候了，失忆的我刚刚回过神来。

我挥动着麻木的臂膀，瞅着手腕上亮晶晶的手铐，只能用右手抹了把鼻涕，浑身就像是刚受过酷刑，疼得厉害。

"彪哥，你醒啦，哎，这边哪。"是四眼的动静。我顺着昏暗的灯光望去，我俩距离大概有个三米，只见他半只耳朵被纱布包着，右胳膊被铐在一条暖气管子上。

"这是咋回事，咱俩咋会在这儿？玉叶他们还好吧，没惊吓着孩子们吧？"我动动发僵的身体问道。

"没事啊，他们在房间里睡得香着呢，也不可怜我，瞧瞧都啥样了！"四眼委屈得眼里噙着亮闪闪的泪花，这不仅有肉体的痛楚也有多年铭心的懊恼和悔意，他在想那年和玉叶决裂的情景。

活见鬼家在拿了地契的第二天就挂彩旗、鸣鞭炮动了工，午时玉叶找过四眼三回，四眼赖在床上蒙着被子不见她，直到深夜我才敲开门扶着他进了点米水，劝他的话他根本听不进去，他要我约玉叶明晚九点在西河套见面，而且要我在场否则以后就不认我做兄弟。我尽管为难，但明知犟不过他，我就脆生生地答应了。

三人如约见面，玉叶心里委屈也不明白我和四眼有啥意图。四眼开门见山："咱仨是同学，今晚你给我和玉叶做个见证，免得以后有人编派。"

四眼见俺俩不放声，双眼冒火狠狠地问："玉叶，咱俩再好也都是过去，咱俩的婚结还是不结，咋个结法？今晚你给个痛快话吧。"

"你看这话说的，我这辈子都交给你啦，那你也不能在家里说……"玉叶扭捏地低声说道。

"咋的啦？那自留地姓麻它不姓郭，圈地的事你知道吧？要是你还想结婚就把那张地契拿回来，不然咱俩一刀两断。"四眼决绝地说。

"天地良心，我知道我还帮你筹钱干吗？真是狗咬吕洞宾……呜呜……"看来真是委屈了她。

"不用号丧，你们家没个好鸟，阳关道你走，独木桥我过，生死不相往来，谁也别管谁。"四眼说罢，拽着我朝村里跑去，把她和凄凉的哭声抛在了黝黑的西河套里。

"彪哥，你忽冷忽热地对我这不正常啊，你也不问问我，这些年是咋混的？"四眼憋不住，终于说出了心里话。

"这有啥，瞧你这身行头准保给咱争气呗，再说陈糠烂谷子扒拉着也没劲，谁都不愿意提起这些糟心的事……"我不由得叹了口气，自言自语地叨咕着。

"别价，现在闲着也是闲着，说说这些没准会让咱俩感动一把。"四眼倒是仰脸期待着。

"那就说说，你这张嘴可给我把好了，别到处瞎嘚瑟。"我想以此消磨时光。

我俩始终用心地说着、听着，流了不少泪水，过了好阵子四眼感叹道："那你对我可真够意思，哎，咋就为点小事犯浑？"

"你这是啥屁话？当年我被劳教你逃命，咱俩谁都不嫌乎谁，同甘共苦打天下，那不得遭雷劈啊。"我动了动僵硬的身子回敬他一句。

四眼接着说："哎，还记得那年在鸿福聚，你给你老丈人过生日那场宴会吧？那气势简直就是拔尖的范儿啊。"我看他那心境，仿佛沉浸在幸福中，没有半点怨恨我的意思。

"永远也忘不了，你看那幅让你给捣饬的《祁大海、王巧珍金婚纪念暨刘先生七十华诞庆典》，真棒，到底还是文化人。"我赞叹感激四眼。

"那是我无能，让你着急上火、丢人、跌份……"四眼语调突然降低八度，后边话我都没听清。

"还有脸瞎掰活，知道吹牛交税了吧？"我忍不住又教训他。

"说真的，我对蝴蝶兰挺明白的，白花蝴蝶兰象征爱情纯洁、红心蝴蝶兰红运当头、黄色蝴蝶兰生意兴隆，要论产地进口的咱都见过，也能说出个寅卯来。"四眼开始发飙吹嘘着自己。

"你看你说得跟花似的，咋办事就栽在那盆破花上？"我没顾忌他的面子直戳他的命门。

"还不是咱眼神不济，被花店老板忽悠了。我花千把元钱买几盆塑料蝴蝶兰，还怕风寒冻坏了花骨朵，那老板还专门套个塑料袋埋汰我，你倒是解气把我给开了。我咽不下这口恶气就把花店给砸了逃难去啦。"四眼依旧气得两眼冒光。

"还是年轻啊，不就是几盆假花吗？不就是客人当面揶揄几句吗？不就是被人当笑料吗？有啥大不了，权当给自己买个盆景养心，权当给人茶余饭后留点笑资，也不至于大发雷霆砸了你的饭碗，对不住了，兄弟啊，也是命啊……"我惭愧得有些抬不起头来。

"说实在的，那些年咱够难的，你身边那几头烂蒜都虎视眈眈地算计你，我的话连屁都不如。你最后就破产晕菜了吧？你还当面给我一闷棍！我也得感谢你，这闷棍把我砸醒了，要不我也不可能只身闯深圳，就永远跟着你做个跟屁虫啦。"说到兴奋处四眼连自个姓啥都忘了。

"我肠子都悔青了，说出去的话泼出去的水，过去这些年啦，今天老哥给你赔个礼，不管我混得咋个窝囊，与你没有半分钱的关系。你喝你的人头马，我喝我的高粱烧。"我倒驴不倒架地咋呼着。

"见外了吧，咱还是一个锅里摸勺，我总不能被人骂我不仗义吧。"四眼斩钉截铁地说。

"仗义是你的事，我还收受不起，再说我不是让你领着他们跑吗，你咋不听话？你别忘了你是个有家有业有身份的人。"我岔开话题引到刚才那场恶战上。

"跑、跑、跑，拖家带口能跑得了？再说我跑了谁给你收尸。"四眼坚定地说。

"这才叫兄弟，没白活了！"我夸奖着。

"要不是我报警，咱俩非得让他们给报销了，警察赶到时，那四个兔崽子拔腿就跑，多亏警察利索给逮住了俩，估计那俩也跑不了。"四眼沉浸在得意的回忆中。

"你不知道。去医院的路上玉叶抱着你的头，你流血吓得她都筛糠了。我右耳朵缝了八针，这帮土鳖差点没给我把耳朵薅下来。"麻药劲过后阵阵疼痛让四眼龇牙咧嘴。

"这帮人渣尽干些缺德事。"我恨得踢了几脚。"早就看着那帮秃驴不地道，烂韭菜爆锅都是些冒牌货，不知从哪弄身黄皮加在身上冒充正规军,结果栽了吧。"四眼扶着半条腿的眼镜说。

我擅自离岗、蹲局子的消息在午饭前会传遍公司,也无所谓,我也不在乎,不过这回养家的饭碗怕是保不住啦。我不敢再想也不愿去想,赶紧问四眼:"几点啦?这些警察兄弟不管咱了?"心想明天咋和领导解释啊。

"想得美,人家还陪着你?明早上班再说喽,要是见了那些王八蛋我非踹几脚解解气。"四眼咬着牙根穷发狠。

我满腹心事,心情一片灰白,看啥都是满眼灰色。

"别惦记饭碗的事了,等着人家炒鱿鱼,倒不如你把他们给炖了。"四眼知道我最担心的是啥,小聪明让他有点小欢喜。

"哎呀,事到如今我也不想了,不就是吹灯拔蜡卷炕席吗?有啥大不了的。"我晃着脑袋满脸不在乎地装给四眼看。

"这才是彪哥,是男人就得站着尿,是块肥肉也得颤颤,让人看见就得犯腻。"四眼拍着脑门喝倒彩。

忽然房门被踢开,大全端着盛满苞米粥的铁碗、小全手抓馒头和油条、玉叶拎条毛巾端着盆水走了进来。

接下来的事简单了,口供、笔录一大堆,最后警察亲自把我们送到车上,这事才算是当作任务般地画了个句号。

离开派出所不久我就驶入高速,回忆着倒霉的几个小时,也有值得惊喜的桥段。我看着四眼坐在旁边无语,磨炼让这个当年的马仔成熟了,对他的迷惑我也懒得去听,已有的过往浮现在脑海,却没有任何端倪能使我醒悟,我不由得长叹一声:未来的日子还得靠自己啊。

我侧脸望去略感诧异,只见四眼冲着玉叶几人在发愣,这种眼神交流只有在亲人之间才有所感悟。

这时电话嘟嘟作响，打开滑盖才知道是余大奶子，接通后是副哭腔："我的彪哥啊，你手机咋就关机了？咋还混到局子里了？这下咱俩全完蛋了，肖阴天在公司里气得直骂娘，新上任的经理还没接到，我是双眼冒泡已经傻了，就等财务结账走人啦。"我没想到会如此糟糕，还是天遂人愿吧。

四眼机警地问："公司电话？公司不知咱俩在一起吗？"

我苦笑："他们是能掐会算的神仙，知道咱晚上的糗事了。"

也不等我说完，四眼抢过我手机，按下回拨键斯文地说："你好，我是新任经理麻世奇，请转告肖总，我和蔡师傅正在回公司的路上，麻烦您通知十点钟召开全体干部会议，我准时参会，谢谢。"

我尴尬得一塌糊涂，这个浑蛋也不向我解释。

"彪哥，别介意啊，就是想给你个惊喜，到时候免得你为难。"四眼得意地温言相劝。

"再说吧，宁为智者牵马，不为昏君指路，得看我心境咋样。"我故意没给他亢奋点。

"别装了，到时候你可别牵着不走打着倒退，也别怪我翻脸不认账啊。"

"你敢……"我俩的话越唠越多，平常感到危言耸听的事都给抖出来，其中夹杂着我的见地和牢骚，再加上四眼关键时候点拨几句，我俩是越说越来劲，话匣子滔滔不绝得关不住了。

正在兴头上，四眼突然说："彪哥，你知道我还是孤身……"

完全没有思想准备的我给卡住了，半天才口吃地说："省……省吧，想当爹……自己的事，别怨我没给你机会啊。"

"谁让咱是兄弟啊，你也让我做点自己高兴的事。"我抬头看见四眼的目光盯着我，像溪流般的温柔仿佛沁人心肺。

我轻轻地说："不仅是为自个，还为世上好心的父母吧。"

"是啊！"四眼不再言语，回头看着熟睡的玉叶和孩子们，用手在我的肩头轻轻拍着，泪流满面地转过头去。

显然，我们心底的善良击垮了所有，天大的不解甚至仇恨都在瞬间消融、崩溃，剩下的是无法掩饰的似水柔情，那注定是温馨感人的。

为谁辩护？

一

郑帅在国外读书五年了，三十岁的年龄让他有种岁不我与的期待，也有了许多类似若敖鬼馁的忧虑。

孔子说过：三十而立。这是母亲嘴边唠叨不破的真理。郑帅知道：在这个岁数，马克思写出了惊世骇俗的《共产党宣言》，爱因斯坦提出了流芳百世的相对论，唯独自己成功地荒废了这个人生节点，虽然是"没有比较就没有伤害"，唯独自己还是在理想与现实的夹缝里，像《变形记》中的格里高尔，稍有不慎就被社会变革的潮流所淹没。

H城是冬天的故乡，春暖花开的日子总是年复一年地姗姗来迟。寒风裹着雪花肆虐在凄冷的校园里，郑帅只能蜗居在床，蒙被大睡成了他这些天唯一的死海。

半夜时分，郑帅被电脑里的邮件提醒惊呆了，他被"诚信"的不济砸中了，学校的邮件全文如下——

郑帅同学：

本年度你的英国文学作业中，有引用或涉嫌借鉴他人学术成果之行为，其中《鲁滨孙漂流记》《一九八四》二期作业尤为明显，按照规定学校将会开展调查听证会，如有申诉你可与调查陪审员联系，在学术诚信听证会上进行陈述和辩护。

所谓"学术诚信听证会"，无非就是为自己请个律师辩护。如果这个律师能言善辩，会用满箩筐的理由说服听证会主席，博得陪审员们的同情和谅解，才有可能化险为夷顺利过关。否则，会被无情地勒令退学，后果实在太残酷可怕了。

郑帅摸着汗津津的脑袋，沮丧地蜷缩在床上却并不愿意服输，可事实上今天的确输得一塌糊涂。他凝视着屏幕由着思绪敲打起键盘，经过深思熟虑认真地回复了邮件，最后在回车键上懊恼地拍打着键盘。问题很严重，后果很可怕。郑帅心知肚明胆战心惊，抱着浓密乌黑又蓬乱的头发，蹲在地上涕泪四溅。

沮丧的同时模糊了时差的概念，郑帅拨通了老爸的电话，那边响起起床、下地和房门的轻叩声，老爸张嘴就开始埋怨："我的儿啊，有啥话不能在阳光下说，半夜三更的你折腾啥？"郑帅哑着嗓子说："我这边有麻烦了。""你是惹事了还是缺钱了？都好说。"在老米眼里能够用钱摆平的事都不叫事。郑帅摇着头摆着手着急地说："都不是，我被'诚信'了，质疑我学术造假。学校下了最后通牒，如果申诉无效，我就会被勒令退学。你赶紧找人帮我摆平吧。"

那边出现了片刻的沉寂，老米不太情愿地埋怨道："你是咋搞的？我试试吧。"郑帅的语气异常坚定："你可别试，一旦既成事实，我会被遣返回国。""儿子，你是在国外，我鞭长莫及啊，不然就回来吧，省得再给我添堵了，再说了你就不想家?""你说得轻巧，我倒是想家，家里有谁想我?""你阿姨现在皈依佛门，有空就去寺庙做义工。""你真有能耐，满京城谁不知道，不捐笔像样的义款她能去寺庙做义工?""再说了，你弟弟也出息了，还常常念叨你的好哪。""算了吧，母本差、公本老，生个儿子好不了。""废话，你看着办吧，我也没办法。""你不是人脉广、路子宽吗? 快找人来帮我吧。""你这是诚心挤对我。"郑帅气呼呼地挂断了电话。

郑帅好不容易挨到中午，果真有个姓顾的律师来电话找他，两人通了话并添加了微信。郑帅按其吩咐上传了个人资料，准备后续所需的申辩材料。最后，临要结束通话的时候，郑帅才知道这个律师就是声名显赫的大律师顾九如。

二

有人说：律师是个输不起的职业。这种说法不算严谨但势必有它的道理。顾九如虽然是"尔才有长"、其貌不扬，却是个不服输的人。当年他从政法学院毕业，为了担起赡养祖辈、接济弟妹的重任，放弃留校并找到海归派的外俦子表舅，在这个表舅的律师事务所里铆劲苦干了五年，为自己日后从事这个行当，增添了扎实必需的筹码。

十年前老顾来到了 H 城，挫折再多也没被生存的气势所压倒，始终盘算着心里的《创业史》。虽说指缝太窄时间飞逝，老顾蛰伏在大洋洲律师事务所，对赚钱的生意越来越兴味索然，甚至对当下的苟且生活有了动摇，整天跟丢了魂似的和尚撞钟熬日子，总觉着愧对了母亲临终前的嘱托。

于是乎，他对自己的未来做了重新规划，把眼光瞄准了7A区那片宝地，虽说是热血沸腾甚至"心怀鬼胎"，却让他有了种莫名其妙的亢奋和紧迫感。

从大洋洲律师事务所到7A区的"公主楼"，有着穿越五个街口二条马路的行程，奇怪的是这段行程却给他种久违的、亲切的回家感。他也说不清楚是异乡的自尊感，还是有多数同胞的认同感，他恨不得以千里马的速度，早些实现心里的宏伟"战略规划"。

朋友哈雷斯是移民局的办事员，这个高大壮硕的犹太裔小伙，秃亮的额头反衬着茂密的络腮胡子，浓眉大眼就是颧骨有点高，鹰钩鼻下的大嘴巴总是叽里呱啦。有人说犹太人的特征是眼斜、上嘴唇特别短，眼睛到底怎么斜、嘴唇短多少，老顾琢磨好久也没看出个究竟来。凭着多年的交情，哈雷斯答应帮忙办理营业执照。尽管老顾对哈雷斯的"好心"了如指掌，却没办法提高哈雷斯的办事效率，又非常敬佩哈雷斯追逐苏珊的执着。两人见面后哈雷斯就急着问："苏珊没有家室，有没有看中的男人？"老顾摊着双手说："这是她的隐私，我怎么能为了你出卖同事的隐私？"哈雷斯相当真诚地说："你知道，我喜欢苏珊。""那你去泡她啊。""怎么泡？"老顾卖着关子说："托你办个执照都得三个月，追求她也是任重而道远。"哈雷斯天真地对上帝发誓："老顾，我尽快给你办好执照，你就得告诉我属于你们东方的恋爱秘籍。""好啊，我告诉你，苏珊喜欢欧米茄碟飞。"哈雷斯惊叫着："重口味，多谢了。"他抱着老顾，厚着脸皮说，"有了执照，你还得请我喝两杯。"

哈雷斯没有食言，执照文件很快办好了。老顾欢喜地回到了事务所，尽管有人露出些不以为然甚至不屑，人们还是围住老顾羡慕不已。老顾郑重地把执照举过头，连苏珊手里的咖啡都碰翻了，他几乎是吼着宣布："大洋洲律师事务所已成为我的历史，新的律师事务所就要开张啦。"其他人振臂高呼啧啧称赞，唯独苏珊撇着嘴说："兔子不吃窝边草。"老顾闻后暗自揣摩：啥意思？这上海人就是矫情。

苏珊的确是上海人，据说她出国前就离婚了，谁若问起来她又矢口否认。然而，谁也没见她迷恋过哪个男人。她虽说是过了青春期，却像棵圣·弗朗西斯科的月季花，依旧身形丰腴楚楚动人，水晶指甲晃得人睁不开眼，眼角眉梢都是摇曳的风情，乖巧的嘴唇既能蹦出字母哥，也会说出串缠绵的吴语，所以不管是黑眼睛的人还是蓝眼睛的人，都对她跷起大拇指："这个女人不寻常啊。"

苏珊知道老顾对7A区"蓄谋已久"，认为老顾无非是看中了这座最具潜力的华人城——十家中餐馆五家华人超市，还有五家中医馆和三家华人社，"物以类聚，人以群分"在这里扎实地存在着。苏珊的小算盘"噼里啪啦"乱响，对于老顾的盛情相邀没有犹豫，决定入股共创美好未来。

骄阳似火，苏珊驾驶着那辆吱嘎乱响的皮卡车，走街串巷忙活了半个月，事务所的办公家具就算置办齐了，老顾的嘴巴被惊成了O形，掏出些钞票塞给苏珊嘱咐道："先花着，不够再说。"她擦着汗说："这是啥意思？这点恩惠就想安抚我？"老顾舔着干裂的嘴唇说："开张之前开销多啊。"苏珊得意潇洒地说："别辱没我的智商，这都是我出力流汗帮你淘来的。譬如这张会议桌，少说五百多则上千。我淘了张旧餐桌，桌面是棕色钢化玻璃，四条棕色漆成的老虎腿，配有六把棕色高背椅，铺上白色的绒布外套，既高雅又实惠，关键还有套橱柜改制的文件柜，错落有致彰显着浓厚的艺术细胞。"老顾点头称赞："厉害，不愧是上海人，有品位。"

筹备事务所开业如蚕抽丝，弄得老顾也是囊中羞涩，原来商定的开业广告，老顾也打算退而避之，苏珊对此却坚持"广而告之"。她找到《侨声报》做主编的小老乡，花小钱办成件大事情。尤其是这篇中文广告在英文字码堆里格外惹眼，对于事务所的名称苏珊动了番脑筋和心思，笃信"名不正言不顺"。若是按照英文套路则是 Jiuru-Gu（九如-顾），明眼人是会疑窦丛生还会是浮想联翩? 干脆就是"顾九如律师事务所"。这恰好满足了老顾的虚荣心，你想啊，他压根就不想把父母赏赐的名号给改了，怎么着也得有份强烈的民族自尊心吧。

开业那天晴空万里，是个难得的好天气，在这个选定的良辰吉日里，顾九如律师事务所挂牌开张营业了。

三

飞往 H 城的国际航班，预计在凌晨二点离港。

冬天的夜里又黑又冷，出租车裹着寒风穿行了半个京城，车窗上留下片片瑟缩的霜粒。郑小凤眯着眼蜷缩在座椅上，思绪难以平静。

郑小凤有着高挑的身材，鸭蛋脸上柳眉凤眼翘鼻梁，薄唇左上角有颗痣，相书上说：这样的女人有风情、有人疼。她罩着件银灰色西服，透露出她惯有的装束风格和气度。此时她显得异常急躁，眉宇间有些掩饰不住的疲惫。她接到前夫老米的电话，在家人的责怪声蔑视下，匆匆动身来到了北京。

老米对郑帅遇到的麻烦在电话里也没说清楚，他只是说自己公务在身，无奈才让她去帮帮儿子，并嘱咐她到机场后与李主任联系，仿佛事情到了"山穷水尽"的地步。

偌大的候机厅，人们犹如棋子般被双无形的手操纵着，匆忙地拐角、穿行，把足迹磨成了生计。郑小凤在2号候机处等到了李主任。这位温顺有加的老主任，寒暄的话都没说完整，交代过后就急着离开了。因为牵挂着郑帅，小凤才隐忍性情拖着疲惫的身子登机入舱，否则，她真想撂挑子给老米，自己图个安逸和清静。

发动机的轰鸣声在回荡，机舱里的温度让她感觉燥热。对于空姐的问候她敷衍地点头微笑，因为等待她的将会是场乏味的旅程。

飞机终于起飞了，郑小凤望着舷窗外漆黑的夜空，如同这吞噬光亮的黑夜世事无常。当年倘不是肚子里的郑帅，老米会与自己为伴吗？说来实在可笑滑稽，她奉子成婚又把郑帅抚育成人，此时又独自为儿子保驾护驾。倘若老米在儿子的毕业典礼上，他能说些什么？这样自私的人又能说出些什么？

五十岁的女人像是久泡的茶，酽而不香。

自从老米拜倒在杨芳的石榴裙下，郑小凤觉得自己都成了累赘。她知道女人的天敌就是女人，那场婚姻保卫战让她心力交瘁，令人心碎的日子苦得黏稠，滞留在脑海里总是挥之不去。

杨芳是个冰雪聪明的女子，即使多年后郑小凤对她也是赞赏有加。不清楚黄浦江水有什么特殊营养，滋养了杨芳大不列颠式的贵族傲慢。郑小凤知道老米身边不乏异性追求者，对于心仪的女人他有些暧昧实属正常，反正始终都在小凤的把控之中。没想到杨芳却是个例外，最终还是将老米俘获了。想到这里郑小凤义愤填膺拳攥如同"蜘蛛女"，若是有把勃朗宁，她非得让杨芳和老米血流五尺，然后自己与他们同归西天。很可惜，郑小凤想到嗷嗷待哺的儿子，只能忍气吞声隐身而退，好在杨芳的日子也没能如杨芳的意。

郑小凤给儿子改名换姓送回了老家，虽说日子艰难但也得熬下去，有时候她也会涕泗滂沱，不过她心志坚强不会顺势而为。多年后老米失悔找人来说情，她心硬如铁坚决不从。因为她了解老米的为人。结果是他成了老上级的东床快婿，用他自己的话说是"失之桑榆，收之东隅"了。

在郑帅的童年里，郑小凤扮演着严父慈母的"双簧"。郑帅的优点大多是随了妈妈，大高个子黝黑的皮肤，浓眉大眼高挺的鼻梁，只是脸色多了些冷漠和严峻。

飞机不经意间地颤动起来，机舱内惨白的灯光下，乘客们有了些莫名的凄惶。岗位上的空姐安慰着乘客："请大家不要紧张，系好安全带。"她们强作镇定却掩饰不住内心的恐慌。

小凤平日里很少坐飞机，总觉着不如坐动车高铁踏实。现在飞机异常地颠簸，客舱里有的人开始呕吐，刺鼻的气味搅动着她的五脏六腑。她试图站起身来拿出晕海宁，无奈机身摇晃得厉害，她若不是用力扶着座椅非被甩倒不可。在这情急万分的时候，小凤挣扎着拽开行李舱门，这会飞机又向侧面倾斜，跌落的背包砸在邻座乘客的头上，那人懊恼地追问："你在干什么？"空姐也冲她喊着："回到座位，系好安全带。"

这场颠簸让她肠胃更加不适，没等坐稳呕吐物就吐在邻座乘客身上，那人脸色愠怒还是没有吭声责怪，倒是旁边一个男人唠叨："怎么搞的？真没素质。"虽说小凤是个耐事的人，自知理亏也不情愿多惹事。但是同胞的这番话让她颇感气愤，她随即反击道："对不起，高素质的人更应该理解别人。"那人仍在埋怨："熏死人了，真倒霉。"小凤反诘道："保不住性命才叫倒霉。""乌鸦嘴，我好男不跟女斗。"她望着那张极其孔乙己的脸说："你也算是个好男？多管闲事淡操心。""你说谁是狗抓耗子？"那人说着挥动胳膊竟想动粗，郑小凤朝他吼道："你真给男人丢脸。"多亏空姐赶来劝阻，这场不该有的冲突才算平息。飞机险情尚未解除，谁知道飞机下面是印度洋还是大西洋？小凤想忘记刚才的不快，心里却像倒悬的吊桶上下不安。

飞机出现了急速下降，郑小凤捂着嗡鸣的耳朵，却听不到发动机的轰鸣声。瞬间对于生死她的态度变得非常清晰，她想到了杨芳和老米，在生死面前一切仇恨、愧疚都是多么渺小。忽然，在乘客的慌乱中飞机恢复了正常，机身昂起头冲向天空，郑小凤意识到噩梦已经过去，这算是摸到鬼门关又回来了。

机长通过扩音器告诉大家，机械故障已被成功排除了，飞行三个小时后就能抵达渥太华机场。

机舱里的灯光又恢复了正常，飞机在平稳地飞行中。现在的郑小凤有些纳闷：为什么生死关头竟然能想到她？竟没有想到余生的其他事情。她暗暗庆幸想到了相依为命的儿子，否则，岂不是对自己的无辜伤害？于是，新的问题随之而来：儿子到底是个啥情况？老米的审计结果会怎样？精神上的虚脱比担忧更折磨人，她竟然疲倦地睡着了。

飞机安全降落在 H 城机场。舱门开启乘客们鱼贯而出，座位旁边的人已经穿戴齐整，脸色淡定，仿佛什么事情都没发生。郑小凤很有礼貌地说："对不起，给您添麻烦了。"那女人微笑着说："没事的。"没想到那女人竟问道，"来看儿子？"小凤幸福地把头点得像鸡啄米。乘客们都在顺利地通关，郑小凤随着人流涌向通关处，没想到在入境边检处有了麻烦，被请到小房间里说清楚。虽说她的日常英语还算不错，却难以应付警官咄咄逼人的追问，只好打电话让郑帅来机场救驾。

天空铺散着冬日的阳光，又是一个呵气成冰的日子。

四

初见郑帅，苏珊想起了那些国外镀金的"巨婴"，她是个见怪不怪的人，更不会羡慕，只会视作陌路人。苏珊和郑帅相处久了却感觉异样，也许是"虽信美而非吾土"的缘故，她触景生情，想起了自己在毕业季里发生的那些事。

其实，苏珊的苦来源于自身的蜕变涅槃，辛酸的日子积累了太多的恩怨。苏珊认清了老米的为人，知道想从他那里得到需要的钟爱，再多的努力也是徒劳的，她充其量会成为"阁楼上的疯女人"，只有抛弃自我才能求得自己平静的幸福。这个在老米荫护下的"金丝雀"，顿悟后远涉重洋独自求学而居，迎来了她人生中非凡的毕业季。

老米对苏珊的情义，就像巴尔扎克笔下的吝啬鬼葛朗台。没承想他能来参加苏珊的毕业季，不但是亲临出席还说要给苏珊个惊喜。苏珊感恩的同时也没让他失望，随即奉献了两份大礼，一是年度优秀毕业生，二是律师事务所的入职文件。没想到老米吐着烟圈打起了官腔："苏珊，你是我的骄傲和自豪。至于回京的事，我的意思是咱们再商量。"苏珊疑惑地问："商量什么？这个律师事务所是业内前三，国内外很有些知名度。您知道惦记这个职位的人有多少？我入职的概率不足千分之一。"他歪着脑袋悠闲地说："律师这个行当，还是在国外有前途，关键还得有知根知底的人做靠山。"说着掏出张名片，苏珊拿起来仔细地看着，魏碑字体印制的：大洋洲律师事务所，地址：9区"部长楼"101号。预约电话、传真、邮箱应有尽有。

傍晚时分，苏珊和老米赶到了9区。老天爷就像跟谁赌气似的，把整个城市裹在了沸腾的雨水里，噼里啪啦的雨珠子在地上跳跃，风裹着雨滴落在伞面上蹦着。高大魁梧的老米左手握着伞柄，右手搂着苏珊很是勉强，再大的雨伞也遮不住两人，他的半边身子被淋得湿漉漉的。

这些天老米格外兴奋，齐整的板寸头弄得相当利索，国字脸上笑开了花，眼睛里时常冒着两勺跳跃的清光，高挑的鼻梁是那样精致，咧着嘴角总显得有些怪异。可惜这是个大雨天，锃亮的皮鞋雨水里少了靓色，裤腿高挽毛茸茸的腿上淌着雨水，双脚浸泡在溺水的皮鞋里，走起路来呱唧乱响。

"是这地方吧？"老米叨咕着放慢了脚步，苏珊着急地问："你不是来过吗？"老米羞愧地说："每次都喝酒，谁能记得清亮？"说着瞅着若隐若现的楼宇灯火，飘落的雨水让他兴奋骀荡，兴致勃勃地朝那片霓虹灯走去。

在风雨中矗立着"大洋洲律师事务所"的广告箱，霎时给人一种斜视感，连这幢"部长楼"都像要歪倒在地面上。

苏珊有些心神摇摆，是在为自己的未来而担忧。老米很欣赏这朦胧的夜景，对苏珊的神态无动于衷，拽着她的胳膊说："就是这儿，走吧。"

走进"部长楼"的楼道，苏珊甩甩雨伞收拢折叠好，老米弯腰捋了捋放下的裤管，双手在头上使劲向后胡噜着，水珠子从脑袋上飞下来。里边办公室的灯很明亮，老米敲门后却没人回应。稍等片刻后，有只宠物犬伸着舌头跑出来，在老米脚下嗅过后又一惊一乍地跑了，这时候主人才拍着巴掌迎了出来。

老顾是个满脸带笑的汉子，留着满脸的络腮胡子，典型的地中海发型，身着一款黑色背带裤，右手指间夹着支粗大的雪茄，另一只手天地间比画着，说话嗓门高底气足语速快，这会兴奋地嚷嚷着："哎呀，老米啊，神龙见首不见尾，你来也不吭声，就不怨我有失远迎了。"

又是咖啡又是寒暄，老米开门见山地说："我给你的资料看了吧，只有交给苏珊才会有个好前景。"老顾说得很贴心："您的意思我懂。苏珊很优秀，也是个人才。"说完又补充道，"咱得尊重她的选择，只要她认可我就没问题，对了错了都有我顶着。"看着苏珊没反应又接着说："别看我没啥资产，单我在华人圈里的人脉，少说也是百万富翁。""那是，那是。那咱俩就定了，我替苏珊做主了。"两颗脑袋凑成堆，以茶代酒把杯子碰得脆响，就这样苏珊寒窗苦读换取的未来，就在两人的交易中定了乾坤。

在老顾的引领下，老米和苏珊参观了事务所。律师都有独立的办公室，有共用秘书办公室、会客室和餐厅休息室。老米夸他事业做得有格局，老顾却摇着脑袋说："国外不比国内，都是因陋就简、量米下锅，能凑合就对付了。"唯独到了门口，老顾指着那辆"雷鸟"说："这辆跑车、双门、自动带遥控、电钮启动，跑了不足万里，就算是送给苏珊的见面礼吧。"苏珊有些懵懂，倒是老米感动得鼻子冒泡，非得拽着老顾去喝顿交情酒。那天的交情酒，场地、菜肴、美酒都好，就是三个人的贴己话说得不多。

苏珊是通过秘书艾森才知道老顾的，老顾是个有故事或者制造故事的人。

艾森是事务所的公用秘书，典型的哈尔滨姑娘。不知道她祖上哪辈子与俄罗斯人有染，她长得人高马大肤色白皙，有深邃的眼窝和高挑的鼻梁，是个有名的"西方脸、东方心"，东北那疙瘩的实在人，事务所的人都叫她东北大洋马。

半年以后，事务所的猫腻就是公开的秘密了。艾森有时候就劝苏珊："这是在国外，你千万别较真。'部长楼'杵在这里是真的，只不过是租赁的公管房；执照、秘书和律师都是多家共享；律师们自负盈亏缴纳管理费。"

苏珊不屑地撇撇嘴："我怎么有种被忽悠的感觉。"

五

"部长楼"自从有了苏珊，这里工作态度和氛围，潜移默化中有了很大的变化。

老顾私下里曾给艾森透露过："苏珊虽然是个好律师，就是涉世不深不够圆滑，居然会帮着客户说话，我可不允许有类似的事情发生。不然，咱事务所都得搞黄了。"艾森相信"十步之内必有谣传"，虽说风言风语围着苏珊刮旋风，但她也没做出什么出格的事来，从此艾森懒得动这份脑筋了。

艾森和苏珊共事半年才知道，苏珊是个外刚内柔的女人。

那是前年圣诞节，老顾携家眷到马尔代夫度假了，所里只剩下艾森和苏珊。苏珊破天荒地逗着贵妇人穷开心，快乐就像窗外五彩缤纷的烟花，追逐着在天空中惊艳绽放。看到眼前的情景艾森很是惬意，让她欣慰的是这半年苏珊给她带来的幸福感。

伴着鞭炮的零星响起，艾森提议过节了应该借酒助兴，苏珊不解地问："为啥？"艾森说："就为俩字，'高兴'。"这般吩咐苏珊很是乐意，每道菜都是地道的家乡味。有她们爱吃的沸腾牛肉，摆满牛肉片的盘子里撒些葱姜蒜末，油锅烧得滚烫加上剁碎的辣椒圈，再浇到盘子里全部烫开就好了；清炒的油菜拈起菜叶，滴着凝成细珠的麻油，鲜嫩的、翠绿的叶形不失色不受损；再来盘艾森得意的小菜就搞定啦。

艾森拿出瓶压箱底的威士忌，满脸桃花笑着说："尝尝，我就喜欢这款威士忌。"两人喝得畅快尽兴，那天艾森兴致很高，端起酒杯嘟着肉嘟嘟的嘴唇问："你猜猜老顾每年能挣多少钱？"苏珊羞涩地笑道："我初来乍到，哪里晓得？""你猜猜，猜猜嘛。"艾森拽着苏珊的手撒着娇，苏珊实在为难，伸出俩手指头："二百万？"艾森使劲地摇着头，还眨巴眨巴有些兴奋的眼睛。苏珊谨慎地凑过来问："我实在不知情，您就别为难我了。"艾森伸出巴掌，戴着钻戒的手掌在苏珊的脸前晃了晃："就这个数吧。""啊！五百万，这么多？""别大惊小怪，你就是老鼠跳舞——转不开屁大点地方。"苏珊心里"咯噔"愣住了，差点把嚼着的菜给喷出来，大惊失色地说："我的天啊，这么多钱老顾咋花？"艾森摇着头抿口酒说："你这心思还真怪。"苏珊叹了口气："这么多钱也不加薪，真是个葛朗台。"艾森瞥了苏珊那张愤青异常的脸说："你不知道，这些年老顾忙着做社会调查，搭进去的钱不计其数，咱们学着点吧。"苏珊顿时恍然大悟，听任时间在她周围悄悄地溜过。

艾森折腾够了，才关注胃口的需要，固执地非要喝杯牛奶。苏珊从冰箱里找到几盒牛奶，特意跑到厨房微波炉里加热了给她，就这样一个细节，艾森竟认定苏珊是个有情有义的人。

苏珊就这样，无意之中被艾森认可了，与老顾一起，三个人共同成了"顾九如律师事务所"的合伙人。

六

这是第 N 次与苏珊见面，短时期内郑帅就递交了陈述文件。苏珊的工作效率真是事半功倍，更令郑帅意外的是她的豁达和开明。因为今天见面的时间、地点完全由他来确定。

前几次见面，郑帅是在恐慌的裹挟中度过的，犹如是个犯错挨罚的孩子，面对苏珊时是有问必答，犹如芒刺在背。所以，这次郑帅特意选在"回忆"咖啡厅。

当苏珊进入咖啡厅的瞬间，风卷着雪雾从灯光下射出，她走进门就感受到了音乐的韵味和咖啡的幽香。

郑帅挥手打了个招呼，淡淡的微光下她缓慢地走过来，郑帅迎上去说："苏律师，请坐。"还很绅士地请她入座。宁静的角落里顿时有了生机，没想到她落座后便昂头说："咱俩还是姐弟相称吧。""好啊。姐。""不错，这地方我喜欢。""我也喜欢，所以经常来。"郑帅说得很坦诚。

"姐，喝点什么？"郑帅问道。她也没犹豫就说："来杯摩卡吧。""好的，这儿是手工磨制，您得稍等片刻。""没问题。"苏珊说着从背包里掏出些材料。

随后她以命令的口吻说："抓紧时间再看看，千万别漏签了文件。"对这些曾让郑帅痛苦尴尬的陈述，他实在是扎心不很情愿再看，就信手在文件上签名画押。郑帅如释重负地叹了口气，特意换了个话题介绍道："姐，我和这儿有点渊源。这个城市里的咖啡厅千篇一律，我唯独喜爱这家以回忆为特色的咖啡厅。"说着他走到音乐点唱机旁投出枚硬币，前台那个女生感激地朝他笑着，扭动着丰腴的腰肢打出了 OK 的手势。

灯光稍暗，先是前奏主曲随之而起，仿佛有股电流击碎了天空，苏珊很享受地和着节拍，双眼微眯沉浸在乐曲里。

咖啡送来了，苏珊端起杯子说："杜普雷的《缠绵往事》非同寻常。""姐也喜欢？"郑帅稍有冒失地问。"当然，这也不是你们文青们的专利。说说你对文学的认知吧。"苏珊冷不丁地问道。郑帅暗自揣摩：这和诚信有关吗？或许有吧，不管她是什么目的我都得诚实回答。

"初中时候，我满眼的世界都是雾蒙蒙的，而我是头'特立独行的猪'。我的出身历练了我强烈的独立意识，在同类中我就成了个讨厌的另类。那段时间，郁闷成了我心灵与外界沟通的纽带，文学给我展示了多彩的美妙世界。于是我就写些篇章来麻醉自己，有诗歌、散文或还不入流的小说，还是以诗歌为主，有篇诗歌竟入围了'萌芽杯'大奖赛，我就成了个远近闻名的文艺青年。姐，您别笑话我，就像是初恋，这是我发自内心对文学的真爱。但遗憾的是这种爱恋来得太突然，匆匆离去又有太多的无奈。

"由于客观原因，我开始怨恨文学，不再追逐缥缈的'文学梦'了，不再琢磨语句和笔法的教条，却无意中赢得了精神方面的那扇窗，开始极力地实行精神扩张主义，大范围地涉及自然科学、古典音乐和建筑艺术，对'两暗一黑三起源'有了种'病态'的向往。我蓦然发现这个世界太奇妙了，我所存在的世界美不胜收，都是超越表层、来自本质的大美啊。

"也许我是个唯美主义者，坐井观天瞥见天地之美时，给我心灵的震撼实在是太大了。"

郑帅瞅了苏珊几眼，竟然有点尴尬的感觉，便胆怯地问："姐，我啰唆这么多，烦不烦？"苏珊摇摇头说："没有啊，很实在，也符合你个性。我问你，'两暗一黑三起源'，怎么解释？""那就是科学界的归纳说法，暗物质、暗能量和黑洞，还有生命、宇宙和意识的起源。""我再问你，你对文学的态度有所改变吗？"郑帅谨慎地问道："这很重要吗？""那是啊，态度决定一切。"显然苏珊是在鼓励他，郑帅又滔滔不绝地说了起来。

"我爱文学是无比真诚的，对文学殿堂有种敬畏感。但它只是我生命里的重要部分。我对文学的热爱，绝不会对它发痴发狂发神经，也许这就是我不愿和靡菲斯特签订契约的缘故。灵魂只能属于我而不会被文学所绑架，这也反证了我对文学追求的纯正性，没有任何邪念和附加条件的。"见郑帅有点偏离主题，苏珊截住了他的话题："说说你对目前专业的看法。"郑帅摸摸后脑勺说："我对目前的专业是有抵触情绪的。你别惊讶，这很正常，就像做医生的父亲不支持女儿学医的选择。"苏珊没有反驳："有

清雅茶馆
Qingya
Chaguan

道理，你接着说。"

"西方教育是在灌输经典名著的思想精髓，久而久之让我对这种认识有了种厌烦感，更为糟糕的是时代不同了，在这个信息化的时代，每当我捧起大部头的'经典名著'时，竟是头昏脑涨耐心全无，即使硬着头皮啃它半个月，也是收获甚微得不偿失。相反，我去研读纯哲学或美学的经典著作，譬如牛顿的《自然哲学的数学原理》、康德的《判断力批判》，还有黑格尔的《美学》这些著作，反倒是觉着神清气爽能吸引住我，或许这种书才是我精神上的引领者。

"这半年时间里，我读了伯特兰·罗素的书，他才是个真正的哲学家，他的文学身份受到了社会的忽视，当我知道他获得了诺贝尔文学奖时，我就由衷地感叹，在他所处的年代里，谁能驾驭穿梭于哲学、数学、文学三大领域？他的精神天地太广袤太神奇，我仿佛回到了古希腊或者文艺复兴时期，似乎从中还闻到了庄子的浩荡之气。我从他那里感受到了宏大的精神世界，原先那些想法才有所动摇，有些狭隘的想法是没必要的。"

忽然，郑帅的电话铃声骤起，他没理会就直接挂了机，但是电话却固执地再次响起，苏珊微笑着说："快接吧，没事。"他羞涩地笑着说："不好意思，我接个电话。"

"啊，妈妈，您怎么来了？什么，机场，移民局，律师，好，我这就过去。"郑帅放下电话对她说，"姐，不好意思，又添乱了。""怎么回事？""我妈被扣在机场，等我去救驾。""那赶紧吧，快走，我开车。"说着两人抓起围巾和外套冲了出去。

那辆雷鸟疾驰在通往机场的高速路上，车里一阵静默。

过了会，苏珊谨慎地问道："具体什么情况？""姐，我也不清楚，她尽是添乱。"看见郑帅糟糕的情绪，苏珊急忙给哈雷斯打了个电话，约他尽快在机场会合。后视镜里，只见郑帅咬着嘴唇吐出了六个字："宋襄公，假仁慈。"

到了机场，郑帅和苏珊来到边检处，才被告知人已转送移民遣返处。苏珊后悔没听哈雷斯的话，便又匆匆赶到移民遣返处。当郑帅和妈妈热情相拥的瞬间，苏珊就被女人的背影给惊呆了。

苏珊看到了那个熟悉的背影：郑小凤。苏珊差点失声喊出来。郑帅和那个女人转过身来——苏珊怕那是郑小凤，也不相信是她，果然还就是郑小凤。

苏珊不相信冤家路窄，只是感叹这个世界太小了。

尽管苏珊实在不愿意面对眼前的情景，但望着郑帅恳求的目光，还是接过了他母亲的护照和机票，转身去找哈雷斯，接下来还得与移民官进行交涉。

见到哈雷斯后，苏珊把护照、机票都交给哈雷斯处理，毕竟哈雷斯是在移民局工作的，有共同语言事情就会简单了——但愿他们能尽快走出这个小房间。苏珊努力镇静后才开始和移民官交涉。询问得知没有其他原则问题，只是移民官怀疑郑帅和郑小凤的母子关系。哈雷斯对此予以了圆满的解释，并对超时扣押客人提出了异议。这些人担心事情扩大化难以收场，只能做出妥协和让步。苏珊作为独立经济担保人，在文件上签字画押。结果是允许郑小凤按期离境。哈雷斯说："自由离境、无不良记录，也没有限制，对于这种情况也是最理想的结局了。"

走出机场，郑帅才把苏珊正式介绍给妈妈，两个女人表现得都很忍让。苏珊很委婉地对郑帅说："陪你妈妈好好休息，我和哈雷斯到东区就不送你们了，回头见。"

郑帅搀着妈妈走出机场，尽管天空弥漫着薄薄的雾气，东边的天际处太阳渲染出了一片血红，染遍了大地上裹着雾气的城市轮廓。

七

郑帅和妈妈进入地铁站后，她深陷的双眼流露出难得的兴奋，反衬着脸上旅途所带来的疲惫。不经意间她的右手顶在了腰部，于是，郑帅知道她的老胃病又犯了，他扶住拉杆箱轻轻地问："妈，胃疼啊？咱们先吃点什么？"她苦笑着说："饿死我了，最好能来碗粥。"郑帅很为难地说："我也想，这儿哪有粥啊？有碗面就不错了。"她有点着急地说："那也凑合了，赶紧吧。"

母子俩进了家意大利面馆，大概是非用餐时间的缘故，里边的顾客少得有点冷清。服务生送来了两碗意大利面，妈妈吃得味同嚼蜡，颇为遗憾地说："啥味都没得。真可惜，我带了那么多好吃的，出关、入关都给卡了，酸甜、咸辣都没给咱留下，这次的罚款也不少吧？"郑帅咀嚼着满嘴的面条含混地说："不知道，都是苏珊处理的。"

郑帅用纸巾擦擦嘴唇问："妈，既然您来了，肯定是老米的主意，他怎么不来？"她低着头说："他离任审计走不开，再说了，我还有其他事要办。""你能办什么事？""没想到吧？我想在这里买套房。""什么糨糊逻辑，我都没毕业你就想把我捆这儿？""别急眼，咱们好商量。"郑小凤说完撂下碗筷，满脸愁云步履蹒跚地去了洗手间。

电话骤响，郑帅接听后才知道来电的是同学陈然。

陈然是郑帅身边的铁杆兄弟，按照郑帅的吩咐已把住处安排妥了，并告诉郑帅听证会如期举行，言外之意有点苏珊想撂挑子的感觉。郑帅顺便嘱咐他："你把住处收拾干净，冰箱里塞点好吃的，其他事就不用操心了。"

说句真心话，郑帅与母亲的感情并非那么醇厚，这都是因为基础不牢所致。你想啊，郑帅作为爱的结晶过早地孕育在母腹中，来到世间也并非那么受欢迎，父母离异更宣告了他人生的坎坷。他与父母间的距离越拉越大，只有血缘关系和生物意义相关联，母子情深对于两人都成了奢望。

因此，郑帅知道苏珊的态度有变后，琢磨半天百思不得其解，担心是母亲和她说过什么。两人回到住处稍微安顿后，弥漫着某种香水味的住处很是沉闷，母子间的谈话有了种被仪式化的感觉。

郑帅拉住母亲的手问："你见到苏珊后不觉得她的为人很好吗？"母亲很是警惕地问："她跟你说什么了？"郑帅思忖片刻："没有啊。"于是接着说，"为啥苏珊见你前后会判若两人。"他的语气里包含着太多的疑惑，也注意到母亲脸部感情的细微变化。

"我的儿啊，咱能不能换个律师？"母亲说得很淡定。郑帅脸上露出不解的神情说："苏珊可是事务所的金牌律师。""我的感觉告诉我她不行，女人的第六感觉是很靠谱的。"郑帅异常惊讶和急躁："不行，坚决不行，临阵换帅可是兵家大忌。""求求你了，她是个陌路人，咱们不托底。"母亲的这些话没啥依据，似乎在强词夺理，目的显然是鸡蛋里挑骨头。"为什么？"郑帅跌坐在地板上感到非常气愤，面对强势的母亲又很无奈，只是在默默地抽泣。"我联系老米换个律师。"母亲没被他的抽泣所撼动，

"站起来！"她配着更有力的手势，无比坚定地说出这句话，毫不犹豫地走出了房间。

郑小凤的泪水就是悔恨的潜台词，十多年来重复再现的梦境依旧在折磨着她。

那个梦总是信马由缰与郑小凤不期而遇：杨芳隆起的小腹在晃动，自己的那只无影脚逐渐地向她踢去，小腹爆裂喷发出股鲜红，犹如爆竹在空中爆炸，然后郑小凤自己和杨芳被那片血色包裹着向上升腾，像个绯红色的大气球。

此时郑小凤就被吓醒了，免不了大汗淋漓疲惫不堪。这样的境况持续了半年多，当时她自认为是正义的爱情保卫战，现在想起来是何等幼稚，尤其是梦中自己踹在杨芳腹部的那一脚，实在是不可饶恕的罪恶之举，郑小凤想起来时肠子都要悔青了。

都说女人最大的软肋是爱，也许郑小凤没有那么崇高伟大。杨芳的流产改变了两人的生活轨迹，郑小凤知道这事对谁都是不公平的，对自己而言更是有过之而无不及，这只不过是自我成长中的代价。她无法面对自己对杨芳的愧疚，也不可能得到她的原谅，祈求和忏悔是她这辈子都完不成的事业。泪水伴着思绪绞成麻花团，郑帅说她脸上的皱纹里，都能清晰地看到耶稣受难时的痛苦。

此时的郑帅好像成熟了，翻来覆去斟酌着母亲的每句话，内心逐渐强大勇敢起来，心里默默发誓：就要苏珊做自己的辩护律师。

皓月当空，苏珊回到了事务所。月亮挂在天上没有忧伤，也不憔悴，就是有些孤单和郁闷，它就只好那么漫无目的、毫无关联地闪耀着。苏珊抹了把眼泪终于承认，在月光的映照下，又有多少颗柔软而又无法挣脱的心在游荡，她觉着老顾说得有道理：外国的月亮比国内的还要寂寞。

苏珊借着月光来到走廊上，抽着烟没顾及电话持续的鸣叫，稍后才对着电话冷漠地说："郑帅同学，你另请高明吧。我最近实在太忙。我要去州立法院起诉桩枪械走私案，辩护一桩校园过失杀人案，还要旁听州议员们的立法讨论会。""这是为什么？"郑帅急迫地吼叫着，苏珊没再言语挂断了电话。

老顾走过来，沉默了良久才说："别自寻烦恼了，这事来得就像阵风，那个女人我都不清楚，怎敢断言就是你的冤家对头？"苏珊头摇得像拨浪鼓："我忘不了她，因为她给我的伤害，不亚于那颗原子弹对广岛的破坏力。"

随即老顾歪着头眉毛上挑，以挑衅似的眼光看着苏珊，那神情分明是在告诉她：想逃避吗？苏珊避开他的眼锋："我不知道。"苏珊从不胆怯咄咄逼人的尴尬，却害怕失去骨子里的自尊。老顾很想劝解又觉着是徒劳的，因为他知道苏珊的性格，满脸无奈地赔着笑说："你对她的态度我无所谓，你不应该放弃郑帅，这样你首先是对自己职业的亵渎。"亵渎，这个久违且又高贵的字眼，能从老顾的嘴中说出来，不能不让苏珊震惊。对于职业道德她可是无比地虔诚，现在为什么反而是她受到老顾的规劝？于是，她忍不住斜睨着他说："难得你有副菩萨心肠。"她如同在看他惯用的戏法把戏，那种被愚弄的感觉又在胸中游荡。

老顾顿时脸色大变，带着少有的愠怒转过身来，赌着气说："别冤枉人，我不知道委托人与郑小凤的关系。""那你是为确保合同的履约率？"没想到他气得络腮胡子都要跳起来，声音嘶哑地说："我就是多嘴，众人皆醉你独醒，就你伟大。"接着说起了他们所做的社会调查。

老顾的团队早就参加了维权协会，这些年他们正在做大范围的社会调查，主题就是教育行业潜在的人种歧视，涉及初级到高等教育的全过程，包括在择校、录取、学位测试和毕业诸方面所存在的种群歧视。

苏珊不屑地揶揄道："再多的社会调查有什么用？附庸风雅哗众取宠赶时髦，与我无关。"老顾横眉竖眼大吼起来："你大错特错，你把结论好好看看，就会无比痛心、震惊，这事不仅关乎你我，还与这些人所受的不公正待遇有关。"说完他扔给苏珊一个文件夹，气呼呼地走了。

手里捧着厚厚的文件夹，苏珊关注着社会调查的结论，涉案之广和潜在的歧视程度令人震惊。她耳边回荡着老顾的那些话："你不是在为郑帅辩护，你是在维护这些孩子的合法权益。郑帅的亲人不仅仅是郑小凤，他们的亲人是祖国。"苏珊喃喃自语："我知道老顾为什么热衷于开展社会调查了，我更知道应该为谁辩护了。"苏珊开始有点钦佩老顾了，让她不解甚至有些诧异的是为什么他会热衷于这样的社会调查？她说不清他的社会背景和初衷，难道是仅仅出于兴趣和研究？还是在寻找他所说的那种精神世界？

"感谢你，老顾。"苏珊心中的感激之情无法言表，忽然之间脑海里腾起串蓝色的火焰，猛地就照亮了她的思绪和前进的方向。

苏珊抓起电话对着郑帅说："听证会上见。"

八

听证会安排在法学院 689 会议室，这幢八层小楼基本被法学院所垄断，所以被人们称作"律师楼"，其中，大小不一的模拟法庭就有十几个。模拟法庭像是只静止不动的卧虎，平日里静谧而淡泊地匍匐着，一旦风吹草动它就会凶恶地蹿出来。不明真相的人还以为是到了州立法庭，这境况给人的感觉不知是庄严、公平还是压抑。

会议室布置得极其庄严肃穆，三个校董及四个教授组成了听证会的陪审团。其中，苏珊认识艾顿教授并帮助过他，也听过罗伯特主席的讲座。罗伯特是国际贸易法的资深顾问，还兼着移民法研究所的主任。因为移民法法案复杂，由此而衍生的个案数不胜数，要做好国际贸易法就必须依据移民法，任何类型成功的国际贸易都摆脱不了移民问题。

听证会前，苏珊在休息室里和艾顿教授有一番畅谈。

苏珊询问艾顿教授："你确定郑帅已经无路可走了吗？"艾顿告诉她："我向上帝保证绝无此意，我不想断送任何人的前程，你们东方有句话叫'成人之美'。"苏珊又告诉他："世上的父母都爱孩子，郑帅的父亲和公司前途未卜，对于任何一个留学生而言，勒令退学就预示着功亏一篑。"艾顿晃着脑袋说："你这是危言耸听，即使如此，学校的声誉也更为重要。"

听证会开始。首先由罗伯特主席宣读了校方文件，苏珊得到允许后开始陈述，围绕校方对郑帅的"诚信"质疑展开了辩护。双方辩论焦点直接呈现出了白热化。

这时，艾森请求为辩护做补充陈述，在得到施密特的准许后，她的补充陈述出人意料："当今的父母不惜举全家之力为孩子们搭起优质的教育平台，在择校、专业，及环境诸方面要求更高，但又没办法满足他们的精神需求。直到孩子们被发现处于濒临违纪边缘时，父母才会不顾一切地开始挽救，殊不知这些孩子缺少爱和陪伴，父母所尽的努力是事倍功半甚至是徒劳无益的。我和我的团队做了项调查，历时多年追踪三万多个案例，多种职业、不同领域内潜在的歧视依旧存在，歧视形式和程度令人震惊。调查得出的结论已经州立法院正式通过，我想或许对本案有所帮助。"

经过允许，艾森把调查报告呈送给施密特，他拿起眼镜仔细地看着，嘴里止不住地叨咕："太可怕，不可能。"文件被他分发给台上的其他人。艾顿教授的反应尤为强烈，气愤得像头咆哮的狮子，挥舞着双拳吼叫着："不可思议。"施密特主席宣布临时休庭，随后进入庭内合议阶段。

休庭后，苏珊暗自有点得意，虽然艾顿的承诺也没对得起上帝，毕竟没再节外生枝惹起新的争议。匆匆赶过来的艾森拍着苏珊的肩膀说："这个艾顿怕树叶砸着脑袋，再多的指望也是奢望，只要他不挑起争端就算万事大吉了。"

听证会休息时，苏珊找到施密特主席求证了几个问题，闲聊时顺便问了句："您还记得我的论文答辩吗？"老教授若有所思地频频点头。他毕竟是位犹太人，这样的结果让苏珊感到有些满足，这种满足并不因为施密特是犹太人，而是因为恰好有利于她对这件事态的基本把控。

那是在苏珊的论文答辩会上。苏珊所给出的论文观点是：

"犹太民族是个伟大又不幸的民族。据了解，在犹太人复国之前，犹太人在世界各地流浪了两千年。"施密特难过地低着头，苏珊接着说："很多资料显示，我们中国河南开封就有犹太人后裔，他们吃那种祖传的烙面饼，他们是宋朝时来自波斯的那些犹太后裔。""尊敬的苏珊女士，你为什么要扯到这个话题?"施密特摇晃着脑袋努着嘴问，苏珊认真地回答："这些只是我对犹太民族的认知，我尊重自己的学术研究成果，也绝不会'别有用心'地讨好任何人。我想您不会不知道'中国的辛德勒'何凤山吧? 他冒死让无数个犹太人拿到了'生命签证'，他在《外交生涯四十年》中写道'富有同情心，愿意帮助别人是很自然的事'。从人性的角度看，这也是应该做的。"

施密特听完后脸色温顺起来，眼里充满着少有的慈祥异彩。也许，刹那间改变了他对事情的看法，只是他不愿意表达出来而已。

庭内合议的时间实在难熬，苏珊有种凶多吉少的担忧。面对艾森他们所做的社会调查，无论如何都会对听证有所帮助，至于对结果的权重利害，她的心里像是塞进了个小兔子。

这时，艾森和郑帅急匆匆地走了过来，苏珊从两人焦急的眼神里，就知道艾顿令人失望了。苏珊故意岔开话题夸奖着艾森："哥们，够意思。"艾森有点激动地问："我没跌份吧?""没有，魏晋风范啊，你是把个性和结果完美地结合了。不亦快哉啊。"艾森只是微笑着点点头，苏珊又嘱咐道："待会儿合议结果宣布的时候，你可千万别冲动。"说着与艾森击掌。

苏珊无意间看到孤独地坐在后排的郑小凤，佝偻着身子甚是可怜。想必她也为过去的杨芳化身为今天的苏珊而困惑，就像苏珊不知道应该恨她还是恨老米那样，一切只能是恨自己了。

艾森和郑帅他们已经离开了"律师楼"。苏珊还要处理些文件就留在了休息室，当她再次见到施密特主席时，气氛及融洽度竟然出奇地好。

施密特嘴里依旧叼着支粗大的雪茄，片刻后才问苏珊："你对辩护结果满意吧？""事该如此，我没找到让我满意的理由。别再去追问理由。东方有句谚语是'鸡蛋好吃，你就别问它是哪只鸡下的了'。"苏珊仍在强调，"这些莫须有的事情会伤害到孩子们的心灵，我想知道它滋生酝酿的因素是什么。"施密特闪动着双眼说："种族歧视的潜在因素是客观存在的，我们在努力规避这些因素，起码是在我们的能力范围之内。"

"这我就满意了，主席阁下，谢谢您。"说完苏珊就起身告辞离开了。

九

郑帅早就想感谢苏珊几人，无奈苏珊太忙总是推诿回避，郑帅知道其中的症结所在，就不情愿电话里旧事重提了。尽管郑小凤也在催促儿子落实谢意，因为她才是身处两难徘徊之中的人，无奈回国日期临近，内心的煎熬使她苦不堪言。

明晃晃的月亮升起来了，照着空荡荡的街道和校园。郑帅在校园里漫无目的地游荡着，他对苏珊的不理不睬毫无办法，又不知道做些什么才能补救。转过教学楼的时候，他才看见有个人向他慢慢地走来。是谁？他看见正是苏珊朝他走来。苏珊走到郑帅身边的时候，他却像是被掏空似的有些站立不稳，差点扑倒在苏珊的面前。"帅哥，这是怎么了？"苏珊站在他面前调侃道，说着给他戴好了帽子拽紧了围脖。

郑帅眼泪汪汪地看着她，他能够看清她那黑亮的眼睛，突然有种很想哭的冲动，他声音沙哑得像是刚从砂轮上滚下来："我又活过来了。"仅仅这六个字涌出了太多的悲怆，似乎满腹的苦衷无以言表。

"瞎说什么？"苏珊眼睛里闪出懵懂的光泽。

"帅哥，你不是要请客吗？不如现在我们去怎样？"郑帅破涕为笑捂着肚子说："好啊，我早就盼着哪。"说着两人朝不远处的中餐馆走去。

月光恰巧落在椭圆形的餐桌上，两人仿佛彼此都能听到对方的心跳，他们都感觉到背负原木似的沉重，郑帅感到心跳忽快忽慢没了规律。苏珊争取郑帅的意见："咱们也请老顾和艾森来吧？""好啊，也应该感谢他们。"郑帅畅快地答应着，吩咐服务生加了餐椅和餐具。苏珊认真地说："郑帅，到此为止，别再纠结了，眼看着期末考试到了，你可要拿出个好成绩。""我知道，但我必须和你道歉，替郑小凤给你道歉，对不起……"没等说完，他就站起身来鞠躬致意。苏珊拿起纸巾擦着眼泪问："她都告诉你了？""是的，但是我最不希望事情会是这样。"郑帅生怕苏珊再次阻拦，说了他和妈妈离别时的情景。

去机场的路上，郑小凤显得焦躁不安，拼命咬着自己的嘴唇，郑帅劝她别太自责，并告诉她苏珊会原谅的，可她坚持说："苏珊永远不会原谅我。"

"本该是母子离别的时候，她却不合时宜地告诉我，你们那段十多年前的恩怨。她哭泣得像个孩子，告诫我别再闯祸惹事。

看着她凄楚的脸庞和颤抖的手背，我答应了她。看着她舒展而又熨帖的笑意在脸上扩展，我却如芒刺在背，我不相信她那么残忍，老米才是真正的罪魁祸首。"说到这些郑帅满脸戚然，苏珊相信他是个诚实的孩子。

"苏珊至死都不会原谅我。"这是郑小凤进入安检通道留下的那句话，"我从机场出来只觉着天色惨淡如雪，白茫茫的一片遮住了双眼，我跌跌撞撞地走过广场，才知道是自己的泪水糊住了眼睛。"

苏珊略带伤感地看着郑帅，心疼地把纸巾递过去说："郑帅，我不喜欢哭戚戚的你。"没想到郑帅破涕为笑，拿着刀叉对着餐盘里的香煎牛排说："先尝尝，好吃啊。"这时，苏珊哑着嗓子说："原谅，但不等于忘记。过去的事就过去了，善良才是我们的选择。"苏珊诚恳的话语，像是股热流温润着郑帅的心田，他的喉结滑动着想说些什么，最后他举起酒杯："姐，我先喝为敬了。"说完就爽快地干杯了。

"呵呵，环境不错啊，锦上添花，还有好消息啊。"老顾晃着脑袋走进来，郑帅打着招呼给他们让着坐。苏珊忙着问："什么好事？快告诉我。"老顾卖着关子说："好饭不怕晚啊，先来二两酒过把瘾。"艾森把拎着的食品盒放到餐桌上，顿时闻到了饺子香。郑帅惊讶地喊道："哎呀，是茼蒿馅饺子。"老顾打趣地说："纯手工制作的啊，是郑妈妈的手艺，快来尝尝。"他说着豪爽地把酒斟满，划了根火柴扔在溢出的酒里，蓝莹莹的火苗随即跳了起来，他端起酒杯说："瞧瞧，多好的酒啊，绝对是人（酿）造的，不是狗（勾）兑的。"又举着酒杯提议，"先为郑帅同学干杯。"

郑帅喝完后抹着嘴唇说："感谢你们的帮忙。"顺手递上张银行卡，"这是全部费用，多退少补。"老顾的两指头按住银行卡推了回来，板着脸认真地说："我很感谢郑帅同学，但这不是钱的事，我们有这个义务和责任，维护同胞的合法权益。所以费用就免了。"苏珊在旁边感叹："老顾真是菩萨心肠，雷霆手段，我点赞。"艾森站起身来说："好消息，咱们申请开展《潜在歧视现象及维权方式》的社会调查已被纳入本州年度社会问题研究计划，财经按规定批复了费用。"众人听完雀跃欢呼，好一阵热闹。

"少安毋躁，听我说。这个调查报告做起来很难也还有很多问题，为啥我出力不讨好还要乐此不疲？还得厚着脸皮寻求社会各界的支持？这是我们律师的义务责任和工作性质变了，传统的律师职业与从前有了根本性的转变，变成了社会分工的责任角色。另外就是我们所处的地域不同，潜在的歧视需要我们去维权去抗争，当然也会遇到冥顽不灵、木讷狭隘的阿Q说三道四。但是，我们是谁？我们要是左手是激情右手是责任，就能战无不胜，我说得对不对啊？"

苏珊觉着很振奋，此时再华丽的语言也会苍白逊色，心里开始无比地佩服老顾了。苏珊认为老顾是个被社会低估的人，这种为大众谋福祉的人是正义的，正义的事业一定会成功。

这时苏珊俏皮地对着老顾说："知道你为啥爱吃饺子吗？"老顾眨着眼睛问："为什么？"苏珊夹起个饺子比画着说："就因为你像饺子把馅都藏在肚子里。""说得有道理。"老顾点着头像是在找寻什么。果然，片刻之后老顾对苏珊说："我也知道你为啥爱吃比萨了。"苏珊有点懵懂："为什么？"老顾比画着刀叉说："比萨是把藏着的馅露给别人看。""你真是灵光透顶啊。"苏珊说着走出了房间，遥望星空，欲言又止。

　　天空辽阔，繁星密布。这时，恰巧有架飞机划破天空冲向云端，苏珊高高地举起了颤抖的双手，任凭泪水缓缓地流淌，心里默默祈祷：小凤姐，一路平安。

后　记

　　《清雅茶馆》这本小说集定稿了，老友闻讯后大呼值得庆贺，于是志同道合的人相聚在一起。酒席桌上自然是有茶有酒更有鼓励鞭策的贴己话，轮到菜过五味三杯酒落腹，又是秧歌又是戏，闹得是沸反盈天。总归是天底下没有不散的筵席，相互辞别后我就顺路来到了二马路附近的旧货市场。

　　寒冬的夜色鼓荡着嗖嗖作响的风，我疾步穿行在这个琳琅满目的街市里，有个无名的书摊是我常来的地方，在此曾淘得多本心仪的书籍，有次竟意外地收获了《彷徨》和《野草》（1973 年版）。此刻，在昏黄的灯光下书摊显得寂寥冷落，老板花白的头发反衬着黝黑干燥的脸庞，褪色的军大衣包裹着他那干瘦的身躯，他耷拉着脑袋并非很热心地料理着生意。我走到书摊前好奇地搜寻着，蓦然发现铺散的书堆里有我很熟悉的那本书，那不是我的长篇小说《魂无挂碍》吗？我急忙伸着胳膊去把它拽出来，捧在手里爱怜地摩挲着、端详着，十年前出版时我都未曾这么留意，此时却忽然发现它有种难得的肃穆之美。翻开书本一股霉腐味蹿进了鼻腔，我忍不住打了串喷嚏，再仔细察看书中折角的扉页，上面依旧存留着"敬请刘老师雅鉴壬辰冬月胡剑华于烟台"的字迹，无疑是这位我尊崇的文学前辈，不知是何种变故还是对它的不屑，总归是把它给悄悄地遗弃了。顿时，我心里充满了淡淡的忧伤和惆怅，好在有一阵寒风掠过让我反而更加地清醒，被一种难以抑制的激情和冲动所战胜，这不正是前些天我急于索求的那本书吗？四处寻觅未能如愿竟在这里发现了，我情不自禁欢喜得像个孩子，蹦着高来到老板跟前问询价钱，他才醒过神来换了副热情洋溢的面孔，伸出三个手指嘴里吐出句含糊不清的声音，我如获至宝连砍价的心情都没有，相反却有种捡了大便宜的快感。我心里想着得赶紧把它带回去，将它放在阳光下晒走蠹虫、驱散霉味，如有破损我得粘贴好残页、裱糊封面，尽量做到完璧归赵，然后搁置在我心爱的书柜里。

如今的人们是善忘漠视的，人类史上所经受的苦难还是甜蜜，只要时过境迁便会不自觉地淡化直至忘却，甚至事不关己麻木不仁。我之所以重提《魂无挂碍》相关的旧事，并非对《魂无挂碍》这本书恋恋不舍，只是重新梳理这段人生中的经历而已。《魂无挂碍》的创作纯粹是我苦中作乐，创作期间我的许多体检指标从合格变为了异常，不得不接受这个现实还要泰然处之。从此，文学成了生命里不可或缺的应有之义，我得感激它帮助我理顺了自己和世界的关系，使我有了更多新的感受、体验和思考，成为我近十年里写作的情感基础，这些基础犹如适合于文学"萌芽"的土壤，让我不断地汲取营养而乐此不疲。

岁月不居，时光如梭。十年光阴匆匆而过，不算长的光景却像是半生之长远，万事万物都在默然地转移变迁。到了2018年的冬天，我也和同龄人一样成了有权利安排自己时间的人，凑堆聊天就像是古人那样"致仕、致政、告归"，话题永远都是"忆往昔峥嵘岁月稠"，但这不是我心目中理想的生活。

　　按理说我拥有了煮字疗饥的大好时光，凭着自己的文学维度和人生经历，势必会创作出更多的作品才是，没想到结果却是让人大失所望，总是有这样或那样的困惑缠绕着我，各种释怀之余还是壮志未酬心不甘。其中，最为纠结的还是"懒人定律"，总想把有限的精力投入到难寻的钢刃上，总是期盼着事半功倍的效果。

　　回顾这十年，唯有诗歌创作是从来没有间断的，最终还是因为功底不到秃笔不能生花，被诗歌的"横组合、纵聚合"所吓倒，精炼到字字珠玑却不是我力所能及的。在我的邮箱备份里，还有几部长篇小说的开头，都是数万字的生命就夭折了。对于我来说，长篇小说的创作是心有余而功力不足。我有时候凝视着它们，觉得自己不算是个称职的人，它们就像是那些情投意合的恋人，刚对上眼就被我狠心地抛弃了。我会不由自主地发问：这是为什么？为什么会有如此尴尬的结局？通过阅读我似乎找到了答案："读书最重要的不是你读懂了什么，简单地成了知道分子，而是要向固有的思维模式和认知局限，做出连续的争辩和挑战。"任何作品都有着相对的差距，都是作者的认知水准和格局所致。倘若思维固化、认知力有限，就不可能眼界高远地追求崇高的目标，作品就会陷入文字堆砌的沼泽里自甘沉沦，被社会无情地抛弃也就在预料之中。所以，认知能力决定了一个作家去做正确的事，这要比勤奋地做再多的事情重要得多。

　　经过这段苦闷烦恼的煎熬，我发现最适合自己的还是中、短篇小说，它对于我来说既满足了"心血来潮"，也有着"三分钟热度"的豪迈。于是，我就踏踏实实地进行中、短篇小说创作。这些年写出了发生在滨海小城的《清雅茶馆》的故事、大山深处《金豆子》中的采金矿的人；有荒诞离奇的《我的子丑寅卯》，也有都市言情的《暧昧季节》，还有退守日常《活法》里唯美的乡村叙事。我是在题材差异中细心地寻找，记述着"唯有美丽之物，才能让我低下头颅"的小故事。在他们的故事里倾听诙谐的嬉笑怒骂，透视放大他们所具有的人性之美，在叙述中让人们心同感应，形成一种能够直指人心的穿透力量。

我选取了十年间所刊发的中、短篇小说，暂定名为《清雅茶馆》结集出版，算是自己在文学的路上又进了一步。其实，何止是这一步，我的每一步都是在文学前辈、朋友，及家人的引导和搀扶下走过的，感激他们帮衬着我步履蹒跚地告别"过去"，时常为我的"现在"驻足加力，更是他们敦促我迈向可期的"未来"。眼下，我郑重地把这本《清雅茶馆》送给我自己。

我所学专业是地质学，常用以亿年为单位的地质年代来划分宙、代、纪、世，这地质年代很难与以百年相计的人类进化来比较，以十年为单位来计的人生显得更是卑弱。我却在时间的轮回中大发十年之感慨：人生百年，可堪回首的十年屈指可数，"一天比一天更需要鞭策和反省自己"。有了这些，皑皑的冬季我依然能感受到春光的温馨，怀揣着殷实的希望迎接着更多的收获季节。

胡剑华

2022 年 12 月 17 日